Oscar bestsellers

Dello stesso autore

nella collezione I sassolini

*Achille e la fuga dal mondo bianco*
*Come ti cucino una storia*

nella collezione Junior +9

*Achille e la fuga dal mondo verde*
*Achille e la fuga dal mondo blu*

nella collezione Oscar Bestsellers

*Mi piaci così*
*L'importante è adesso*

nella collezione Shout

*Mi piaci così*
*Mi piaci ancora così*
*L'importante è adesso*

**Francesco Gungui** è nato a Milano nel 1980. Ha frequentato il liceo classico Giuseppe Parini e si è laureato in Scienze dei Beni Culturali. Scrive e lavora come consulente editoriale. Con il suo primo romanzo *Mi piaci così* ha venduto più di 40.000 copie.

FRANCESCO GUNGUI

# MI PIACI COSÌ

OSCAR MONDADORI

Prima edizione Shout aprile 2008
Prima edizione Oscar bestsellers aprile 2009

ISBN 978-88-04-59202-0

Questo volume è stato stampato
presso Mondadori Printing S.p.A.
Stabilimento NSM - Cles (TN)
Stampato in Italia. Printed in Italy

Anno 2011 - Ristampa 4 5 6 7

Mi piaci così

Vi è mai capitato di vedere due persone e di cercare di capire se sono fidanzati, fratelli, amici o che altro? A me capita, a volte, al mattino, quando sono in metropolitana. Mi fisso su qualche coppia e la osservo fino a quando uno dei due non fa o dice qualcosa di inequivocabile. Un bacio, una frase come "ricordati di telefonare alla mamma" oppure "ti amo". Ma il più delle volte le persone non si preoccupano di far capire al mondo intero perché se ne vanno in giro insieme alle sette e mezzo di mattina.

Luca e Martina stanno chiacchierando davanti al bar. Lei ride, e quando ride gli appoggia una mano sul braccio o sulla spalla, ma non è niente di intimo, molte persone lo fanno. Lui parla con tono serio, che in realtà è il suo tono scherzoso, e camuffa abilmente la fierezza di trovarsi con gli occhi di tutti puntati addosso. È strano vederlo chiacchierare fitto con Martina, è strano per tutti, anche per me.

Ora andrò a salutarli. E mi dispiace proprio non poter uscire dal mio corpo per godermi tutta la scena da fuori. Osservare i loro e i miei gesti, guardare il bacio sulla guancia che darò a entrambi, rimanere ad ascoltare le nostre chiacchiere sull'anno che ricomincia, il tono che daremo a ogni singola parola.

Ma a cosa servirebbe? Alla fine forse ne saprei quanto prima. E forse non c'è bisogno di capire tutto, di dare una definizione certa ai rapporti e alle persone. Il fatto è che prima questa definizione c'era, ed era chiara, inequivocabile.

In fondo sto solo cercando di capire come sono arrivata qui, come ci siamo arrivati, cos'è successo, cos'ha cambiato le nostre vite. Tutto è cambiato. E quello che succederà nei prossimi giorni forse mi chiarirà ogni cosa. Per adesso non posso fare altro che ripensare al tempo che è passato, e al giorno che ha cambiato la mia vita.

# UNO

Dicono che quando ti aspetti troppo una cosa questa non accade mai, e più ti prepari per quell'evento più quello scappa. E la teoria vale anche all'incontrario: se stai pregando con tutto il cuore che un certo evento non si verifichi, puoi star certo che si verificherà il prima possibile. E non vale fare i furbi e fingere di desiderare qualcosa che in realtà non si vuole affatto. La cosa migliore da fare è non pensare. Peccato che io non ci riesca...

— Sai come devi fare? — mi chiede Luca quando siamo fuori da scuola.

— Sentiamo.

— Immagina tutte le ipotesi possibili e preparati a tutte.

— Ma io non voglio essere preparata, voglio che le cose vadano come dico io!

— Quello non lo puoi decidere tu.

— Be', le ipotesi sono due: se mi è andata bene, a posto, domani sono sul treno per Genova e tra due giorni sono in Sardegna, senza i miei genitori, senza mio fratello, sola con le amiche. Se invece mi è andata male, litigo per un mese coi miei, e tra un mese sono in un campeggio per famiglie in Puglia.

— Benissimo, allora vedila così: male che vada ti passi l'estate con i tuoi e tra una decina di anni avrai un aneddoto in più da raccontare ai tuoi amici.

— Sai che aneddoto…

— No, è vero! Pensa a te tra dieci anni.

— Luca, questa teoria non funziona.

— No eh?

Luca è il mio distributore automatico di teorie. È come una macchinetta del caffè a gettoni, ogni tanto ti frega i soldi, ogni tanto finisce il caffè o le palette, ma la cosa buona è che è sempre accesa, ventiquattro ore su ventiquattro. Oggi però direi che ha finito le palette, lo zucchero, il caffè e i bicchierini. Ha solo sputacchiato un po' di acqua bollente. Me la posso raccontare in tutti i modi, ma la cosa rimane una: se mi bocciano è la fine.

— Tu ci credi nel destino?

Ci riprova.

— Vuoi dire che è destino che mi boccino? Grazie, un bel pensiero da parte tua…

— Ma no. Voglio dire che secondo me le cose hanno un senso, mentre noi vediamo solo il senso che vogliamo dare alle cose.

— Questa è carina, lo ammetto…

— Te la ricordi quella sul Paradiso?

La teoria di Luca sul Paradiso è la seguente: la beatitudine eterna è un bidone. L'Inferno: uno sbattimento. Il meglio è il Purgatorio, perché non è infinito. Come la vita in Terra. Conclusione: la vita in Terra è il Purgatorio.

— Me la ricordo.

— Ecco, allora male che vada, avrai un altro giro da farti al Purgatorio.

— Tanto tra i tre è il migliore.

— Infatti!

— Luca, dici che mi hanno bocciato?

— Ali, non lo so.

— Se mi hanno bocciato è proprio uno schifo. E poi non saremo più in classe insieme...

Un urlo interrompe il nostro discorso. Tutti si precipitano contro il portone della scuola. Le porte si aprono piano e gli studenti in massa invadono l'atrio. Sono usciti i cartelloni.

# DUE

Ti prego: no. Okay è inutile pregare, anzi, così mi tiro la sfiga addosso. Devo far finta che non me ne freghi niente. Mi catapulto nell'atrio, ma ci sono almeno un centinaio di studenti davanti ai cartelloni. Alcuni saltano e urlano di gioia e altri abbassano la testa. Qualcuno tira un pugno contro il muro e bestemmia. Ecco, ci sono, tra poco anch'io urlo di gioia o bestemmio.

Mi avvicino a passo deciso e cerco di farmi largo tra la folla. Inutile, non riesco a passare.

Allora mi inginocchio e procedo a quattro zampe, mi prendo calci e spintoni, fino a intravedere le gambe di ferro dei pannelli. È arrivato il momento di alzarmi. Balzo in piedi e mi becco un paio di gomitate in testa. Davanti a me c'è una ragazza bionda che mi impedisce di vedere. Cerco di superarla. Le appoggio una mano sulla schiena e lei si volta per farmi passare. Rimaniamo quasi incastrate l'una contro l'altra, pancia contro pancia, il mio ginocchio tra le sue gambe, la sua testa accanto alla mia. Non so come disincagliarmi, perché dovrei appoggiarle le mani sulle spalle e spingerla. Rimango con lo sguardo fisso a terra per capire come divincolarmi. Non so cosa fare. Nella mia testa in questo momento, si è creato il vuoto. Non penso niente, non vedo niente, non sento niente.

Sono una macchina, con uno scopo preciso: raggiungere quei maledetti cartelloni nel più breve tempo possibile.

Senza pensare a quello che sto facendo abbasso la testa e cerco di sfondare l'ultima fila di persone che mi separa dai cartelloni, ma così facendo urto con la fronte il mento della ragazza.

— Ma che fai? Stai attenta!

— Scusa scusa! — esclamo prontamente. Lei non mi degna nemmeno di uno sguardo.

Una mano spuntata dal nulla mi afferra il polso e in un istante mi ritrovo fuori dalla mischia, proprio sotto i tabelloni.

— Luca! Hai già visto i risultati?

— No, stavo cercando di disincagliarti da Martina.

— Martina?

Mi giro e questa volta vedo chiaramente il viso di Miss Culetto d'oro, come è stata proclamata da una scritta a caratteri cubitali sul muro davanti alla scuola. La osservo per un istante mentre la sua espressione muta improvvisamente dall'ansia alla gioia.

— Tutti in Puglia! — urla lei sollevando le braccia al cielo.

— Promossa, suppongo — dico scoraggiata.

Luca mi guarda con aria interrogativa.

— Mi sono sempre chiesto perché le scuole organizzino questo rituale d'assalto. Non sarebbe meglio fare come in tutte le altre cose?

— E cioè?

— Si tirano dei secchi di vernice rossa dai tetti, così a caso. Chi viene beccato rifà l'anno. Perché soffrire? Tanto poi sono i secchi di vernice rossa che piovono dal cielo a fare la differenza: tu ce la fai, tu no. Tu sei felice, tu no. Voi due adesso vi riempite di brufoli. Quello là si innamora. Tu perdi un amico. Tu vinci al superenalotto

Non è il momento per le cazzate di Luca.

— Senti, io vado a controllare i risultati. Guardo anche il tuo?

— No, no, io mi tengo la sorpresa per settembre.

— Va bene Luca, ciao.

Devo trovare il foglio della mia classe, ma naturalmente il mio tabellone è almeno a tre metri da me. Scivolo lungo i cartelloni facendo saltare decine di mani che scorrono gli elenchi dei nomi, e mi ritrovo finalmente davanti al mio foglio.

È come all'entrata di un concerto: tu puoi passare, tu no, e intanto dietro ti spingono, e se dopo aver fatto la fila scopri pure che non ti lasciano entrare, ti sei fatta tutto lo sbattimento per nulla. Lo spettacolo sta per iniziare. Ti prego, fa che io ci sia, penso. Si accendono le luci. Io non ci sono.

— Tutti in Puglia — sospiro.

Bocciata.

# TRE

Bella no, ma neanche un cesso.

Cioè, "bella no" nel senso che non sono né una fotomodella né una strafica. Saranno almeno tre o forse quattro le parti del mio corpo che non mi fanno assomigliare affatto al tipo velina di Striscia. Non sono molto alta, ho poche tette e dovrei perdere qualche chilo.

— Sul culo ci si può lavorare — mi ripete sempre mio fratello, anche se il fatto che un ragazzino di tredici anni possa avere qualcosa da dire sull'argomento non contribuisce ad aumentare la mia autostima. Infine c'è il problema del naso, che si potrebbe definire particolare, ma che i più riconoscono esattamente per quello che è: una piccola patata appena sagomata sui lati. Insomma, nel complesso, come direbbe mio fratello, "ci si può lavorare". Innanzitutto con la scelta dei vestiti: i jeans a vita bassa mi stanno bene, ma non troppo stretti, per evitare l'effetto cotechino. Con le scollature ci devo andar piano perché, appunto, non ho molto da mettere in mostra. E a guardar bene d'estate non devo pensare a molto altro, perché la mia divisa da mare è: costume, pareo e infradito.

Guardo lo zaino con cui sarei dovuta partire. Non l'ho ancora riposto, così, giusto per farmi del male, per ricordarmi dove sarei in questo momento se le cose non fossero andate come sono andate. Il mio programma era: a luglio una settimana in Liguria con le amiche, poi pausa a Milano a casa da sola, e ad agosto mare in Sardegna sempre con le amiche.

Ma sono stata bocciata.

Quindi il programma è stato leggermente modificato.

Primo mese di vacanza inchiodata a casa, a studiare.

Poi, Puglia con i miei.

Fine.

Così sono rimasta a Milano, ma naturalmente non ho aperto libro, complice Luca, con il quale ho passato la maggior parte del tempo. Alla fine ha controllato i risultati. E no, non è stato bocciato.

Tra meno di ventiquattro ore sarò in Puglia, in campeggio, con la mia famiglia, come tutti gli altri anni del resto.

La mia emancipazione estiva dovrà attendere ancora un po'.

Sono quasi le otto, scendo per cenare, pronta a tutto, come sempre.

— Eccola — dice mia madre, in tono sarcastico.

La mia bocciatura ha contaminato la comunicazione famigliare e aggiunto una nota di rimprovero a ogni scambio verbale.

— Almeno apparecchia la tavola.

Quell'"almeno" non significa che io non faccio mai niente. È più un "visto che sei stata bocciata, almeno apparecchia la tavola".

Mio padre è svaccato sul divano, in mezzo a montagne di valigie aperte. Mio fratello non c'è.

— Hai preso i libri? — chiede mio padre non appena si accorge della mia presenza, senza distogliere lo sguardo dallo schermo.

La prende alla larga: comincia con frasi apparentemente neutre e aspetta un mio passo falso per ricordarmi che questa vacanza la passerò a studiare.

— Sì, li ho presi — dico, ma non mi sembra che mi stia ascoltando. — Dov'è Fede?

La tele si spegne.

— Non cercare di cambiare argomento! — Mio padre si alza dal divano, mi viene incontro ed espone la sua teoria sul problema. Suona più o meno così: — Ti sei fatta bocciare e non ci hai detto niente, ce l'hai tenuto nascosto!

Questo è il punto primo della sua sceneggiata: mio padre è convinto che la bocciatura fosse un mio preciso progetto. Tipo i buoni propositi: dimagrire, trovarsi un fidanzato e farsi bocciare a scuola. .

— Altro che vacanze in Sardegna! Tu ti passi tutto il mese con noi, con tuo padre, tua madre e tuo fratello.

Questo è il punto secondo: ci tiene a ribadire che le vacanze in famiglia per me saranno una punizione. Il che corrisponde esattamente alla mia visione della cosa.

Nel frattempo la cena è pronta e io non so ancora dove diavolo sia mio fratello. Mio padre sembra essersi temporaneamente calmato e mentre mia madre serve la pasta al pomodoro, lui le dice qualcosa sul campeggio. Io ascolto solo una parola ogni tanto e così sento: piazzola, i vicini dell'altra volta, la ruota di scorta, Salvatore, Emma, quando Federico. Mi riprometto di mettere insieme il tutto al più presto e comincio a mangiare.

Mia mamma ai fornelli è davvero negata. La pasta è scotta e il pomodoro è stato versato direttamente dal barattolo. A un tratto appoggia la forchetta, mette i gomiti sul tavolo e mi guarda, così, immobile.

— Mamma, mi fai paura... — dico e innalzo una barriera improvvisata con la bottiglia d'acqua.

I suoi occhi a quel punto si riempiono di lacrime.

— Perché tesoro mio ti sei fatta bocciare? Che cosa c'è che non va?

La prossima domanda la conosco ed è in assoluto la migliore.

Una domanda da manuale: — Dov'è che abbiamo sbagliato?

Mi sento un po' come in uno di quei film in cui i genitori vanno a trovare il figlio in carcere per convincerlo a confessare il delitto. Ma il mio delitto non è affatto un segreto, anche se ho capito che quando ti bocciano tutti pensano che c'è qualcosa di losco sotto. Le opzioni che vengono prese in considerazione sono generalmente tre. La droga è la più gettonata. La maggior parte dei genitori non distingue uno spinello da una busta di coca e quindi la preoccupazione può raggiungere vette inimmaginabili. Al secondo posto c'è la delusione amorosa. Al terzo posto, per i genitori più orgogliosi, c'è "qualche problema neurologico".

Nessuno pensa alla possibilità che tu non abbia studiato un cazzo per tutto l'anno, punto e basta.

Fortunatamente a quel punto mi suona il cellulare.

Mi allontano dalla tavola e rispondo.

— Ho pensato che preferirei che tu non partissi, sempre se i tuoi sono d'accordo.

— Gliene posso parlare, magari gli chiedo anche qualche centinaio di euro per andarmene da qualche parte da sola.

— Ecco, sì, pensavo a qualcosa del genere. Anche se con qualche centinaio di euro ce ne andiamo in campeggio a Casalpusterlengo.

— Luca, devo partire, domattina, lo sai.

— Devo, partire, lo sai... cosa sono queste parole? In fondo è solo un codice no? Basta decidere che "devo partire" significa "vengo con te in Giamaica" ed è fatta

— Devo partire — dico ridendo.

— Okay allora, ci becchiamo all'aeroporto tra un'ora.

— Mi hai salvato la vita questo mese, però ora devo partire per forza. Comunque stasera ci becchiamo.

Torno al tavolo, finisco rapidamente di mangiare e mi alzo.

— Devo uscire.

— Adesso? — chiede mia madre, ma la sua domanda equivale a un sì. Lo sa perfino mio padre, e infatti cominciano a discutere.

— Abbiamo la casa a soqquadro, domani partiamo e lei se ne esce!

Quando uno dei tuoi genitori comincia a parlare di te in terza persona, vuol dire che l'hai fatta grossa. Temo che ci vorrà parecchio prima di riconquistare la cara vecchia seconda singolare.

— Dai — si limita a dire mia madre, e le lamentele di mio padre si riducono a un cupo borbottio.

# QUATTRO

— Alice! Sei una stronza! Mi hai fatto sdilinquire!

Nella mia vita ci sono solo due persone che usano gli insulti per fare i complimenti o per manifestare il proprio affetto. Uno è mio zio. Ogni volta che vede mio fratello gli dice: «Più passa il tempo più diventi una testa di cazzo» e poi lo abbraccia. L'altro è il mio professore di italiano.

— Nove.

— Nove?

— Nove!

— Ci deve essere un errore. E che cosa vuol dire sdilinquire?

— Cercatelo sul vocabolario.

Verso la fine del secondo quadrimestre, il professor Partis ci aveva dato un tema dal titolo "Itaca: definisci e racconta Itaca sulla base della poesia di Kostantinos Kavafis".

Si tratta di quel tipo di compito in classe che i professori di buon cuore danno alla fine dell'anno per aiutare i "cinque e mezzo di buona volontà", ovvero per far sì che raggiungano una dignitosa media del sei.

Alla fine della lezione il professore mi ferma.

— Alice, aspetta.

Mi avvicino alla cattedra, mentre gli altri escono dalla

classe per l'intervallo. Il professore mi guarda per alcuni istanti negli occhi e poi inizia a recitare:

— "Sempre devi avere in mente Itaca, raggiungerla sia il pensiero costante. Soprattutto, non affrettare il viaggio; fa' che duri a lungo, per anni, e che da vecchio metta piede sull'isola, tu, ricco dei tesori accumulati per strada senza aspettarti ricchezze da Itaca. Itaca ti ha dato il bel viaggio, senza di lei mai ti saresti messo in viaggio: che cos'altro ti aspetti?"

Quella sera a casa cerco sul vocabolario la parola "sdilinquire". Quindi rileggo il tema alla ricerca dei particolari che possano aver sdilinquito il mio professore di italiano. Cerco di capire come il racconto della mia Itaca possa averlo commosso, anche se non è esattamente questo il significato del termine che ha usato lui. Cos'è che ha smosso i suoi sentimenti? Non lo so e, a dir la verità, non so nemmeno dove si trovi la mia Itaca, che è più o meno quello che scrivevo nel tema.

Davanti alla scuola non c'è quasi nessuno. Fa un caldo infernale e la città è mezza vuota. Sono già tutti al mare. Lego la bici a un palo e mi guardo attorno. Deve essere da qualche parte, quando mi ha telefonato era già qui. Mi siedo su un panettone di cemento davanti all'ingresso e aspetto. Tre o quattro ragazzi chiacchierano appoggiati al cofano di una macchina. Non riesco a vederli in faccia, ma sembrano più grandi di me. Una ragazza con i capelli lunghi fruga nella borsetta e un attimo dopo la fiamma di un accendino le illumina il volto.

È lei, di nuovo, quella dei tabelloni, Martina. La ragazza più bella della scuola, quella che piace a tutti, anche ai professori. Il sogno erotico di ogni studente del primo anno e la fonte di invidia di tutte le ragazze. Universalmente considerata: "una che se la mena", ma anche "una stronza che fa gli occhi dolci e ha tutto quello che vuole" e "una un po' fuori".

I miei contatti con lei si limitano a un paio di episodi, in nessuno dei quali si è dimostrata particolarmente simpatica, ma certamente non pazza e nemmeno così stronza. Sul fatto che se la meni invece non ci sono dubbi. Ma forse lo farei anch'io se fossi come lei.

Tutti e due gli episodi risalgono all'occupazione. Martina naturalmente faceva parte del Collettivo che l'aveva organizzata e teneva pure un gruppo di studio. Io avevo aderito all'occupazione e mia madre non aveva avuto niente da ridire a parte: «Tu però vai lì tutti i giorni e ci stai fino a sera» e «Scordati di dormire lì, dormiranno a scuola quelli più grandi».

Era il secondo giorno di occupazione. Quello in cui si vede se la gente che ha votato è venuta o no.

Entro in palestra. Martina è in piedi sotto il canestro e sfoglia un libro.

Accanto a lei, un tipo coi capelli lunghi e rossi parla e gesticola animatamente. Sedute per terra ci sono una quarantina di persone. Tra queste vedo subito Luca e vado a sedermi accanto a lui.

— Di che parlano? — chiedo sottovoce.

— Il neo imperialismo delle multinazionali, sai, sta dicendo che adesso non sono più gli Stati a controllare i Paesi più poveri, ma le multinazionali, perché ormai gli Stati non decidono più niente e la democrazia si basa sui nostri consumi, il nostro voto è la nostra spesa.

— Wow, sembra interessante.

— Lo è, lo è — dice lui con faccia serissima.

Incomincio ad ascoltare con interesse ma, come avrei dovuto aspettarmi, conoscendo Luca, il tizio coi capelli rossi sta dicendo tutt'altro. Mi volto verso Luca con aria interrogativa, ma lui rimane impassibile. Scoppio a ridere.

E qui entra in gioco Martina.

— Oh, nessuno vi obbliga a stare qui, questa non è la scuola, se siete qui è perché ci credete all'occupazione, altrimenti potete andarvene a sciare anche voi, come tutti quelli che l'hanno votata solo per farsi la settimana bianca.

Due giorni dopo la incontro di nuovo.

Sono nello spogliatoio della palestra assieme a due ragazzi che stanno facendo un pezzo sulla parete. Sono tutti e due in piedi sulla panchina e un po' di vernice è colata a terra.

Lei entra nello spogliatoio con in mano uno straccio e una bottiglia d'alcol. Ci saluta e poi si mette a pulire la vernice che è finita sul pavimento. Tutti e tre rimaniamo fermi a guardarla, senza sapere cosa dire. Poi lei si siede e accende una canna. I due ragazzi si rimettono al lavoro. Lei mi vede con le mani in mano e me la passa.

— Non fumo — dico.

— Brava.

Qui finisce la mia profonda conoscenza di Martina. Tutto il resto che so di lei deriva dalle chiacchiere di corridoio e dalle scritte sulle pareti del bagno. Dalle prime so che i suoi sono divorziati e che lei vive con la madre. Dalle seconde, tra le altre cose, so che lei è una "stronza, menatela di meno", ma penso che si tratti di invidia.

— Ali, sono qui! — urla una voce familiare dall'altro lato della strada.

Mi giro.

È Luca.

Gli faccio un gesto con la mano e aspetto che leghi il motorino.

Luca è il mio ex fidanzato. Con lui ho fatto l'amore per la prima volta. La nostra storia è durata solo qualche mese, ma non abbiamo mai smesso di vederci. All'inizio solo a scuola, dal momento che siamo nella stessa classe. Anzi, non "siamo", "eravamo", e temo che sia soltanto uno dei tanti verbi che dovrò abituarmi a coniugare al passato. Poi abbiamo ripreso a incontrarci anche fuori dalla scuola. Lui dice che sono la sua droga, anzi, il suo metadone, che è quello che danno ai tossici per disintossicarsi, solo che poi diventa una nuova dipendenza.

— To' — dice e mi porge una bottiglia di birra.

— Sei attrezzatissimo.

— Nel sottosella ho anche un aereo. Io e te stasera partiamo per la Giamaica.

— Eh già, bravo, glielo dici tu a mio padre?

— Non c'è tempo. Gli manderai un telegramma da Kingston.

— E che cos'è?

— Kingston! La capitale della Giamaica!

— Tu che fai quest'estate?

— Boh, non lo so ancora. Per adesso rimango a Milano. Mia madre non sa ancora quando può prendersi le ferie e qualcuno deve star dietro a mia sorella.

— Be', ma a un certo punto le prenderà le ferie o no?

— Spero di sì, ma non posso fare programmi.

— Perché non mi vieni a trovare? Anche all'ultimo momento. Non c'è bisogno che mi avvisi prima. A mia madre stai simpatico.

— Magari — dice senza convinzione.

— E questa come la apro? — chiedo e gli passo la birra.

Da una tasca tira fuori un accendino, lo punta contro il collo della bottiglia e fa volare via il tappo con un sonoro *pop*. In quel momento Martina e i suoi amici ci passano accanto. Un ragazzo ci guarda, mima un brindisi e dice "cin cin", Martina sorride e poi ride, ma con una frazione di secondo di ritardo.

Nel frattempo è arrivato il momento per le domande di rito, quelle serie.

— Allora come stai?

— Io sto anche bene, cioè, sono presa un po' male, però non è che sono depressa o cosa... cioè chi se ne frega, rifaccio l'anno e amen. Quella depressa è mia madre. Non ce la fa.

— A fare che?

Luca è uno dei pochi ragazzi che conosco che non capisce la quasi totalità di quelle che i telegiornali chiamano "espressioni giovanili": "non ce la fa", "non ci stai dentro", "sono in frustra", quelle cose lì. Non che io le ritenga fondamentali, però capita a tutti di usarle. Tutti tranne Luca.

— Non ce la fa nel senso che non riesce a farsene una ragione, e poi le tocca pure litigare con mio padre, perché è incazzato e secondo lui è colpa di mia madre che mi lascia troppa libertà, ed è per questo che non studio e che mi sono fatta bocciare.

— Va be', dai... quando parti? — chiede, e per un attimo diventa terribilmente serio.

— Parto domattina, te l'ho detto.

— Non partire.

— Non ho altra scelta, vieni tu a trovarmi.

— Non verrò mai, lo sai.

Sulla strada di casa cerco di rallentare la pedalata, mi guardo attorno, soffermo lo sguardo sui palazzi, sui portoni, le vetrine dei negozi chiusi. Penso a quale scusa potrebbe permettermi di non partire. Penso a Luca. Luca è il classico tipo che butta sempre tutto sul ridere. Non che non sia capace di ascoltare se gli racconti una cosa seria (una bocciatura, tanto per fare un esempio a portata di mano), ma con lui ci si ritrova sempre a guardare il lato comico della cosa.

Mio padre è ancora sul divano davanti alla televisione accesa, mentre le valigie adesso sono chiuse e accanto alla porta. Entro in camera e accendo il computer. Apro messenger e controllo se qualcuno è collegato. Nessuno. Tolgo la mia foto e metto quella dei Simpson in tenuta da mare. Si parte.

# CINQUE

La macchina è stracarica. Il portabagagli è completamente pieno e sul tetto mio padre ha messo anche una specie di cassa da morto per la roba che non ci stava. Il viaggio è lungo fino in Puglia. Ci lasciamo alle spalle la città e imbocchiamo l'autostrada per Bologna. Dovremmo arrivare per l'ora di cena. Federico si è trasferito dal letto al sedile posteriore senza nemmeno accorgersene. Lui non deve pensare a niente, non ha ancora preoccupazioni. Lui non è stato bocciato.

Dorme usando la felpa come cuscino, contro il vetro della macchina. Il sole dev'essere sorto da un'ora e sento già il caldo che filtra dal finestrino. Un raggio di sole arriva dritto in faccia a Fede e lui cerca di coprirsi gli occhi nel sonno, borbottando qualcosa di indecifrabile. La lotta col raggio di sole continua per alcuni minuti finché, esasperato, Fede si gira di scatto e rimane con la testa molle sul collo e la bocca aperta.

È uno spettacolo raccapricciante.

Fino a un paio d'anni fa, qualsiasi cosa facesse Federico era inevitabilmente carina e divertente. Poi all'improvviso ha perso i tratti da bambino ed è entrato nella "fase hobbit": voce da ragazzo, sviluppo muscolare, peli, ma testa da bambino. Non resisto, e senza svegliarlo lo guido finché non si accascia sulle mie gambe, al riparo dal sole. Il suo sollievo è evidente: si porta le mani alla faccia, si stropiccia gli occhi, poi lascia che la destra crolli giù dal sedile mentre rannicchia la sinistra sulla mia pancia.

Ha le dita sporche di vernice secca, come se si trattasse di macchie indelebili che sono lì da giorni.

All'altezza di Bologna, mio padre decide che è arrivato il momento di una sosta. Fede ha dormito per tutto il tempo, mentre io mi ripetevo mentalmente le seguenti frasi:

"Sei un'idiota, non potevi impegnarti un po' di più?"

"Ora devi trovare un modo per passarti 'sto mese."

"E se al campeggio c'è ancora l'animatore che ti sei fatta l'anno scorso?"

All'ultima domanda mio padre ha proposto la sosta caffè, risparmiandomi la tentazione di rivivere quella penosa storiella estiva.

Scendiamo dalla macchina.

— Fede, ma dov'eri ieri sera? — chiedo, mentre lui cerca di togliersi i capelli dagli occhi.

— Ieri sera... boh.

Non è facile ottenere risposte da mio fratello quando si è appena svegliato, ma io ho voglia di chiacchierare, per distrarmi dal viaggio e dal ricordo della mia pseudo storiella estiva dell'anno scorso. Quindi non demordo.

— E perché hai le dita sporche di vernice?

— Ah, sì, ero dai nonni. Il nonno mi sta insegnando a dipingere.

Non riesco a trattenere lo stupore e reagisco con un lungo e sonoro: — Tuuuuuuu? — che potrebbe offendere chiunque abbia appena intrapreso la carriera di pittore senza esserci portato ma, evidentemente, non mio fratello.

Nel frattempo siamo entrati in autogrill, noi e altre

due o trecentomila persone che hanno avuto la stessa brillante idea.

Mio padre si mette in fila alla cassa.

— Che cosa volete?

— Un caffè — rispondo.

— Una coca — dice mio fratello.

— Ma non è troppo presto per una coca? — domanda mia madre.

— Lasciagli prendere quello che vuole — interviene mio padre — Tu che cosa vuoi?

Vuole un caffè. E dai che ce la facciamo…

Io e mia madre cominciamo a farci largo tra la folla davanti al bancone.

— Perché il nonno dà lezioni di pittura a Federico?

— Gliel'ha proposto lui, gli ha chiesto se gli insegnava un po' le basi, e il nonno, figurati, era contento come una Pasqua

Sospendo qui le indagini, perché sono costretta a chiedermi quanto può essere contenta una Pasqua.

# SEI

— Oh raga, sono ancora ubriaco da ieri. Se mi fanno il palloncino adesso mi ritirano la macchina con voi dentro.

— Guido io, guido io. Tu dormi, che stasera facciamo chiusura in discoteca!

— Adesso caffè, sizza, supertour dell'autogrill in mezzo ai salami regionali e poi si riparte al volo.

Fuori dall'autogrill c'è una Macchina di Giovani Milanesi Appena Partiti per le Vacanze.

È inconfondibile. Ha parcheggiato e subito sono scese due ragazze con occhiali da sole enormi e infradito. Sono allegre, ridono ad alta voce e una di loro si accende pure una sigaretta, il che per me in quel momento equivale a una sorta di dichiarazione di indipendenza. Ma è evidente che la mia non è altro che un'invidia feroce, accresciuta dalla vista dei loro fidanzati/amici: uno è decisamente fico e l'altro è sul genere intellettuale. Me lo immagino già in spiaggia che non si toglie la camicia e legge.

Il tipo fico prende per la vita una delle due ragazze e la spinge verso le scale dell'autogrill, dove io osservo la scena attonita pensando al diverso assortimento della mia macchinata. L'altra ragazza parla al telefono e quello che nella mia immaginazione è l'intellettuale del gruppo mi fissa. Anche questo è un classico. Se ci sono due ragazzi e uno è "quello bello", io generalmente vengo notata dall'altro. Per un momento mi dimentico della mia famiglia e mi immagino da sola, in vacanza, libera di fare quello che voglio. Immagino di rispondere allo sguardo interessato dell'intellettuale, di lasciarlo avvicinare e scambiarci due parole, per poi scoprire che andiamo in vacanza nello stesso posto e lasciargli il numero di telefono con un "Magari ci si vede" ricco di implicazioni. E quando ho finito di immaginare e l'intellettuale è davvero a un passo da me, mio fratello dice le seguenti parole:

— Ali, papà ha detto di fare la pipì ora, che poi lui non si ferma.

Il sole sta tramontando sul mare quando la macchina varca il cancello del parcheggio. Attraverso le chiome dei pini marittimi si intravede il cielo arancione. Mio padre scende e scambia poche parole con un vecchio seduto su una panchina. La barra rossa e bianca che dà accesso alla zona delle roulotte si alza lentamente.

Mi dispiace che non ci siano i nonni quest'anno. Se tutto fosse andato come speravo, cioè se io fossi stata promossa e se mio nonno non si fosse ammalato, in questo momento ci sarebbe lui qui in campeggio e non io, per la gioia di mio fratello, che lo adora. Ogni anno si piazzano per ore sulla veranda della roulotte a giocare a carte dopo cena.

— Ho fame — dice Fede.

— Ali, vai con tuo fratello al bar e vedi se vi preparano qualcosa.

— E voi?

— Io devo fare i letti, subito, al resto pensiamo domani con calma.

Il "resto" sono i grandi lavori di inizio vacanza: pulire la roulotte, allestire la veranda con tavolo e sedie, spazzare gli aghi di pino e altre mille piccole cose da fare per rendere la piazzola del campeggio il più simile possibile alla nostra casa di città.

— Vi prendo qualcosa?

Non ottengo risposta e quindi mi allontano con Fede.

Al bar ordiniamo due toast e due coche. Il ragazzo che ci serve ci saluta come se ci conoscesse, ma non mi ricordo di lui. Fede invece gli batte il cinque.

— Lo conosci? — chiedo non appena si è allontanato.

— Lo conosci anche tu, è Giovanni, non ti ricordi? Lavorava qui anche l'anno scorso.

Provo a scavare nella memoria per scovare qualche ricordo collegato a questo fantomatico barman, ma non trovo niente. Nessun Giovanni nelle mie estati. Nessun Giovanni nel bar del mio campeggio. La cosa in realtà non mi allarma. Non è stato l'anno migliore della mia vita, ed è possibile che alcuni file poco importanti possano essere stati danneggiati, nel tentativo di fare un po' di pulizia nel mio passato.

# SETTE

Dopo il primo giorno, dedicato alle Grandi Pulizie e ai Grandi Lavori, ha inizio la vacanza vera e propria.

Non ho incontrato l'Animatore, ma è possibile che non sia ancora arrivato. Di tutte le persone che ho conosciuto l'anno scorso e con cui ho scambiato mail, numero di cellulare e indirizzo di casa (non si sa mai), non ho più sentito quasi nessuno e non so se quest'anno ci saranno. L'unica che mi sarebbe piaciuto rivedere so per certo che non verrà: è andata in Sardegna con le sue amiche.

La nostra giornata di vacanza tipo segue più o meno questo schema:

1. sveglia al più tardi alle otto e mezzo (ma mio padre è già operativo dalle sette);
2. partenza in macchina, perché "noi non andiamo alla spiaggia del campeggio, noi andiamo a *cercare* le spiagge";
3. posizionamento in un punto isolato, l'ombrellone più vicino deve essere ad almeno cinquanta metri;
4. pranzo rigorosamente in spiaggia con i panini preparati da mia madre al mattino (il bar, le rare volte in cui siamo capitati in una spiaggia in cui esisteva, è considerato luogo di perdizione e di spese inaudite);
5. pomeriggio: pennica sotto l'ombrellone e, a seguire,

le attività ricreative: sudoku, "Settimana Enigmistica", lettura del "Corriere della Sera" e delle riviste di gossip.
6. alle cinque e mezzo si smonta quello che ormai è diventato un secondo accampamento e si torna a casa, in modo da evitare la fila alle docce.

Il primo giorno riesco miracolosamente a evitare ogni tipo di discussione famigliare. Non raccolgo le provocazioni e rimango incollata al libro che sto leggendo, *L'insostenibile leggerezza dell'essere*, di Kundera. Me l'ha dato Luca, ha detto: — Se vedi che poi hai di meglio da fare, lascialo stare, leggiti solo il titolo due o tre volte, tanto è la parte migliore.

Purtroppo non ho di meglio da fare e un libro è quello che ci vuole per mantenere un distacco zen dalla mia famiglia.

Così non mi innervosisco quando mia madre mi sta alle calcagna con un bidone di crema protezione 140. Faccio due bagni con mio fratello e rispondo correttamente a una delle due domande di un diabolico cruciverba numerico che mio padre ha letto ad alta voce per mettermi alla prova: le due guerre mondiali, i Patti Lateranensi.

Per un momento quasi mi distraggo.

Alle cinque però il mio umore è sotto i piedi e il mio pensiero fisso è: ancora un mese così.

Appena rientrati in campeggio evito l'ambita precedenza alle docce e me ne vado dritta nella cosiddetta Sala Cazzeggio, una stanzetta accanto alla reception con due computer preistorici. Però c'è messenger.

Luca è connesso.

Alice chiama Luca, rispondi Luca, richiesta immediata di soccorso.

Ali! Ciao! Sono a Kingston!

La capitale della Giamaica?

Esatto, brava, stai studiando allora?

(dito medio)

Come va?

Abbastanza da schifo grazie. Giornata in spiaggia con la famiglia, isolamento totale, campeggio mezzo deserto, età media 11 anni.

Wow, ti stai divertendo allora? Qui si muore dal caldo.

Luca, io un mese così non lo reggo, devi dirmi cosa fare, trova una soluzione.

... (faccina che pensa)

Luca? Ci sei?

Aspetta, sto pensando.

Bravo.

Second Life.

Che?

Second Life, è la risposta ai tuoi problemi.

Luca passa metà della sua giornata davanti al computer. Tutto quello che so me l'ha insegnato lui. Una delle sue ultime scoperte è Second Life, una realtà virtuale dove uno può vivere una seconda vita con il proprio avatar: una specie di alter ego che si muove in un mondo che non esiste, fa amicizia, compra vestiti, va alle feste.

Nella situazione in cui mi trovo non vedo proprio come Second Life potrebbe essermi d'aiuto.

Cosa c'entra Second Life? Non voglio stare tutto il giorno al computer.

Non hai capito, la tua Second Life è un'altra. Devi costruirti una realtà diversa, fatti un progetto parallelo, tipo che leggi un casino, scrivi, ti fai un paio d'ore al computer tutti i giorni, ti trovi un posto dove andare all'ora dell'aperitivo e cerchi di conoscere qualcuno...

Non mi hai convinta.

Ma sì invece, prendi in mano la tua vacanza.

E questo ottimismo da dove salta fuori? Non è da te...

Mi hai chiesto di trovarti una soluzione? E io te l'ho trovata: Second Life.

Va be', stanotte ci penso su, ora vado, ci becchiamo domani?

Se riesco a trovare un internet point a L'Avana.

Ma non eri in Giamaica?

Sì, ma parto, domani sono a Cuba. Devo capire se è meglio il comunismo o il capitalismo.

Mandami una cartolina quando l'hai capito.

Contaci! Tu domani che fai?

Andiamo a cercare un'altra bella spiaggia senza bar.

Ma tuo padre non vuole che studi?

... (lampadina)

Cosa vuol dire?

(faccina che ride) Mi hai dato una superidea!

(faccina interrogativa)

Se funziona poi ti racconto.

Va bene, ciao (pecora che saluta)

(panda che saluta)

(Bart che mostra il sedere)

(lama che sputa)

# OTTO

— Che cosa ci fai già in piedi?

Mio padre è disorientato. Questa mattina mi sono alzata spontaneamente alle sette e mezzo. Ho messo su il caffè e ho preparato la colazione. Il progetto Second Life è appena iniziato e mi sto già divertendo.

Sarei tentata di rispondere: «Il mattino ha l'oro in bocca», ma sarebbe troppo.

Mi limito a: — Sto preparando un programmino di studio — che forse è anche peggio.

Lui non sa che cosa ribattere.

— Ah.

Mia madre ha sentito e sorride, lieta del mio buon proposito, che le risparmierà altre discussioni con suo marito.

— Oggi mi faccio un programmino per questo mese: prendo tutti i manuali, focalizzo gli argomenti e poi domani attacco.

Mia madre a questo punto mi guarda con sospetto. Federico, che si è appena svegliato e deve aver sentito solo l'ultima frase, trattiene una risata. Mio padre si allontana con l'asciugamano e lo spazzolino da denti in mano, ma sembra quasi che si stia guardando le spalle, come se da un momento all'altro qualcuno potesse saltargli al collo urlando: «Ti ho fregato!»

— Sorella, complimenti. Ti ha creduto.

Mio fratello è entusiasta della trovata. È evidente che è il più sveglio della famiglia. Ha già capito che cosa ho in mente.

— Che cosa? Cosa ha creduto? — chiede mia madre.

— Niente ma', niente — risponde Fede e rientra nella roulotte.

— Alice, ma come fai, ti porti tutti i libri in spiaggia?

— Eh, adesso ci penso, intanto vedo cosa riesco a combinare qui, prima che andiamo.

Una sonora risata proveniente dalla roulotte accompagna l'uscita di scena di mia madre, che si avvia verso il bagno per *parlare* con mio padre. Mia madre non è scema. Ha soltanto bisogno di un buon alibi per mettersi dalla mia parte.

E questo lo è.

Alle nove e trentacinque saluto la macchina dei miei genitori che si allontana alla ricerca di qualche fantomatica spiaggia senza gente e senza bar. Mia madre mi saluta con la stessa espressione che avrebbe se il suo unico figlio maschio stesse per partire per la guerra. Io invece mi sento come una che ha vinto alla lotteria. Non sono ancora "felice come una Pasqua", ma sono sulla buona strada. Mio padre mi ha promesso che torneranno un po' prima e ha aggiunto: — Però tu te ne stai qui a studiare, non è che te ne vai al mare.

Gli ho garantito che la sera avrebbe potuto verificare con i suoi occhi e lui ha risposto che potevo starne certa. Ci siamo scambiati qualche altra battuta acida e quindi ci siamo salutati.

Mi guardo attorno.

È strano.

Improvvisamente è come se il campeggio fosse diventato più grande.

Guardo verso l'alto. Vedo i rami dei pini marittimi che dondolano mossi dal vento. Sono quasi sicura che ieri si trovassero almeno un paio di metri più in basso. Mi giro verso il mare, diviso a rombi regolari dalla recinzione del campeggio. L'orizzonte dev'essersi spostato nella notte. Il mare questa mattina è immenso. Il vento mi scompiglia i capelli e un odore penetrante di salsedine mi arriva dritto allo stomaco assieme agli strilli dei gabbiani. Mi metto le mani sulla faccia e mi sembra che la pelle sia più liscia e fresca.

Non capisco bene queste sensazioni, cioè, forse la sto mettendo giù un po' troppo poetica, ma è proprio così che mi sento. Come una che dorme in un armadio e un bel giorno si alza e si accorge che c'è anche una camera con un comodo letto.

E non ho assunto droghe, non che io sappia.

Mentre sono assorta in questa specie di delirio di sensazioni, mi cade l'occhio sulla nostra roulotte, sul tavolo sotto la veranda, sulla tazza di caffè accanto alle pile di libri di scuola. In un istante tutto è di nuovo come prima. I pini tornano al loro posto, l'orizzonte si accorcia e l'odore del mare viene coperto da quello delle creme solari.

— Alice! — urla una voce maschile alle mie spalle, coprendo anche l'ultima allucinazione uditiva (non c'è traccia di gabbiani qui in giro...).

L'Animatore è arrivato in campeggio.

# NOVE

Aggiornamenti del piano Second Life:

Punto primo: ~~oretta di internet~~ (rimandata)

Nuovo Punto primo: far capire all'Animatore, in modo simpatico e gentile, che non ho nessuna intenzione di limonare ancora con lui o di fare qualsiasi altra cosa che preveda un contatto fisico.

Lui è sul piede di guerra.

Non sarà facile.

Deve aver passato gli ultimi tre mesi in palestra, perché ha dei bicipiti ridicoli, stile supereroe dopato. In compenso ha cominciato a stempiarsi, il che mi spinge a interpretare la palestra come un tentativo di rassicurare il suo ego ferito dalla calvizie. È già abbronzato, deve essersi fatto una decina di lampade.

— Come hai potuto starci con uno così? — urla il mio orgoglio ferito.

Ci sono delle attenuanti, tre parole: sole, cuore e amore.

Sole: ero in vacanza da tre settimane, mi sentivo in superforma, magra e abbronzata. Mi ero fatta un bel gruppo di amici e stavamo tutte le sere in spiaggia.

Cuore: mi ero da poco lasciata con Luca. Ero libera e avevo voglia di una storiella estiva.

Amore: c'erano le stelle, il rumore del mare e i fuochi d'artificio.

— Allora stessa spiaggia stesso mare? — esordisce l'Animatore con una battuta degna di Mike Bongiorno.

— Eh sì, anche tu giusto?

— Certo! Quest'anno organizzo acquagym in spiaggia e i giochi serali, aspetta, ti lascio un programma!

— Oh, grazie.

— Ma sei qui da sola?

Ecco, ci siamo, ora devo giocarmi bene la risposta:

— No, coi miei... e col mio ragazzo.

Forse ho esagerato.

Lui strabuzza gli occhi e gli angoli della bocca precipitano sotto le orecchie. In quanto animatore, probabilmente è tenuto ad avere la mimica di un cane della Walt Disney.

— Ah, è una cosa seria?

— Ma sì, cioè no, insomma, sta qui un po' e poi raggiunge i suoi.

E vai con la fantasia.

— Sta nella roulotte con voi?

— Sì... cioè no, abbiamo montato un igloo dietro la roulotte.

— E...

A quel punto lo fulmino con lo sguardo. E fatti i cazzi tuoi!

— Va be', vado allora! — esclama, ritrovando l'ottimismo.

L'Animatore è un grande sostenitore della cultura Smile. È la classica persona che almeno una volta nella vita si sente dire: «Che cazzo ti ridi?»

Appena riesco a liberarmi di lui, mi precipito nella Sala Cazzeggio. Entrambi i computer sono occupati da padri di famiglia in evidente crisi di astinenza da lavoro. Uno dei due scrive e contemporaneamente parla al cellulare con l'auricolare. L'altro sta leggendo il giornale on line.

Torno alla roulotte e prendo i libri di scuola e i romanzi che dovrei leggere. Vado al bar e li sparpaglio per bene su uno dei tavoli di legno all'aperto. Tiro fuori un quaderno dallo zaino e comincio a scrivere.

Programma Second Life:

Punto primo, scaricare Animatore: fatto.

Punto secondo, ora di internet: in sospeso.

Punto terzo: scrivere un piano di studio per convincere mio padre che mi sto dando da fare.

# DIECI

*Amor, ch'a nullo amato amar perdona*

Questa non mi è mai andata giù. Perché non è vero, è evidente. Solo che visto che l'ha scritto Dante, non si può dire niente. Dante era un egocentrico e un paranoico. Solo che non si può dire, nemmeno per scherzo. A me la *Divina Commedia* non dispiace nemmeno. L'idea è geniale. Prendi tutti i politici, i preti, gli uomini e le donne che conosci e, a seconda dei loro meriti e dei loro peccati, li cacci un po' in Paradiso a spassarsela e un po' all'Inferno, a soffrire per l'eternità. Fino a prova contraria, un'operazione del genere dovrebbe essere concessa solo a Dio. Se invece è un uomo a farlo, non è peccare di superbia?

Dante si giustifica dicendo che a ispirarlo è stata una donna, per la quale si era preso una sbandata devastante qualche anno prima, Beatrice. Anche se poi lui non ha sposato Beatrice. Si è sposato con tale Gemma Donati, da cui ha avuto anche dei figli.

Nessuno si è mai chiesto come deve essersi sentita la signora Alighieri quando è uscita la *Divina Commedia*?

*Amor, ch'a nullo amato amar perdona*

Il senso del verso è: se tu ami qualcuno, a un certo punto quello ti ricambia.

Bene, sono pronta a studiare Dante e a scoprire il suo pensiero, ma se dice delle evidenti idiozie, bisognerebbe parlarne.

Quando ho iniziato il liceo mi sono presa una cotta devastante per un ragazzo di due anni più grande di me. Per lui ho litigato coi miei per fare l'occupazione (perché lui organizzava l'okkupazione), mi sono vestita un po' più colorata, perché lui era un tipo alternativo (del genere sciarpine e bici scassata), ho fatto un tiro da una canna fingendo che per me fosse assolutamente normale e mi sono umiliata in diversi altri modi, con appostamenti e pedinamenti diurni e notturni. Non ero nemmeno l'unica. Almeno una cinquantina di ragazze avevano perso la testa per lui.

Eppure, non si è innamorato di nessuna di noi.

Che strano...

Quindi, riprendendo il testo originale:

*Amor, che a ~~nullo~~ qualche amato amar perdona*

È già l'una, non sono ancora riuscita a farmi l'ora di internet e il mio piano di studio per ripassare l'Inferno è già degenerato nei ricordi dell'anno passato.

Raccolgo i libri. Passo di nuovo davanti alla Sala Cazzeggio, ma i due computer sono ancora occupati dai due padri di prima. Davanti all'ingresso c'è un rasta magrissimo in costume e All Star senza stringhe. Appoggiati per terra ci sono dei manifesti colorati. Il rasta ne sta attaccando uno alla parete: "Reggae party - Every day happy hour 6 p.m. all night long e anche dopo".

Il ragazzo si accorge che sto leggendo il manifesto e mi sorride.

— Vieni, c'è bella musica e i cocktail costano tre euro.

Sul momento non riesco a dire niente. Lui mi guarda perplesso.

— ... cioè, se vuoi.

— Sì, no, cioè scusa, dov'è?

— Qui dietro, cammini lungo la spiaggia verso destra per un po' e ci arrivi.

Che equivale a dirmi di seguire il Bianconiglio, comunque...

Il ragazzo raccoglie i manifesti appoggiati per terra, mi fa un sorriso e se ne va.

Ecco, andato. Nemmeno un: "Vieni, ci conto". Nei film lo dicono sempre.

L'episodio contribuisce ulteriormente a buttarmi giù il morale e non so più se prepararmi il pranzo, farmi una doccia fredda o buttarmi in mare con lo zaino pieno di libri appeso al collo.

Mi dirigo verso la roulotte con le braccia molli lungo i fianchi. Non lo faccio apposta, mi viene spontaneo.

— Scusa, ehi scusa!

È lui.

In un attimo metto su un'espressione serena e spensierata.

— Non è che hai dello scotch?

# UNDICI

Un ragazzo con i dread sta mangiando un piatto di pasta pomodoro e mozzarella nella veranda della mia roulotte.

Sul tavolo, oltre alle posate e a una bottiglia d'acqua, c'è un rotolo di scotch.

Ecco, forse ho forzato un po' il piano suggeritomi da Luca, che consisteva nel "provare a vedere se riuscivo a conoscere qualcuno". Ma del resto è normale, no? Stavo andando a preparare da mangiare per me e a prendere dello scotch per il Rasta. E alla fine le due cose si sono mischiate. Devo o no organizzarmi una Second Life? E allora…

— Quindi sei qui con i tuoi?

— Sì, mi tocca.

— Va be', tanto poi fai quello che ti pare no? Poi c'hai la roulotte praticamente sulla spiaggia. Dove vai al mare?

— Dipende, cambiamo spesso, a mio padre piace cercare spiagge nuove.

— È un grande, fa bene, qui ci sono dei posti assurdi, io ci vengo da quattro anni, è fichissimo, *lu mare, lu sule, lu ientu*, come dicono i Sud Sound System.

Ora immagino che dovrei sapere chi sono i Sussound-

qualcosa e quindi annuisco sorridendo, come per dire: "Eh sì, proprio così".

— E tu dove stai?

— Più giù, lungo la spiaggia, c'è un altro campeggio, e prima c'è 'sto posto dove si fa l'aperitivo reggae, devi assolutamente venire!

A questo punto penso di dire qualcosa per giustificare la mia condizione di ragazza in vacanza coi genitori. Poi penso che potrei buttar lì che ho un fratello di dodici anni. Penso che l'aperitivo alle sei è perfetto per il mio piano Second Life. E infine dico: — Sono stata bocciata.

Che cosa sto dicendo?!

Lui però non sembra affatto sorpreso. Cioè, non lo sorprende che me ne sia uscita con una cosa che non c'entra niente con quello di cui stiamo parlando. Finisce di masticare l'ultimo boccone di pasta e poi dice: — Ma tu quanti anni hai?

In quel momento sento il rumore terribilmente familiare di un motore che si avvicina alla roulotte.

— Vattene!

— Come?

— Vattene, sono tornati i miei, se ti trovano qui sono finita!

— Okay, okay!

Il Rasta prende lo scotch e corre via lungo la rete del campeggio, dalla parte opposta a quella da dov'è arrivato il rombo di motore.

Sento due portiere che si aprono.

Una si chiude.

Sento la voce di mio fratello che si lamenta e alla fine compare mia madre, con in mano tre pesche ricoperte di sabbia.

— Ciao tesoro — dice, ma la sua voce è alterata, dev'essere successo qualcosa. Il suo sguardo si posa sul tavolo con i resti del pranzo. La sua espressione si trasforma all'improvviso e in quel momento realizzo che il tavolo è apparecchiato per due.

— Fai sparire quella roba! — sussurra tra i denti.

— Susanna! — urla mio padre alterato. — Qualcuno può degnarsi di aiutarmi a scendere dalla macchina?

# DODICI

Mio padre aveva deciso di costruire una tenda con i parei ed era andato a cercare dei legni tra le dune dietro la spiaggia.

Evidentemente quel giorno l'ombrellone gli era sembrato completamente inadeguato.

Erano arrivati da meno di un'ora e mio fratello era già in acqua assieme a tre ragazzi che aveva appena conosciuto. Fede riesce sempre a fare conoscenza. All'improvviso: un urlo dolorante. Mia madre si è alzata allarmata, lasciando cadere sulla sabbia le pesche che stava sbucciando. Sono andati verso le dune e hanno trovato mio padre steso a terra.

Secondo Federico è inciampato.

Secondo mio padre c'era una buca nascosta lasciata da qualche idiota.

Fatto sta che non riusciva più a camminare. Lo hanno portato a braccia fino alla macchina e sono andati al pronto soccorso: caviglia slogata. Gli hanno messo una fasciatura rigida e gli hanno detto che dovrà tenerla per una settimana e che non deve assolutamente guidare.

Morale della storia: per una settimana non ci si muove dal campeggio.

La sera ceniamo in silenzio con la radio accesa. Mio fratello canticchia i successi del Festivalbar e mia madre gli chiede come fa a sapere tutte le parole a memoria.

— Questa la danno alla radio ogni tre minuti — intervengo — la so anch'io.

Fede comincia a cantare con più voce e io gli tengo dietro nel ritornello. Sembriamo uno di quei musical ridicoli, dove a un certo punto qualcuno si alza da tavola e improvvisa una canzone che sintetizza il senso del momento.

Mia madre ci guarda divertita.

La canzone finisce e io mi accorgo che per terra, vicino al tavolo, c'è quello che sembra il sacco di una tenda.

— Che cos'è? — chiedo mentre tasto il sacco col piede.

— Una tendina, tuo padre ha deciso di comprarla oggi, mentre tornavamo dal pronto soccorso, la possiamo montare accanto alla roulotte.

— E che cosa ce ne facciamo? — chiedo, mentre il mio pensiero vola alla balla che ho raccontato all'Animatore.

— È per te.

A quel punto sono disorientata.

Guardo mio padre con aria interrogativa, ma lui è concentrato sulla radio. Stanno leggendo i titoli del radiogiornale.

— Ormai sei grande, così hai un tuo spazio e noi stiamo più larghi in roulotte.

Alle otto e trentacinque abbiamo finito di mangiare. Mio padre è talmente di cattivo umore che si dimentica di chiedermi del programma di studio. Si prende due aulin e va a dormire.

Io mi sento un po' in colpa, perché so che l'idea della tenda è sua. E so che per lui rappresenta lo sforzo epico di fare qualcosa per me, in modo pratico: mi compra una tenda perché ormai sono grande. E mi fa sentire uno schifo.

Prendo lo zaino e vado al bar.
Il piano Second Life è tutto da rifare.

Ma allora va alla grande!

Sei serio?

Ora sei libera di fare quello che vuoi!

E come? Il progetto Second Life è andato a farsi fottere. Con mio padre bloccato in campeggio non posso fare più niente.

Innanzitutto vai alla spiaggia del campeggio, dove almeno puoi conoscere qualcuno, e poi te ne puoi andare all'aperitivo del rasta. Ma com'è che si chiama?

Non lo so, non ci siamo nemmeno presentati.

E comunque non ho capito dov'è 'sto posto.

Va be', domani a un certo punto te ne vai a fare una passeggiata nella direzione che ti ha detto lui e lo trovi.

Sì, e a mia madre cosa dico? E poi c'è anche Federico.

Te lo porti dietro. Tuo padre avrà bisogno di assistenza no? Quindi tua madre a un certo punto tornerà in campeggio. E tu ti prendi Fede e dici che andate a farvi un giro, a bervi una coca.

E vado all'aperitivo con mio fratello?

Ma sì, Fede è un grande, tu fai quella che non si fa problemi e che si va a prendere l'aperitivo col fratello.

È perfetto.

E con lo studio? Mio padre mi terrà d'occhio.

E tu digli che c'hai un casino di libri da leggere.

Poi ogni tanto te ne stai in campeggio a studiare,

ma vai al bar, comunque lui non ti può controllare.

Va be', domani vedo. Poi ti racconto.

Domani sera non ci sono.

E perché? Dove sei?

A Gerusalemme in mattinata,

e poi vado in Palestina. Sai che sono sempre in guerra, no?

Sì, mi sa che ne ho sentito parlare... (Lisa Simpson che solleva gli occhi al cielo)

Voglio capire chi ha ragione.

Se lo scopri dimmelo che passo la notizia ai giornali. Allora, ci sei o no?

No, parto. Faccio il weekend in Liguria, da amici. Se hai bisogno chiamami.

Lo farò, ciao (pecora che balla)

(canguro che vomita)

(cane che saluta)

(mucca che balla)

# TREDICI

Un'altra notte. Un'altra colazione. Un'altra giornata di mare.

Un mese può essere lunghissimo, se sai perfettamente tutto quello che succederà ogni giorno.

Alle nove di mattina mio padre compare con due stampelle.

Io e Fede stiamo facendo colazione e meditando sul destino della vacanza.

— Visto? — esclama con un'espressione soddisfatta — Sono anche meglio delle gambe!

Questa è un'altra sua caratteristica affascinante.

È capace perfino di vantarsi per essersi slogato una caviglia. Ora può finalmente girare con le stampelle! E poveri noi che siamo costretti a usare ancora le vecchie banali gambe…

— Caro, tu però non devi sforzare la gamba — lo ammonisce mia madre.

— No, infatti, ma così non l'appoggio nemmeno. Guarda!

Si esibisce in una specie di piroetta, per dimostrare la praticità del nuovo sostegno. Fede a quel punto si tuffa nei cereali, mentre io mi domando che cosa ne sarà della giornata.

— Quindi stiamo alla spiaggia del campeggio oggi?

— Certo tesoro — annuisce mia madre — così non dobbiamo portarci dietro niente e a pranzo torniamo alla roulotte.

L'ha detto con un tono pratico e neutro, ma a mio padre non dev'essere sfuggita una certa soddisfazione nella sua voce.

— Guarda che per me potete anche farvi tutto il mese alla spiaggia del campeggio. Non vi voglio obbligare a fare nulla.

— Ma no, senti, dicevo così per dire, vediamo il lato positivo della faccenda.

Ma mio padre non ha intenzione di lasciarsi sfuggire l'occasione per un bel battibecco.

— Ho detto solamente che non l'ha scritto il dottore che dobbiamo andare in altre spiagge.

— E io ho detto solamente che non era una critica la mia.

— Ma lo sembrava.

Fede guarda i nostri genitori come se fossero una rara specie di mammiferi svantaggiati.

— Vado a mettermi il costume — dico e rientro nella roulotte.

Per arrivare alla spiaggia del campeggio bisogna uscire dal cancello principale. Percorriamo un centinaio di metri lungo una stradina sterrata e arriviamo al parcheggio a pagamento appena dietro la spiaggia. Ci saranno almeno duecento macchine e tutto lascia pensare che ci sarà, come direbbe mio padre, un "carnaio".

Imbocchiamo un sentiero più piccolo che passa attraverso la pineta, insieme a qualche famigliola attrezzatissima: materassini, gommoncini, grossi secchi pieni di palette, rastrelli e formine di ogni tipo, borse frigo grandi come bagagliai, tavolini pieghevoli, sedie di plastica e amache.

Non appena mettiamo piede sulla spiaggia, scopriamo con meraviglia che la gente è ben sparpagliata e riusciamo perfino a trovare una posizione sul mare.

Fede si offre di piantare l'ombrellone, mentre io stendo due asciugamani. Incredibilmente il nostro accampamento oggi finisce qui.

— Non era meglio portare almeno l'acqua?

— Mamma, se abbiamo sete andiamo al bar e comunque tra due ore siamo di nuovo in campeggio.

I miei genitori hanno litigato ed è per questo che mia mamma ha acconsentito, per ripicca, a ogni nostra richiesta. Così io e Fede abbiamo esagerato: nemmeno una bottiglia d'acqua.

Non è convinta. Si guarda attorno nervosa.

Alla nostra destra c'è una famiglia al completo, con tanto di nonna in seggiola e pargoli sul bagnasciuga a fare castelli. Temo che da un momento all'altro potrebbe gettarsi a terra e cominciare a fare buche assieme ai suoi nipoti.

Alla nostra sinistra c'è un gruppetto di ragazzi e ragazze senza ombrellone. Due stanno giocando a racchettoni.

L'acqua è bassa fino a venti metri dalla riva, per cui anche il mare è pieno di persone che chiacchierano, giocano a palla o semplicemente passeggiano.

Quando anche mia mamma sembra essersi rilassata (Fede le ha scavato una specie di poltrona nella sabbia), accade l'irreparabile: un gruppo di signore grassocce, guidato da un Mastro Lindo lampadato con gli slip, si getta in acqua proprio davanti a noi e comincia a sgambettare come salmoni in preda a una crisi epilettica.

Provengono tutte dal nostro campeggio e il lampadato è… l'Animatore.

Spero solo che non mi veda.

— Ma che bella idea! — cinguetta mia mamma e si alza in piedi incuriosita.

— Signora, si unisca a noi! — urla l'Animatore senza smettere di saltellare.

Mia mamma ridacchia imbarazzata, ma si vede che sta solo aspettando che l'Animatore insista un po'.

— E porti anche la sua amica! Ma… Alice! Benissimo, quindi abbiamo due new entry: Alice e la sua sorella maggiore che si chiama…

— Susanna — dice piano mia madre, ma il suo nome è coperto dalle risate.

La battuta della sorella maggiore ha mandato in delirio la folla.

# QUATTORDICI

Ore otto e mezzo: risveglio muscolare.

Ore nove e mezzo: yoga.

Ore dieci e mezzo: acquagym in spiaggia.

Ore diciotto: aperitivo creativo in piscina.

— Che scrivi? — chiedo a mia madre, mentre finisco di sparecchiare. Stasera è il mio turno di lavaggio delle pentole.

— Faccio un bel programmino con le attività del campeggio.

Mio padre non può dire niente, perché sono ancora in lite. Allora ringhia.

Mia madre mi ha fregato l'idea: domani comincia il suo piano Second Life.

Prendo la bacinella coi piatti e le pentole e mi avvio verso i bagni.

Secondo Luca c'è qualcosa di molto zen nel lavaggio delle pentole. Lui dice che tutto dipende da come vedi la cosa. Se le lavi perché pensi che domani ti serviranno di nuovo, va a finire che cerchi di farlo in fretta, magari bene, ma in fretta. Se invece pensi che stai facendo un'attività completamente inutile, cominci a prenderla in un altro modo: se hai la forza per fare delle cose completamente inutili, ti rilassi. Che sarebbe il principio del giardinetto zen, curi e rastrelli anche se sai che non ci crescerà mai niente.

Decido di mettere in pratica la sua filosofia e comincio a strofinare le pentole immaginando che poi le butterò via, che non le userò mai più e che sto facendo un lavoro che non serve a niente. Accanto a me ci sono altre persone intente nella stessa attività. Alcune chiacchierano tra loro, un paio canticchiano e una ascolta la musica con gli auricolari.

Io continuo a concentrarmi: un lavoro inutile, un lavoro inutile...

Finisco di lavare i piatti. Sono le nove. Devo averci impiegato una ventina di minuti. Quindi non molto più del solito, credo. Non saprei dire se mi sono rilassata, per adesso mi sento tale e quale a prima.

Rimetto tutto nella bacinella e torno alla roulotte. Mia madre è ancora intenta a scrivere il suo piano vacanza, mentre mio padre è in piedi e cerca di aprire il sacco con la mia tenda, usando un piede e una stampella. Trattengo a fatica l'impulso di fargli un applauso e mi trasformo nel Dalai Lama.

— Non ti ho ancora ringraziato pa', hai pensato a me, grazie.

Fede mi guarda e si caccia due dita in gola e in quel momento mi rendo conto che la mia frase è terribilmente stucchevole.

— Be', comunque grazie — dico secca, per tagliare la conversazione.

— Prego...

— La monto io domani.

— Sì?

— Cioè, come fai a montarla tu con le stampelle?

Fede mi guarda e scuote la testa.

Devo parlare con Luca, è lui che mi ha detto questa roba dello zen del lavaggio delle pentole. Avrebbe dovuto avvertirmi che ci sono effetti collaterali e che se ti rilassi troppo rischi di dire cose tremendamente sincere e fuori luogo.

Mi avvio a passo spedito verso la Sala Cazzeggio. Mi collego a messenger. Luca però non c'è. Mi ricordo in quell'istante che è andato in Liguria, me l'aveva scritto. Sto per chiudere la connessione, quando vedo la foto della mia amica abbronzata, davanti a una specie di torretta di pietra.

Chiara! Dove sei?

Ciao Ali! (faccina che ride) Sono in un internet point.

Sì, ma la foto?

È un nuraghe, qui ce ne sono un sacco. Abbiamo fatto una gita nell'interno con dei ragazzi di Roma che abbiamo conosciuto in spiaggia. Ali, mi dispiace troppo che non sei venuta in Sardegna con noi.

Anche a me... (faccina che piange)

Ma dove sei finita? Ti ho mandato 2 sms e non mi hai risposto! (faccina offesa)

Io non ho ricevuto niente... (faccina interrogativa) uffi... che dicevi?

Come stavi, che stavi facendo, che volevo sentirti, come va lì?

(faccina che sbadiglia)

Dai seriamente, come va? Ti sei già limonata tutto il campeggio? (faccine che limonano)

(dito medio)

No, dai sul serio, qualche news?

L'Animatore ci prova con me...

Quello dell'anno scorso.

Quello.

Ma era uno sfigato giusto?

Quest'anno anche di più.

Ma chi se ne frega! È estate, stacci e poi scaricalo.

Ma è diventato un palestrato ed è completamente lampadato...

E allora? Mica lo devi sposare!

Si sta stempiando e tiene il corso di acquagym con le vecchie.

Okay, basta basta!

Però ho conosciuto un rasta...

(faccina con dread e cappellino giamaicano)

# QUINDICI

— Federico, puoi chiedere a tuo padre che programmi ha per domani?

— Pa', la mamma vuol sapere che programmi hai per domani.

— Dille che non lo so ancora.

— Ma', dice che non lo sa ancora.

— E quando ha intenzione di decidere?

— Pa', quand'è che decidi?

— Dille che non lo so.

— Dice che mi devi dare cinquanta euro.

Mio fratello adora i litigi indiretti, anche perché sono quelli più soft. Se ci si può concedere il lusso di scegliere una strategia di litigio, vuol dire che in fondo non si è poi così arrabbiati. Fatto sta che mio fratello si diverte un mondo a prenderli in giro.

— Alice, puoi chiedere a mia madre se posso alzarmi da tavola?

— Dai Fede.

— Mamma, puoi chiedere ad Alice di rispondermi?

— Alzati dai, vai dove vuoi!

Con l'autorità di famiglia in crisi, siamo più o meno liberi di fare quello che vogliamo.

E così parte il Progetto Ignoranza:
sveglia alle dieci;
in spiaggia alle undici, undici e mezzo;
a pranzo ci si arrangia (io e Fede rimaniamo in spiaggia);
la sera, cena di famiglia, questa sì, ma dopo ognuno è libero di andare dove gli pare, che non è granché, visto che non c'è niente da fare qui, però almeno mi posso attaccare al computer e starci finché voglio.

Mia mamma si è lanciata con l'acquagym, lo yoga in piscina e i "giochi serali" organizzati dall'animazione.

In due giorni ha conosciuto mezzo campeggio e adesso quando arriviamo in spiaggia la salutano tutti. Io invece, dopo il pranzo surreale col Rasta, non ho più avuto occasioni di socializzazione. Ma va bene così. Anche se non mi sono fatta Nuovi Amici, continuo a orbitare intorno al bar della spiaggia del campeggio.

Questa è la vera rivoluzione. E io e Fede abbiamo voluto strafare: non solo pellegriniamo almeno tre volte al giorno fino al bar per prendere una coca, un gelato o un caffè freddo. Mettiamo pure l'ombrellone a una decina di metri dal bar, per sentire la radio con i successi del Festivalbar. Quest'ultima decisione è chiaramente una parte fondamentale del Progetto Ignoranza ed è quella che ci dà più soddisfazione.

La sera me ne sto due ore nella Sala Cazzeggio, chiacchiero con Luca e adesso anche con Chiara, che vuole conoscere i miei progressi sentimentali, "Insomma hai limonato o no?", "E il Rasta?". Il Rasta non l'ho più visto e a dir la verità non sono così certa di volerlo rivedere, dopo che l'ho cacciato via come un ladro.

Il mio programma di studi non è iniziato e del resto non faceva parte del mio piano Second Life. Serviva solo a tenere buoni i miei. Insomma, alla fine sono stata bocciata. L'anno prossimo mi devo rifare tutto da capo. Cosa studio a fare? Okay, okay, so perfettamente che qualcuno potrebbe dire che "proprio perché sei stata bocciata devi studiare di più", tipo mia madre. Ma io ho bisogno di rilassarmi, di lasciarmi alle spalle questo anno. E visto che ci sto riuscendo, va bene così.

Ho quasi finito *L'insostenibile leggerezza dell'essere*, il libro di Luca (in questo momento in viaggio sulla Transiberiana, dice che i vagoni sono sporchi). Non è nel programma di studi e quindi nessuno mi chiederà qual è il senso della fuga del protagonista e che cosa significa questa o quell'altra scena. Lo leggo e basta. Quando l'ho finito posso anche dimenticarmelo. Questa è Second Life, no? Una realtà dove puoi fare ed essere quello che vuoi. Ma se lo fai in internet non ci sono conseguenze. Che cosa succede se mi metto a fare tutto quello che voglio, quello che desidero davvero? Probabilmente un gran casino.

Basta vedere che cosa sta succedendo a mia madre. Cioè, è vero che la sua improvvisa vita sociale in realtà è una sofisticata forma di vendetta contro mio padre. Però in pochi giorni da Camping Massaia è diventata Miss Club Med: oltre a partecipare a tutte le attività organizzate dall'animazione, oltre ad aver conosciuto mezzo campeggio, ora la sera dopo cena se ne va a bere il limoncello nella roulotte di questa o quell'altra signora "simpaticissima". Forse la sua vita le è sempre stata stretta, si dice così no? Forse non voleva fare solo la casalinga, non voleva occuparsi solo dei figli, ma voleva un marito con cui andare alle feste. Ma che cosa dovrebbe fare? Salutarci tutti e Seguire La Sua Strada?

Il terzo giorno del Progetto Ignoranza, succedono in ordine le seguenti tre catastrofi:

1. Fede fa amicizia con un gruppetto di ragazzini della sua età;

2. mio padre va a farsi togliere la benda alla caviglia e gli dicono che in due giorni è a posto;
3. mia madre mi dice che l'Animatore le ha chiesto se non le dà fastidio che io dorma col mio fidanzato nell'igloo proprio accanto alla roulotte.

# SEDICI

— Qui dovrebbe andare — dice mio padre in piedi, con l'ombrellone in mano, in mezzo a una zona piena di rocce che affiorano dal terreno. — Visto, basta fare duecento metri e non c'è più nessuno, anche nella spiaggia del campeggio.

L'accesso al mare è impedito da una serie di scogli ricoperti da muretti di alghe puzzolenti e compatte. Ma non sarò io a far notare questa falla nel suo piano strategico.

La pacchia è finita. La caviglia di mio padre è andata a posto. Mia madre non ha deciso di Seguire La Sua Strada, anche se non ha nessuna intenzione di rinunciare alle sue attività, all'acquagym e al limoncello nelle roulotte dei vicini. Non so che cos'abbia in mente, ma ho come l'impressione che abbia un piano di riserva. Sembra stranamente tranquilla.

In compenso ha smesso di parlarmi.

— Avevo fatto finta di niente quando ho visto il tavolo apparecchiato per due — ha detto l'altra sera — ma non sono scema.

— Mamma, guarda che sei fuori strada…

— Non credo proprio.

— Mamma, sii seria per favore.

— Sono serissima.

— Tu non credi davvero a quello che penso io?

— E cosa dovrei credere? L'animatore dice che gli hai raccontato che stai col tuo fidanzato nell'igloo, io ti sorprendo davanti alla roulotte col tavolo apparecchiato per due, non so, dimmi tu che cosa dovrei pensare.

— Dovresti pensare che l'animatore è un idiota e che...

— E che cosa?

Fregata.

Mia madre, in versione Signora Fletcher, ha messo insieme le tesserine di un mosaico inesistente. Il punto è che la sua versione dei fatti è assolutamente verosimile, e così ho dovuto abbozzare, cioè, non le ho detto che ha ragione, ma non ho nemmeno potuto dimostrare il contrario.

Fatto sta che non mi parla più, e questo ha portato un ribaltamento degli schieramenti, tutto a mio svantaggio. Dal momento che ce l'ha con me, non ce l'ha più con mio padre. Anzi, solidarizza con il suo risentimento generico nei miei confronti. Grazie a me, i miei hanno fatto pace.

A colazione, questa mattina, le parti in causa hanno firmato il compromesso storico:

Nonostante la guarigione della caviglia, e in virtù della prudenza suggerita dal medico, si andrà alla spiaggia del campeggio, ma si cercherà un posto sufficientemente isolato. Quindi al mattino ci si muoverà in pompa magna con borsa frigo e tutto il resto e si tornerà alla roulotte alle cinque e mezzo, per evitare la fila alle docce. In questo modo mia madre, se vorrà, potrà partecipare alle attività dell'animazione.

— Che puzza — dice Fede e si tappa il naso.

Mio padre cerca di piantare l'ombrellone, ma il terreno non cede.

— Federico, recuperami dei sassi per fermarlo.

Mio fratello si allontana sconsolato.

Io tiro fuori il libro e mi siedo su una roccia a leggere,

pensando di compiere un'azione completamente neutra. Mi sbaglio.

— Comoda comoda — dice mio padre, spalleggiato da un'espressione di rimprovero di mia madre.

— Ma...

Non ho intenzione di litigare, non stamattina. Così appoggio il libro, mi alzo senza dire una parola e vado verso la montagna di borse, borsoni e seggiole pieghevoli, in attesa di istruzioni.

— Hai portato da studiare? — chiede mia madre con voce ostile.

— Ho portato da leggere — ammetto senza cercare scuse.

— Per la scuola?

Che palle. Adesso ci si mette anche lei. È troppo. Posso tollerare di dover discuter ogni giorno con mio padre, ma se ci si mette anche lei è troppo.

— No, per piacere.

— Già che leggi, almeno leggi i libri che *devi* leggere.

Lo so, potrei inventare una scusa qualsiasi. Avrei potuto dire che era un libro per la scuola, anzi, che me l'aveva consigliato l'insegnante di italiano, che mi aveva detto di leggerlo come prima cosa. Ma non ho voglia di dire palle. Non ho voglia di inventarmi una Second Life e non ho voglia di dover scappare per Seguire La Mia Strada.

— Leggo questo libro perché mi piace.

A quel punto interviene mio padre.

— Hai fatto già abbastanza quello che *ti piace* quest'anno, direi.

Federico nel frattempo è tornato e ci osserva in silenzio con tre sassi in mano. Se le cose dovessero mettersi male, potrebbe facilmente abbatterci a sassate. Siamo tutti in piedi, su una schifosissima spiaggia piena di rocce che puzza di pesce marcio.

— Alice, devi prendere sul serio la scuola. La scuola è il tuo futuro.

— Io un altro anno a scuola non te lo pago.

— Se ti bocciano un'altra volta vai a lavorare.

— Io non mi potevo permettere di prendere un'insufficienza.

Non so nemmeno più chi è a parlare, non mi interessa. I soliti discorsi, le solite parole. Il tuo futuro prima di tutto, tu devi fare, tu devi capire... ma perché? Perché devo studiare? Perché devo laurearmi? Perché devo trovare un futuro come si deve? Perché devo leggere libri che non mi piacciono? Se ci fosse almeno un motivo... ma il motivo non c'è. Si fa così e basta. Questa è la risposta. Tante volte mi è andata bene, tante volte mi sono accontentata. Ma non questa volta, non oggi. Non ce la faccio più.

# DICIASSETTE

Cammino veloce, lungo la spiaggia. Il pareo mi scivola lungo i fianchi. Lo lascio cadere e non lo raccolgo. Vado avanti con la testa bassa, i capelli che mi coprono la faccia, in modo che nessuno si accorga che sto piangendo. Sento la musica che proviene dal bar del campeggio, gli schiamazzi, le urla dei bambini che giocano in acqua. Ma non vedo niente, cammino e basta. Mi sento stupida e goffa. Non ho il coraggio di correre e quindi cammino in fretta come un'oca spaventata. Supero il bar, supero il campeggio e non alzo mai lo sguardo da terra. Le onde mi bagnano i piedi ogni tanto. Non ho nemmeno preso le infradito e senza pareo mi sembra di essere in mutandine e reggiseno, non in costume. Mi sento ridicola. La musica diventa lontana. La larga spiaggia di fronte al campeggio si stringe a imbuto e mi ritrovo su un sentiero pieno di sassi e palle di alghe marroni. Continuo a camminare senza voltarmi indietro. Poi il sentiero si allarga di nuovo, scompaiono i sassi e mi ritrovo su un morbido bagnasciuga. La sabbia è bianca e fina e mi si appiccica ai piedi. Rallento, respiro, chiudo gli occhi e li riapro. A pochi metri da me, riverso sulla spiaggia, c'è un gabbiano.

Mi avvicino. Ha il becco mezzo affondato nella sabbia, un'ala è rannicchiata sotto la pancia e l'altra è distesa di lato. Trema. Ha gli occhi spalancati e pieni di terrore. Mi inginocchio a pochi metri da lui e lo guardo. Cerca di aprire il becco e lo richiude nella sabbia. Con una zampa scalcia e dopo qualche secondo riesce a darsi una spinta. Si solleva da terra e rotola sull'ala, percorrendo non più di mezzo metro verso la riva. Ci riprova. Scalcia ancora e questa volta finisce col becco dritto in mezzo a un'onda. L'onda successiva lo prende in pieno e la risacca lo trascina con sé. Un'onda, un'altra ancora e il gabbiano è in mare. Lo osservo mentre si allontana, galleggia su un fianco col becco che sporge appena sul pelo dell'acqua. Poi a un tratto scompare.

Comincio a piangere come una bambina. Piango senza vergogna, lasciando che i singhiozzi mi scuotano il petto. Piango tenendo ben alta la testa, con la faccia contro l'orizzonte. Ed è un misto di dolore e di pena, una pena infinita. Rivedo il becco del gabbiano che si infilza nella sabbia, lo sforzo disperato per raggiungere la riva rotolando su un'ala e tutto questo per morire. E di fronte all'enormità di quel gesto così goffo mi sento stupida, e inutile. Poi, a un tratto, le lacrime finiscono. Mi alzo e ricomincio a camminare. Non voglio tornare indietro. Non posso.

Arrivo in una piccola baia circondata da una fitta vegetazione. Qua e là vedo qualche ombrellone, ma non c'è molta gente. Sull'altro lato della baia, noto una piccola costruzione di legno coperta di canne di bambù, circondata da tavolini.

— Posso avere una coca?

Un ragazzo rasato a zero e con un grosso tatuaggio tribale sulla spalla mi guarda e sorride.

— Certo che puoi, e comunque non sarò certo io a impedirtelo — dice con un accento pugliese molto marcato. — Sei qui in campeggio?

— Sì.

— E non sei mai venuta al chiringuito?! — chiede fingendo di essere indignato.

— E cos'è il chiringuito? — Abbozzo un sorriso.

— Be', se vuoi offendere dillo. È questo qui, il Nove settimane e mezzo.

— Nove che?

— Nove settimane e mezzo, il tempo minimo di soggiorno in Puglia per ripigliarsi. Tu da quando sei qui?

— ... da una settimana.

— Eh, ce n'hai ancora... Però non t'ho mai vista.

— Sto un po' più in là — indico la direzione da cui provengo.

— Ah, stai dalla concorrenza. Be' devi venire da 'ste parti ogni tanto. Qui si sta bene, poca gente, il chiringuito, la baia, la pineta per chi si vuole appartare, c'è tutto.

Vado a sedermi all'unico tavolino libero, un po' lontano dalla riva ma ben protetto da un ombrellone di frasche.

Osservo la gente attorno a me. Sono tutti giovani, non ce n'è uno con più di trent'anni. Ci sono anche un po' di cani che scorrazzano tra i tavoli e vengono periodicamente richiamati dai loro padroni.

La musica è alta. Sembra la colonna sonora di questo posto. Ascolto la canzone con più attenzione, ma anche se è italiana non riesco a capire le parole.

Passo così un'ora, forse due. I tavoli si riempiono di piattini e tovagliolini. Una ragazza cammina avanti e indietro con un grande vassoio di legno.

# DICIOTTO

— Hai già ordinato? — chiede una voce con accento milanese.

Alzo gli occhi dal libro e la vedo.

— Martina!

Guardo quel volto che per me è inconfondibile, mentre lei fa la tipica espressione di chi ha appena visto un viso familiare che però non riesce ad associare a un nome e si chiede se dovrebbe ricordarlo.

Decido di toglierla dall'imbarazzo.

— Andiamo nella stessa scuola.

Lei mi guarda con aria ancor più perplessa. Probabilmente era arrivata alla conclusione che fossi qualcun altro e adesso deve ricredersi.

— Ah, ho capito... tu sei quella che non fuma.

— Sì, Alice.

— Alice — ripete lei e annuisce due o tre volte in silenzio.

Sembra quasi delusa dalla scoperta. La ragazza che ha appena incontrato nel baretto dove lavora è Alice, ovvero: nessuno.

— Sei qui in campeggio? — chiede.

— Sì, al campeggio più giù, lungo la spiaggia.

— Non sei mai venuta al Nove settimane e mezzo.

— No… cioè, non lo conoscevo. Lavori qui?

— Sì.

— Io son qui coi miei — dico con tono teatralmente scazzato, mentre spero che questa deprimente conversazione termini al più presto e mentre mi chiedo che bisogno ha di lavorare una come Martina, che è notoriamente piena di soldi.

— Be', è normale no? — dice lei con tono neutro, senza però precisare se è normale per me, perché sono più piccola di lei, o se è normale perché anche lei è qui con la famiglia.

Non aggiungo niente, e lei rimane qualche istante a guardarmi con l'espressione tipica anche se inaspettata di queste occasioni. Un'espressione che però, date le circostanze, non sembra avere nulla a che fare con il nostro incontro. Sembra dire: "Ma guarda un po' che roba… l'Alice".

Qualcuno urla il suo nome da dietro il bancone. Credo che si tratti del ragazzo tatuato.

— Devo andare — dice e fa un cenno con la testa verso i tavoli affollati.

— Okay, ciao allora.

Nessuna delle due accenna a un "Ci vediamo da queste parti". Le nostre strade si separano senza troppe cerimonie. Del resto, che cosa credevo?

Prima di andare via, mi fermo davanti al chiringuito per pagare la coca.

— Martina mi ha detto di non farti pagare. E io devo ubbidire — dice il tatuato.

— Be'… allora grazie.

Sulla parete sopra la cassa vedo un manifesto che mi è curiosamente familiare:

REGGAE PARTY - EVERY DAY HAPPY HOUR 6 P.M. ALL NIGHT LONG E ANCHE DOPO.

# DICIANNOVE

Reazione dei genitori: non pervenuta.

Temo di averla fatta grossa, troppo grossa, e che quindi non sia possibile affrontare la cosa con una discussione e una litigata. Ho superato il limite, li ho fatti preoccupare terribilmente. Non mi guardano nemmeno in faccia.

Dopo aver lasciato il chiringuito mi sono incamminata verso il campeggio, ma mi sono fermata a metà strada, nel punto in cui la spiaggia è molto stretta e non c'è nessuno. Mi sono tuffata e ho nuotato a rana verso il largo. Quando mi sono girata, potevo vedere un bel pezzo di costa: il chiringuito alla mia destra, il campeggio a sinistra. Era una di quelle visioni che ti viene da pensare che vogliano dire qualcosa. A volte mi capita: magari sento una frase per caso, ascolto una canzone o leggo un libro, ed è come se tutte queste cose cercassero di dirmi qualcosa. Questa volta però il paesaggio non sembrava intenzionato a rivelarmi chissà quali messaggi. Così sono tornata a riva, mi sono stesa al sole e, con la testa completamente vuota, mi sono addormentata.

In fondo ho quasi il sospetto che mio padre sia arrabbiato perché sono rientrata dopo l'orario da lui stabilito, quello per non fare la coda alle docce. Questo è l'affronto, non il fatto di essere scappata. Ad ogni modo, quando rientro in campeggio alle sei non ottengo nessuna reazione, anche se intravedo un sospiro di sollievo nel petto di mia madre e lo sciogliersi di una ruga sulla fronte di mio papà.

Sono incazzati, ma non sono stronzi.

Luca, ci sei? (maiale che piange)

Trascorrono alcuni minuti prima che Luca risponda.

Ali! Che c'è? Perché la faccina?

Sono scappata.

Come sei scappata?! E dove sei adesso?

No, adesso sono in campeggio, sono scappata oggi prima di pranzo e i miei non mi parlano più.

Dai, spiega.

Gli spiego il casino: mia madre arrabbiata perché pensa che mi sia portata un ragazzo in tenda. la coalizione contro di me e la sceneggiata in spiaggia.

Ho capito.

Cosa?

Li hai spiazzati. Ora pensano che non ti possono più controllare. Devi solo aspettare. Appena gli passa ti faranno un discorso serio, ma tu non devi mollare.

Non mi aiuta molto...

Fidati. Aspetta.

E...?

E niente. Tu adesso devi solo fare finta di niente.

Non so perché, ma questa volta le sue parole non mi sono di conforto. Mi sembra sbrigativo, come se non avesse voglia di parlare. Così gli racconto l'incontro con Martina, ma lui non dà segni di vita.

(faccina interrogativa)

Cosa vuol dire?

Luca che c'è?

Niente... giornata sbagliata. Tutto qui. Scusa ma adesso devo andare.

Ciao allora.

Ciao.

Mi infilo nell'igloo, ma non prima di essermi fatta vedere da mio fratello, che è ancora in veranda con l'iPod. Così sarà lui a rispondere alla domanda: "E Alice dov'è?".

Chiudo la zanzariera e stendo il sacco a pelo. Non è la prima volta che Luca si comporta in modo strano. È sempre allegro e scherzoso, però a volte si isola, mette un muro tra sé e gli altri. E non c'è niente da fare. Quindi so che per un po' di giorni non ci sentiremo, perché è così che va. Poi a un certo punto si farà vivo lui e farà finta di niente. Non c'è altro da fare. Solo aspettare. Anche se egoisticamente devo dire che ha scelto proprio il momento sbagliato per prendersi male.

Quando mi sveglio il sole è già alto. Accendo il cellulare e controllo l'ora. Le dieci. Devo aver dormito undici ore. Non c'è nessuno. Apro il frigo davanti alla roulotte e tiro fuori il latte. Poi metto su un caffè e vado a sedermi al tavolo. Trovo un biglietto scritto da mio fratello: "Ali, noi andiamo al mare con la macchina, ci vediamo stasera". C'è anche un disegnino: una macchina stracarica di bagagli trainata da una gallina. Mah...

# VENTI

Sto ancora facendo colazione e sfogliando il giornale, prendendomela con tutta calma, quando sento un fruscio proveniente dalla roulotte. Appoggio la tazza del caffè e rimango immobile, in ascolto. Silenzio. Poi all'improvviso sento un altro rumore, come se qualcuno grattasse contro la parete. Guardo la roulotte. La porta è aperta. Di nuovo silenzio per alcuni minuti. Mi alzo in piedi, incerta se andare a controllare. Che cavolo può essere? Un cinghiale? Un topo? Un gatto? Sento di nuovo il fruscio, seguito questa volta da un ticchettio (zampette con lunghe unghie?). Comincio a preoccuparmi. Qualche settimana fa ho visto un film dove c'era un tipo che aveva ucciso un uomo e che un bel giorno apriva l'armadio della sua stanza e ci trovava dentro un mostro nero e peloso. Stava immobile, ma tremava e batteva i denti. Nel buio dell'armadio si potevano vedere solo le gengive rosse e i denti bianchissimi. In realtà, poi si capiva che quello non era un mostro qualsiasi, bensì il senso di colpa del tizio per l'omicidio. Non so perché mi è venuto in mente. Io non ho ucciso nessuno. Ho creato un casino in famiglia e "mi sono fatta bocciare", ma non mi sembra sufficiente a far materializzare un Mostro-Senso di Colpa.

Vado a controllare.

La porta della roulotte, che evidentemente è dotata di un sarcasmo che non immaginavo, cigola leggermente mossa dal vento.

Entro.

Continuo a sentire un leggero raspare contro il legno. Proviene dal fondo della roulotte, dove ci sono il letto di mio fratello e un armadio. Mi avvicino e mi accorgo che l'anta è appena socchiusa. Un colpo di vento fa sbattere la porta. Tiro un urlo e mi giro di scatto. Quando mi rigiro, l'anta dell'armadio è chiusa.

Basta. Di certo non ci può essere dentro un maniaco, a meno che non si tratti di un nano contorsionista. Afferro la maniglia e apro di scatto.

Due occhietti gialli mi fissano fra le lenzuola pulite. Non sono gli occhi di un gatto. Sono molto più piccoli. Faccio un passo indietro e la bestia salta giù dal ripiano e mi sguscia tra le gambe, cercando probabilmente l'uscita. La porta della roulotte però è chiusa.

La bestia si immobilizza, di spalle, e finalmente ho il tempo per osservarla. È grande più o meno come uno scoiattolo, ma è nera, e se non sbaglio gli scoiattoli sono marroni. Ha una lunga coda pelosa e quindi non è un topo. Non è un gatto, questo è sicuro, non si vedono nemmeno le zampe.

Il mio senso di colpa si è appena materializzato nella roulotte dei miei.

Mi inginocchio.

— Ehi, *psss* — lo chiamo.

La bestiola si gira e mi fissa.

Non è brutta, o brutto.

Me lo potrei portare anche in giro. Mi immagino la scena con gli amici: «E lui chi è?» «Ah, lui? È il mio senso di colpa, sai, sono stata bocciata».

— *Psss*, bestiola, vieni qui.

—

Allungo la mano verso il muso. Lui/lei mi fissa. Quindi si avvicina lentamente. È a una spanna dalla mia mano. Lo guardo meglio e mi accorgo che al collo ha anche un piccolo collare con appesa una medaglietta. Ne deduco che si tratta di un animale domestico, probabilmente appartenente a qualche alieno di passaggio.

La bestiola ha raggiunto il palmo della mia mano. Lo annusa prima con diffidenza e poi con foga. Appoggia due zampette sul polso e mi dà una leccata con la lingua ruvida. Con l'altra mano gli accarezzo la testa. Mi lascia fare. Lo prendo in braccio. È fatta, siamo amici.

Ora devo solo capire che cavolo è e come sia finito nella mia roulotte.

Guardo la medaglietta che ha al collo. C'è scritto DOTT. MARLEY.

Bene, almeno il mio senso di colpa ha un nome. C'è anche un numero di telefono. È un signor senso di colpa, con tanto di medaglietta e cellulare.

Esco dalla roulotte assieme al Dott. Marley e, come è giusto che sia, mi imbatto inevitabilmente nell'Animatore.

— Alice! Ciao!

— Ciao...

— Non ti fai mai vedere alle nostre attività, dovresti venire con tua mamma, ci stiamo divertendo da matti.

Non si è accorto della bestia che ho in braccio. Probabilmente pensa che sia un asciugamano.

— Hai ragione, mia mamma è lanciatissima.

— Dove sono adesso?

— Sono andati al mare.

— E tu? Non vai?

— Io...

— Ah, ho capito, te ne stai qui col tuo ragazzo. A proposito, dov'è? Non me l'hai ancora presentato.

Mentre vengo sottoposta al consueto terzo grado, il Dott. Marley drizza improvvisamente la testa.

L'Animatore tira un urlo, come una bambina di cinque anni, e io mi chiedo di nuovo come ho fatto a stare con un tipo così.

— Stai calmo, stai calmo, è...

— Che cavolo è?

Ecco, penso, bella domanda.

— È un volpino nano — rispondo, con la certezza di uno zoologo.

— E che cosa ci fai con un volpino nano?

— È del mio ragazzo.

— Ah.

Gli angoli della sua bocca si piegano all'ingiù. L'Animatore si è nuovamente trasformato in Pluto. Ma so perfettamente che si tratta solo di pochi istanti, prima che ritrovi il suo solito buonumore.

— Questo sabato c'è la gara di ballo. Tu ci sarai vero? Tua madre viene!

# VENTUNO

— Pronto.

Una voce femminile mi risponde sopra un caos di sottofondo.

— Pronto — dico a mia volta.

— Roby? Sei tu? Aspetta che sono incasinata. Ti chiamo dopo.

Attacca.

La Voce che ha risposto mi ricorda qualcuno. Mi sembra di averla già sentita. Ad ogni modo la proprietaria non dev'essere particolarmente preoccupata, se è pronta ad attaccare il telefono senza nemmeno sapere con chi sta parlando. Il Dott. Marley mi guarda con aria interrogativa. Riprovo a telefonare e questa volta non risponde nessuno. E ora che faccio?

Decido innanzitutto di capire a quale specie appartiene il Dott. Marley. E l'unico modo per scoprirlo è cercare su google. Vado diretta nella Sala Cazzeggio tenendo la bestia ben avvolta in un asciugamano.

Digito: "volpino nano".

*Zampe poco robuste e non molto lunghe, con piedi arrotondati e piccoli. Il dorso è corto. Gli occhi sono sempre scuri e dalla forma allungata; le orecchie sono vicine e piccole. La coda è portata arrotolata su uno dei fianchi del dorso.*

La descrizione sembra quasi corrispondere, a parte la coda che non è affatto arrotolata. Continuo a leggere però e scopro che il volpino nano in realtà è un cane.

Digito: "criceto selvatico".

Compare subito la foto di un criceto, quindi non può essere lui.

Cerco a casaccio, inserendo quelle che, secondo le mie scarse conoscenze, dovrebbero essere le parole chiave:

"volpino domestico"

"animali domestici assurdi"

"topo da compagnia + volpino".

Poi cerco direttamente le immagini. C'è di tutto e non ci vuole molto perché arrivi anche a trovare foto pornografiche. A un certo punto cerco anche "senso di colpa". Clicco sul primo sito e scopro che un certo Mowrer sostiene che sia collegato a modi comportamentali vietati. Io sono stata bocciata regolarmente dallo Stato italiano. Quindi il mio non può essere senso di colpa, quanto meno non secondo questo Mowrer.

Il Dott. Marley nel frattempo è sempre più irrequieto. Forse ha fame, o sete.

A un tratto compare un'immagine con un musetto nero e due piccoli occhi gialli. È la fotocopia del Dott. Marley. L'ho trovato!

Clicco.

*Il furetto è un animale domestico, non è un roditore, ma un carnivoro. Per chi non lo conosce, lo si può descrivere come una via di mezzo tra cane e gatto, ma di dimensioni più contenute. Questo simpatico animale è amichevole e giocherellone come un cane, ma il comportamento domestico è molto simile a quello di un gatto.*

— Sei un furetto allora! — esclamo come un'idiota, e sollevo il Dott. Marley sopra la testa.

Devo sapere tutto.

Digito: "furetto cibo".

E scopro che "Il furetto domestico dovrebbe essere nutrito con cibo secco per furetti"...

Ma certo. Immagino che il minimarket del campeggio possieda un'ampia gamma di prodotti alimentari per furetti domestici. Fortunatamente, poco più avanti leggo che "in mancanza dell'apposito cibo per furetti, potete nutrirlo con ottimo cibo per gattini".

Arrotolo il furetto nel pareo e corro al market.

Il Dott. Marley ha mangiato e bevuto. Evidentemente non è così schizzinoso come sostengono i furettomaniaci del sito che ho visitato. Quando ho chiesto alla commessa di darmi il miglior cibo per gatti che aveva, lei mi ha guardato con disprezzo. Avrà pensato che sono una di quelle signore che danno il filetto ai propri animali domestici. Il suo disprezzo era talmente evidente, che non ho trovato niente di meglio da dire che: — Non è per me.

Al che lei è scoppiata a ridere e io mi sono resa conto dell'idiozia che mi era uscita dalla bocca.

Ormai è l'una passata.

Provo a richiamare la padrona del furetto.

— Pronto — risponde una voce alterata.

— Pronto, ho trovato il suo furetto — dico tutto d'un fiato.

— Il Dottor Marley?

— Sì, si chiama così, c'è scritto sulla medaglietta.

— O cazzo, ma allora è scappato di nuovo?

— Eh sì.

— Ma lei chi è? Cioè no, scusi, volevo chiederle dove si trova e...

— Io sono in Salento, al campeggio Baia Azzurra...

— Ah, okay, ho capito, è vicino, però... io adesso non posso muovermi.

— E io che cosa devo fare?

— Non è che puoi portarcelo tu, cioè, io non mi posso proprio muovere adesso.

— Boh, cioè…

— Scusami scusami, adesso devo scappare! Se puoi portarcelo tu, siamo al Nove settimane e mezzo, il chiringuito, se no… se no boh.

— Martina?

— Sì sono io.

# VENTIDUE

— Dottor Marley! Quel pirla del tuo padrone ti ha perso di nuovo!

Martina mi viene incontro sorridente e con le braccia alzate. Da quello che dice, deduco che il furetto non è suo. Immagino che potrebbe essere del suo ragazzo. Non appena mi raggiunge, me lo prende dalle braccia senza degnarmi di uno sguardo. Io, ingenuamente, mi aspettavo un tempestivo "grazie".

— Ciao — dico, mentre le porgo il furetto.

— È la terza volta che scappa, perché Daniele è uno stordito, la prossima volta si ammazza, ma dove l'hai trovato?

— Al campeggio, è entrato nella mia roulotte.

Martina continua a tenere lo sguardo fisso sul furetto e intanto annuisce. Sembra soddisfatta.

Del mio "grazie" nemmeno l'ombra.

In quel momento parte la musica e dai tavolini davanti al chiringuito arrivano fischi e piccole urla di approvazione. Ci giriamo entrambe a guardare. A giudicare dal dondolare ritmico delle teste dei clienti, deduco di essere l'unica a non conoscere la canzone. Il tipo tatuato finge di essere il dj e muove le mani verso un pubblico immaginario. Quindi esce dal chiringuito saltando il bancone e ci viene incontro ballando e urlando qualcosa come "poh poh poh poh".

— Allora sei tu che hai salvato la nostra mascotte!

Annuisco.

— Grazie! Come potremo mai sdebitarci? Saremo tuoi servitori per sempre. La nostra vita ti appartiene! Anzi, prenditi quella di Martina, quando la finisci ti do la mia!

Con qualche secondo di ritardo implodo in una risata.

— Tu devi essere Daniele — dico con tutta la disinvoltura che mi riesce.

— Sì, esatto, dovrei — risponde lui e mi guarda serio.

— Cioè... quindi — balbetto perplessa.

— Dovrei ma non lo sono, mi dispiace, ciao.

Saluta e se ne va.

— Lui è Roby — spiega Martina. — È fatto così.

— Andate a sedervi, svelte! — urla Roby, dopo essere rientrato nel chiringuito — e ricordate che il posto di Jah è riservato!

Mi giro verso Martina con aria interrogativa, ma lei si è già avviata verso i tavolini.

— Chi è Jah? — chiedo, quando ci siamo sedute al tavolo.

— Il dio rasta. Qui sono tutti un po' rasta. Ti piace il reggae?

— Non conosco gran che, però Bob Marley mi piace.

— Bob Marley? — dice lei con un sorriso ironico.

— Sì.

— Tu in che sezione sei?

— La G.

— Lo conosci Fabietto?

— Fabietto... no, non è nella mia classe.

— Ah, forse è più grande. Lui viene qui d'estate. Cioè, mezza Milano viene qui d'estate.

— È bello qui.

— Sì, il chiringuito è una figata. Te ne innamori e non vuoi più andare via.

La conversazione procede a singhiozzo per alcuni minuti. Nessuna delle due sa che cosa dire e così ci limitiamo a constatazioni generiche sul chiringuito, sulla Puglia e sul Mare Più Bello D'Italia.

Quando provo a tirar fuori l'argomento Milano, l'espressione sul volto di Martina si fa scura.

A quanto pare, secondo lei i milanesi sono tutti dei fighetti modaioli e Milano è una città di merda. Parla della sua città come se le avesse fatto qualcosa, qualcosa di personale. In particolare se la prende con i milanesi in vacanza, che sono dappertutto e li riconosci lontano un miglio.

— Be', anche noi siamo qui… — butto lì.

— Tu sei in campeggio vero?

— Sì.

— Quindi non sei una fighetta. Altrimenti saresti in Sardegna con le amiche a casa di qualche altro fighetto pieno di soldi con la supervilla con piscina.

No non le racconterò che è esattamente quello che avrei fatto se non fossi stata bocciata.

— No, no, io sono qua coi miei, vacanza pacco in famiglia.

Roby torna al nostro tavolo con due insalate.

Nelle grosse ciotole di legno c'è di tutto tranne l'insalata. Roby dice che è la specialità della casa, l'insalatona rasta: avocado, noci, arancia, finocchi, mandorle, cuore di palma. Sembra buona. Peccato che non ci abbia portato le forchette, ma due bacchette cinesi.

— Ma tu non devi lavorare? — le chiedo, mentre cerco di comporre uno spiedino di ingredienti con le bacchette.

Lei finisce di masticare un boccone.

— No, oggi non lavoro, cioè, non lavoro tutti i giorni, però sono sempre qui lo stesso, tu?

Mi rendo conto che quel "tu" non è una vera domanda, soltanto il tentativo di rendere biunivoca la conversazione, ma ugualmente sono incerta sulla risposta.

— Io, be'... sono solo in vacanza.

— Okay — dice e annuisce tre o quattro volte.

Continua a mangiare in silenzio per alcuni minuti, quindi alza lo sguardo verso il mare e con aria esageratamente ispirata dice: — Qui comunque è un sogno.

Alla sua estatica affermazione seguono imbarazzanti minuti di silenzio, durante i quali cerco di pensare a qualcosa da dire. Ma lei mi batte sul tempo.

— Tu fai teatro? — chiede all'improvviso.

Ho fatto teatro, per qualche mese, nel gruppo della scuola. Ma poi ho mollato perché erano tutti troppo ispirati.

— Lo facevo, poi ho smesso.

— Ho sempre ammirato quelli che fanno teatro, perché si mettono in gioco, poi imparano a usare il corpo, cioè, a occupare lo spazio, li vedi quelli che fanno teatro, stanno più dritti, è diverso, Daniele fa teatro.

Sono sempre più curiosa di conoscere questo Daniele che possiede un furetto domestico e che fa teatro.

Mi racconta di Daniele e di uno spettacolo che ha fatto, dove c'erano i personaggi trasversali, li ha chiamati proprio così: c'erano dei caratteri e dei ricordi sparpagliati sul palco, e passavano da un personaggio all'altro. Io la ascolto incuriosita, subendo il fascino delle sue parole. Ciò che più mi spiazza è la sicurezza con la quale mantiene un discorso tutto da sola. Io non dico mai più di due o tre frasi di seguito. Ho sempre paura di annoiare. Lei parla, parla e parla.

— Ma tu con chi sei qui? — chiedo, quando l'argomento teatro è esaurito.

È una domanda che le ho già fatto, lo so. ma adesso che ha tempo di rispondere sono certa che non lesinerà in particolari.

— Be', c'è mia madre, e il suo fidanzato, abbiamo la casa qui. Tu invece stai in roulotte giusto?

— In realtà sto in tenda, in un igloo accanto alla roulotte dei miei.

— Ah, okay — dice lasciando dondolare il capo in segno affermativo.

Sono a disagio. Non so che cosa dire. Martina, la strafica della scuola, mi invita a pranzo in spiaggia, e io non riesco a tirar fuori un argomento per apparire minimamente interessante, una cosa qualsiasi, che lei poi possa raccontare in giro, magari dicendo qualcosa come: "Oh, ma hai presente l'Alice? Sai che è simpatica!"

Mentre lei passa a raccontarmi tutte le cose strane che ha fatto il Dott. Marley, e sono tutte cose avvenute in feste da paura con un sacco di gente ubriaca, io continuo a scervellarmi per trovare un argomento. Ma tutto ciò che riguarda il mio passato immediato è inevitabilmente legato alla bocciatura, mentre il mio presente, be', quello non ha proprio niente di affascinante.

Finiamo di mangiare e Martina dice che va a prendere due caffè freddi. Rimango sola per qualche minuto. I ragazzi seduti vicino a noi mi guardano come se fossi una sedia di troppo al tavolo.

Quando torna, sgancio il missile.

— Tu l'hai letto *L'insostenibile leggerezza dell'essere*? Io l'ho appena finito.

Lei solleva lo sguardo alle mie spalle e urla: — Daniele!

# VENTITRE

Siamo seduti su un lungo masso rosso che spunta in mezzo al mare. Martina fuma una sigaretta e Daniele gioca col furetto. Quando mi ha vista ha urlato qualcosa come: — La mia salvatrice! — prima di prendere il furetto che era accucciato sotto il tavolo. Martina ha continuato a ridere per alcuni minuti mentre Daniele si coccolava l'animale. Quindi ci ha presentati.

— Ma io la conosco, è la ragazza dello scotch! — ha esclamato.

Martina mi ha guardato con attenzione, forse per la prima volta, e io temo di aver addirittura abbassato la testa.

— L'altro giorno ero al campeggio, quello più giù sulla spiaggia, per attaccare i manifesti dell'aperitivo, e mi era finito lo scotch. Allora ho beccato lei che me l'ha prestato.

Martina ascoltava il racconto di Daniele e io riuscivo a pensare soltanto a quando sarebbe arrivato al punto in cui l'avevo cacciato per non farmi beccare dai miei.

— Tra l'altro non te l'ho più ridato lo scotch, ma ce l'ho, è da qualche parte, poi te lo do.

Martina ha annuito in modo scettico nella mia e nella sua direzione, come a dire che quello scotch non l'avrei mai più rivisto.

— Mi ha anche offerto il pranzo, pasta pomodoro e mozzarella.

A quel punto ho pensato: "Ecco ci siamo".

— Il solito scroccone! — ha esclamato Martina ridendo.

La conversazione è finita lì. Il Rasta non ha raccontato l'arrivo dei miei e la fuga, forse se n'era dimenticato. E io forse ho guadagnato qualche punto con Martina per aver offerto il pranzo al suo amico Daniele.

Poi mi hanno lasciata sola col furetto, per andare non si sa dove. Dopo dieci minuti sono tornati con un sorriso ebete dipinto sul volto e gli occhi lucidi.

Seduta sul masso sotto il sole, osservo Daniele e Martina e cerco di capire quale possa essere la loro relazione. Non si sono baciati e nemmeno si toccano molto, non si danno la mano né niente, ma non vuol dire. Daniele sembra il fidanzato perfetto per Martina: non fichissimo ma carino, particolare, affascinante, esuberante. Sembra una versione maschile e coi dread di Martina.

Daniele vuole sapere tutto sul ritrovamento del Dott. Marley. Così ho il mio momento di gloria, aiutata dal fatto che ogni cosa che fa il furetto sembra essere una fonte infinita di risate.

Racconto come l'ho trovato nella roulotte e lui mi ascolta divertito. Anche Martina è attenta questa volta. È una bella sensazione. Per un momento mi sento anch'io Una In Vacanza Con Gli Amici, come quelle ragazze della macchina che ho visto in autogrill. Sono in spiaggia con la più figa della scuola e un rasta, e siamo pure vicini a un chiringuito. E, come se non bastasse, con noi c'è un furetto che si chiama Dott. Marley.

A quel punto mi sbilancio. Racconto del film assurdo che ho visto, quello del Mostro-Senso di Colpa e di come all'inizio pensavo che il furetto fosse il mio senso di colpa materializzato. Martina e Daniele scoppiano a ridere.

Vogliono conoscere tutti i dettagli della storia. Racconto di quando è arrivato l'Animatore e io gli ho detto che era un volpino nano, e loro si ribaltano dalle risate.

— Ma perché si chiama Dottor Marley? — chiedo, quando ormai ho finito la mia fonte di aneddoti.

E questa, evidentemente, è in assoluto la domanda più divertente che potessi fare. Daniele rischia di soffocarsi dalle risate e Martina cerca di trattenersi, ma le rimane un sorriso ebete stampato in faccia.

A quel punto capisco.

Non sono diventata all'improvviso la ragazza più simpatica d'Italia.

Anche se è così che poteva sembrare.

La mia domanda rimane senza risposta. Daniele si avvicina al bordo del masso continuando a ridere e si tuffa in acqua. Martina lo osserva mentre nuota verso uno scoglio poco distante con la disciplina di un professionista. Uno stile libero impeccabile, non c'è che dire, che nel mio immaginario non si addice molto a un rasta.

— Allora? — urla Daniele rivolto a Martina. — Non vieni?

Lei si gira e mi guarda, ma non dice nulla.

# VENTIQUATTRO

*È il mondo che ti dice "tu pensa alla salute" e c'è chi pensa a quello a cui non pensi tu.*

Forse ha ragione Ligabue. È inutile preoccuparsi delle cose, farsi mille domande, cercare di capire le persone. Si rischia sempre di sbagliare, di fraintendere. E allora meglio concentrarsi sulle questioni pratiche. Al resto ci penserà qualcun altro.

Decido di mettere fine alle ostilità, così, senza spiegazioni, scuse, ragioni e discussioni. Fine e basta. E spero che il Liga abbia ragione e che qualcun altro si occuperà del resto.

Arrivo in campeggio giusto in tempo.

Ho appena appoggiato il pareo su una sedia, quando vedo comparire mio fratello. Mi sono fatta una corsa lungo la spiaggia, non volevo rischiare di arrivare dopo di loro. Sono più che mai intenzionata a mettere fine a ogni ostilità.

— Ciao! — dico allegra.

— Io vado dai miei amici — dice subito Federico. Ho come l'impressione che abbia già capito le mie intenzioni e voglia togliersi di mezzo il più in fretta possibile. Meglio così, meglio che sia sola.

— Ciao Alice — dice mia madre, usando il nome per

esteso e comunicandomi quindi che l'aria è ancora bella tesa.

Compare anche mio padre, con l'ombrellone sotto braccio.

— Ah — dice, quasi sorpreso di vedermi lì.

— Ciao pa', com'era il mare?

Lui mi guarda.

— Era bello — risponde mia madre — un po' mosso.

Bene, i miei non sembrano disposti a una resa, ma non ho intenzione di arrendermi, a costo di usare mezzi sleali.

— Mi sono messa a studiare — mento spudoratamente — mi sono fatta il piano di ripasso delle materie e ho attaccato con italiano.

Mio padre appoggia l'ombrellone contro la roulotte a va a sedersi. Per un attimo ho temuto che stesse per voltare i tacchi e andarsene.

— Qui in campeggio si studia bene, fa fresco e poi non c'è nessuno. C'è un sacco di silenzio.

Non credo di poter reggere ancora per molto. La mia è chiaramente una supplica. Li sto supplicando di far pace, raccontando una bugia, è vero, ma "a fin di bene".

— Domani però voglio fare mare, vengo con voi.

Un nodo mi stringe improvvisamente la gola e temo di ritrovarmi con gli occhi rossi da un momento all'altro. Questa volta però non posso cedere. Non voglio.

— Va be', faccio un salto al computer a controllare la posta, passo dal market, se serve qualcosa la posso prendere io.

— No grazie, abbiamo fatto la spesa prima — dice mia madre — c'era un mercatino di frutta e verdura proprio carino.

Mio padre annuisce e comincia a tirar fuori delle melanzane nere e lucide da un sacchetto, come per esibire le prove.

Per me è abbastanza, sono soddisfatta, sul serio. Con

quell'informazione superflua (il mercatino) mia madre mi ha fatto capire che è ancora disposta a parlare con me. Mostrando le melanzane, mio padre ha espresso la sua intenzione di collaborare all'armistizio.

Non posso permettermi altri litigi o casini. Voglio tornare al chiringuito, voglio rivedere Daniele e Martina. Voglio stare in una spiaggia dove l'età media non sia otto anni. Voglio pranzare con un'insalata con l'avocado e le noci. E per farlo devo prima di tutto appianare le cose con i miei. Sono un'opportunista? Forse, ma intanto abbiamo fatto pace e se il mio egoismo porta un bel clima famigliare, non vedo proprio che cosa ci sia di male.

Arrivata nella Sala Cazzeggio, mi collego a messenger e controllo subito la mail.

Mi ha scritto Chiara, chiedendomi come va col Rasta.

Mi lancio in una mail-cronaca degli eventi, dove le racconto di Martina, di Daniele, cioè il rasta, e della giornata alla spiaggia del chiringuito. È il genere di cose che fa impazzire Chiara. Storie e pettegolezzi di prima mano. Fatti concreti. Mentre scrivo, dal fondo dello schermo compare l'avviso: "Luca ha appena effettuato l'accesso". Continuo a scrivere la mia mail. Se mi vorrà parlare mi scriverà lui, quando vede che sono connessa.

Finisco di scrivere la mail per Chiara e clicco su INVIA.

Luca non si fa vivo.

Chiudo la pagina di internet e compare una schermata arancione con una scritta verde nel mezzo: SUPERGARA DI BALLO BAIA AZZURRA, NON MANCATE!

# VENTICINQUE

— Ali, perché mi fissi? — chiede Fede e si toglie un auricolare.

Okay, è finita. Sono diventata mia madre. Solo le madri fissano i figli senza ragioni apparenti.

Lo stavo osservando, con le cuffie dell'iPod nelle orecchie, il broncio annoiato e lo sguardo perso nel vuoto. Mi chiedevo che cosa passa nella testa di un ragazzino di tredici anni in spiaggia con la famiglia. Come si fa a volte con i cani, quando hanno un'espressione che sembra proprio il frutto di un pensiero. Sì, guardavo il mio fratello adolescente come un simpatico bastardino al quale "manca solo la parola". Magari non è felice, magari si è innamorato di qualcuna al campeggio, magari ha incominciato a farsi Le Domande, tipo chi-sono-che-cosa-ci-faccio-qui-esistono-gli-alieni?

Senza alzarmi, gattono fino al suo asciugamano e mi siedo accanto a lui. Devo ritornare al più presto dentro al mio corpo di sorella maggiore. Le sorelle maggiori non fissano, chiedono.

— Che hai?

Lui mi guarda come se fossi pazza.

— Niente.

— Ti stai annoiando?

Si guarda attorno, probabilmente per vedere se c'è qualche oggetto contundente da tirarmi in testa nel caso le cose si mettano male.

— Vuoi fare il bagno? — chiede, non avendo trovato armi.

— No, cioè, se vuoi sì... è che mi sembravi triste.

— Perché?

— Volevi rimanere con i tuoi amici in campeggio?

Lui ci pensa un po' su, come se gli avessi posto la domanda più idiota degli ultimi dieci o quindici anni.

— Ma no... cioè siamo qui, perché dovrei andare in campeggio? Siamo qui... no?

Improvvisamente mi sento stupida. Federico è ancora un bambino. Non sa cos'ha voglia di fare, non se lo chiede nemmeno.

— Dai, andiamo a fare il bagno — dico.

— Va bene.

La giornata trascorre serena, in quel clima di quiete che segue spesso le grandi litigate, ovvero: tutti sono formali e smodatamente gentili, è tutto un "grazie" e un "per favore", specie per le richieste in cui generalmente ci si limita al "passami" o al "dammi". Ma c'è qualcosa di agonistico in questo comportamento: ognuno vuole dimostrare di essere impeccabile. In parte, è vero, ci comportiamo bene per non litigare più. Ma da un altro punto di vista, non facciamo altro che preparare il terreno per una nuova litigata, dove potremo rinfacciarci anche le rispettive buone condotte.

La sera l'armonia famigliare è ufficialmente ristabilita. Durante la cena parliamo normalmente e l'unico momento di tensione è quando mio padre mi chiede come va con lo studio. Faccio appena in tempo a notare un lampo di terrore nello sguardo di mia madre, che scompare subito quando io rispondo con un generico: — Bene, mi sono organizzata un po'.

— Se vuoi puoi rimanere qui a studiare ogni tanto — dice mia madre e si capisce perfettamente che è una frase preparata e già sottoposta al vaglio paterno.

— Sì, se per voi va bene domani rimango qui — affermo con espressione assolutamente neutra e la voce ferma e priva di sfumature di entusiasmo.

Mio padre annuisce e mia madre dichiara subito chiuso l'argomento cominciando prontamente a sparecchiare.

— Domani sera c'è la gara di ballo in spiaggia. Vieni anche tu Alice?

— Certo — rispondo, mentre sblocco la paralisi facciale e cerco un sorriso.

— Bene.

Raccolgo la bacinella con la roba sporca e mi avvio verso i lavatoi. È il mio turno.

Sto lavando da qualche minuto, quando una mano raccoglie un piatto che ho appena messo a sgocciolare. Mi volto di scatto e vedo il viso tirato di mia madre. Mi accorgo che tiene lo sguardo basso per non guardarmi negli occhi.

# VENTISEI

— Ti droghi? Ti sei innamorata?

Sono convinta che mia madre non pensi affatto che io mi droghi. Probabilmente ha voluto escludere una delle cause peggiori del mio comportamento (e della mia bocciatura. Su ogni discorso incombe sempre l'ombra della bocciatura).

Ha deciso che è "arrivato il momento di farci una bella chiacchierata".

Mi dice che sono stati molto in ansia e che non sapevano che cosa fare. Ma ora hanno visto che mi sono messa "di buzzo buono" e hanno deciso di darmi fiducia. Che studiare è la cosa migliore da fare per affrontare l'anno prossimo con più tranquillità e che si rende perfettamente conto che la bocciatura è già una punizione sufficiente e che mi devo anche divertire.

— Tesoro, puoi divertirti, non è che io non voglio che ti diverta!

A quel punto non reggo.

— Ma come faccio a divertirmi, mamma?

La prima espressione è quasi offesa. Solo dopo qualche secondo mi accorgo che è il risultato imprevisto del tentativo di trattenere le lacrime.

— Voglio solo che tu sia felice. Non voglio vederti così, che cosa c'è che non va?

— C'è che questa estate doveva essere la mia prima estate da sola e...

— E invece sei qui con noi — sussurra con le lacrime agli occhi.

— Io, mamma, non pretendo niente, è vero, sono stata bocciata, però.

A quel punto mi abbraccia.

— Dai andiamo — dice e mi prende per mano.

Cinque minuti dopo siamo al bar del campeggio, sedute a un tavolo. Ognuna con un limoncello in mano.

— Allora, io adesso vedo di darti una mano, anche col papà, ma tu mi racconti tutto dall'inizio.

— Mamma, mi stai ricattando?

— Sì, mi sa di sì...

— Va be', cosa vuoi sapere?

— La storia del ragazzo nell'igloo. E senza bugie...

— Mamma, era una palla che ho detto all'animatore, sul serio, non c'è nessun ragazzo.

Così le racconto tutto, compresa la storiella estiva con l'Animatore l'anno prima. Lei mi ascolta, prima con uno sguardo serio, poi scoppia a ridere. Sembra al tempo stesso sollevata e delusa. Sollevata perché non mi sono portata un ragazzo in tenda, delusa perché il grande confronto madre-figlia rischia di finire qui.

— Mamma — dico a quel punto, pronta a pronunciare la domanda rituale: — Giuri di non arrabbiarti?

Le racconto del giorno in cui sono scappata dalla spiaggia, del chiringuito, di Daniele e di Martina. Lei mi ascolta senza staccare il bicchiere di limoncello dalle labbra, probabilmente temendo il peggio da un momento all'altro. Poi ne ordina un altro.

Parliamo a lungo, come non abbiamo mai fatto.

All'inizio era strano, non avevo idea di quello che mi avrebbe potuto dire. Al terzo limoncello lei inizia a ridere e al quarto si mette di nuovo a piangere, ma sono lacrime diverse. A quel punto è anche mezza ubriaca.

Quando ci alziamo dal tavolo ha un'espressione nuova, una faccia che non le ho mai visto: tranquilla, rilassata, divertita, ma non solo. Non è arrabbiata perché me ne sono andata in un'altra spiaggia con gente che lei non conosce, perché le ho tenuto nascosta la mia fuga, la storia del furetto e il pranzo con questa Martina. Ogni muscolo della sua faccia sembra dire "Ho capito tutto". Il che in qualsiasi altro momento mi irriterebbe, ma non questa volta.

— Senti — dice alla fine — io mi fido di te.

Io la guardo e aspetto le controindicazioni di questa frase.

— Domani rimani qui, lo dico io a papà.

Quando torniamo alla roulotte, Fede sta giocando a carte in veranda, con un tizio con i capelli bianchi. Per un attimo mi sembra di vedere mio nonno, come se fosse una delle estati passate. Poi mi accorgo che si tratta di mio padre e realizzo che la sua testa è diventata molto più bianca di come me la ricordavo. Sul tavolo hanno un mucchio di monetine da cinque centesimi. Stanno giocando a soldi.

— Chi vince? — chiedo, mentre mi siedo al tavolo con loro.

— Io! — esclama mio fratello felice, poi si mette a cantare a mio padre, che è interista: — Non mollare mai, non mollare mai!

Allora esco dal mio corpo e mi arrampico su un albero proprio sopra la roulotte, per osservare la scena dall'alto. La mia famiglia, penso, non male. So che mio padre domani mattina sarà scontroso e irritabile e che mio fratello non dirà una parola per l'intera giornata. Mia madre racconterà una piccola bugia per coprirmi e forse in un futuro non troppo lontano questo provocherà altri casini e altre discussioni. Ma in questo momento sembra tutto perfetto. C'è solo quella frase che mi ronza ancora nella testa, "Io mi fido di te", e prima di addormentarmi sono già certa che mi si ritorcerà contro.

# VENTISETTE

"Io mi fido di te" + "Domani rimani qui" + (prima ti ho raccontato della mia fuga) = Sono autorizzata ad andare alla spiaggia del chiringuito.

Mia mamma mi ha implicitamente autorizzata ad andarci, con uno dei suoi più riusciti "permessi in codice con raccomandazione". Dicendomi in sostanza: "Vai pure, io al papà non dico niente, ma ricordati che ti sto dando fiducia, non deludermi".

Si tratta di una traduzione un po' approssimativa e non sono certa che sarebbe contenta di sapermi tutto il giorno in un'altra spiaggia a cazzeggiare.

Decido che mi limiterò a una passeggiata al chiringuito per bere un caffè freddo. Non mi porterò nemmeno il costume, in modo da non avere neanche la tentazione di fare il bagno. La mia coscienza è domata da questa decisione e mi avvio rasserenata verso il Nove settimane e mezzo.

È mezzogiorno quando arrivo in spiaggia.

Mentre mi avvicino al chiringuito, cerco di studiare la situazione. Martina non c'è. È ancora presto e ai tavolini ci sono giusto tre o quattro persone. Penso di sedermi all'ombra con un caffè freddo e il mio nuovo libro finché non arriva qualcuno, ma in quel momento da dietro al bancone compare Daniele, con un cornetto e un bicchiere. Probabilmente qui è considerato uno di casa e si serve da solo. Si guarda attorno con l'aria spaesata di chi si è appena svegliato e cerca di capire su che pianeta si trovi.

All'improvviso mi vede.

— Eccoti! — esclama con la voce impastata, come se avessimo avuto un appuntamento.

— Ciao — dico e gli vado incontro.

Il Dott. Marley è abbarbicato sopra la sua spalla. Sembra un grosso dread pettinato.

— Devi farmi compagnia. Se faccio colazione da solo mi prendo male tutto il giorno.

Non è proprio una proposta galante.

— Cosa bevi?

— Un caffè freddo.

— Ale! Mi porti un caffè freddo assieme al cappuccino? — urla rivolto al bancone.

Ci sediamo a un tavolino all'ombra.

Daniele dev'essere una di quelle persone col risveglio problematico. Nei primi minuti non dice una parola. Io sorseggio il caffè e lui mangia il cornetto respirando rumorosamente col naso. Non so che cosa dire, sono a disagio. Forse non mi sarei dovuta sedere con lui. Avrei potuto dire qualcosa come "Mi faccio un bagno e poi ti raggiungo", salvo poi inventarmi qualche scusa, dal momento che non mi sono portata il costume. Ho bisogno di un diversivo, così mi metto a giocherellare col furetto, anche se non so bene come si giochi con un furetto.

A un tratto, circa a metà cappuccino, Daniele fa un espressione soddisfatta. Si deve essere acceso qualche neurone.

— Ti devo ancora ridare lo scotch.

— Come?

— Lo scotch, non te l'ho ancora ridato.

— Ah, okay.
In pochi secondi finisce il cappuccino, poi mi fa cenno di aspettare e dopo un minuto torna con un caffè.
— Ora ce la posso fare — dice dopo averlo bevuto.
Sorrido.
— Allora, ormai sei già una cliente affezionata?
— Qui è più bello... — dico, e penso: "Ora di' qualcos'altro, di' qualcos'altro!"— Come sta il Dottor Marley?
Sì, avrei potuto sforzarmi di più, è vero.
In quel momento fortunatamente parte la musica e sono quasi certa che si tratti del Marley vero, Bob.
— Perfetto — dice lui e socchiude gli occhi — questo è il mio buon giorno.
La mia domanda è caduta nel vuoto. In compenso lui si mette a canticchiare.
— Lo sai cosa dice? — chiede e indica le casse.
Scuoto la testa.
— Dice, non preoccuparti delle cose, che ogni piccola cosa andrà a posto.
A questo punto oso.
— È Bob Marley?
— Tu ti preoccupi delle cose? — chiede, fingendo di essere allarmato.
— No no, assolutamente — rispondo, stando al gioco.
— Ah, ecco.
— Comunque a Milano non ti ho mai vista, dove ti eri cacciata?
La sua domanda, un po' camuffata da scherzo, suona come un cauto complimento.
— Mi sa che abbiamo giri diversi.
— Quant'è che ti fermi qui? — chiede di colpo.
— Ancora tre settimane, circa.
— Bene bene, allora sei dei nostri, ma devi venire anche la sera qui, è una figata. Stasera vieni?

Anche questa proposta suona un po' come un invito. Non voglio montarmi la testa, ma obiettivamente sta facendo un po' lo splendido.

Gli rispondo che non posso, senza fornire ulteriori spiegazioni, ovvero non gli dico che devo andare a una gara di ballo in campeggio, e lui rilancia subito per la sera successiva.

Questo è un invito, questo lo è davvero.

Per un attimo la fantasia vola e penso che non ho mai baciato uno coi dread.

In quel momento compare un'ombra sul tavolo.

— Ciao! — trilla una voce squillante alle mie spalle.

# VENTOTTO

Si chiama Mariangela, ma si fa chiamare Mary. È finta bionda, magra e minuta, ma con almeno una terza di reggiseno. Superaccessoriata: braccialetti tintinnanti, orecchini, collane, borsetta, pareo fico con perline (non quello da stendere in spiaggia), sopra un costume a fascia, sotto infradito con le paillettes. È pugliese ma adora Milano, dice che è la città più bella del mondo. Ha appena fatto la maturità e l'anno prossimo farà lo IULM proprio a Milano che, ribadisce, è una città troppo bella. A quanto pare, noi siamo fortunatissimi ad abitare lì perché abbiamo tutto: i locali, i divertimenti, i multisala, c'è il Salone del Mobile e la Settimana della Moda, abbiamo un sacco di feste. E poi a Milano puoi essere chi vuoi e incontri la gente come te. Invece a Lecce non c'è niente, è un grande paese e quando vai in giro tutti ti conoscono. Mary vuole assolutamente fare subito il bagno perché ha troppo caldo e poi vuole anche stendersi al sole finché non diventa completamente nera. Ha portato da leggere: "Chi" e "Novella 2000". E oggi parte la dieta drastica, cioè il pranzo proprio si salta.

Mentre Mary mi racconta tutta la sua vita, spruzzandosi tutto il corpo con l'olio solare, protezione zero, al cocco, Daniele si alza, dice che va a prendere da bere per il furetto e si allontana. Una scintilla si accende negli occhi della nuova arrivata. Sposta la sedia e la attacca alla mia.

— È fico, vero?

La domanda mi coglie impreparata.

— Dai, dai, dai, raccontami tutto prima che torni!

Rido e abbasso lo sguardo.

— Mi sa che non c'è niente da raccontare...

— Come bacia?

— Non ci siamo ancora baciati... cioè no, non è che ci dobbiamo baciare.

Lei mi fissa con lo stesso sguardo di mia madre quando vuol farmi intendere che ha già capito tutto. Io mi giro verso il bancone e spero in qualche evento che mi salvi dall'interrogatorio. In quel momento mi accorgo di Martina. Sta chiacchierando con Daniele e si allaccia il marsupio dietro la schiena, pronta a iniziare a lavorare.

— Lo conosco da un casino di tempo. Ho visto come ti guarda. Mi sa che gli piaci.

Non ho voglia di sbilanciarmi troppo sull'argomento, anche perché non ho ancora capito che tipo di rapporto ci sia tra lui e Martina, ma non voglio nemmeno risultare antipatica. Qualcosa devo dire.

— È molto carino, è vero, ma non è impegnato?

Mary entusiasta si aggrappa alla mia domanda e mi descrive nel dettaglio la situazione sentimentale di Daniele. È stato un sacco di tempo con una ragazza, ma si sono lasciati l'estate scorsa. Lui c'è rimasto malissimo e da allora non ha più avuto storie importanti.

— È il momento ideale, libero e con voglia di divertirsi — spiega, dando per scontato che anch'io sia "libera e con voglia di divertirmi".

La conversazione ha preso una strana piega. Ora sembra che sia io che cerco di racimolare informazioni per partire all'attacco.

— Adesso mi devi dire tutto di te! — esclama e batte le mani sulle cosce in una specie di impeto di impazienza.

In quel momento fortunatamente torna Daniele, con il Dott. Marley sulla spalla.

— Venite a fare il bagno?

— Certo! — trilla Mary.

— Vi accompagno — rispondo io.

— Perché? Tu non lo fai il bagno? — chiede Mary.

— Non ho il costume, non pensavo di venire qui e...

Lascio in sospeso la frase, come se ci fosse una conclusione ovvia che non ha nemmeno bisogno di essere comunicata. Nessuno dei due ha qualcosa da ribattere.

Mentre camminiamo verso quello che Daniele chiama "il solito posto", Mary sfoglia i giornali che si è portata dietro. Ci deve assolutamente leggere l'oroscopo, perché lei lo legge sempre. Daniele stavolta ridacchia tra sé e mi lancia uno sguardo d'intesa, divertito. Sono sempre più curiosa di sapere come un rasta con un furetto può essere amico di una shampista pugliese che legge "Chi".

# VENTINOVE

Mary stende l'asciugamano e si sdraia sulla roccia. Il suo bagno è durato circa mezzo minuto, perché a lei non interessa nuotare, ma abbronzarsi. Daniele invece rimane in acqua a sguazzare come un bambino. Si immerge, torna a galla, poi si aggrappa agli scogli con aria concentratissima, si rituffa e riemerge con vari trofei: sassi, conchiglie, una manciata di sabbia "molto più chiara", a un certo punto se ne viene fuori anche con un granchio morto. Mi torna in mente il gabbiano che avevo visto qualche giorno prima, e per un attimo ho la visione del suo corpo sballonzolato dalle correnti. Scuoto la testa e cerco di scacciare l'immagine, ma così facendo attiro l'attenzione di Mary.

— Che c'è? — chiede e si mette a sedere.

— No, niente, stavo… pensando.

I miei pensieri non sembrano interessarla più di tanto.

Fruga nella borsa e tira fuori una boccetta d'olio. Si rimbocca il costume sulle cosce, per limitare al minimo la superficie di pelle non esposta al sole, e comincia a spalmare l'olio.

— Appena arriva Daniele vi leggo gli oroscopi.

— Okay.

— E con Martina siete amiche?

— Sì — rispondo istintivamente — be', non proprio, ci conosciamo per la scuola, l'ho incontrata qui per caso.

— Non uscite insieme a Milano?

— Abbiamo giri diversi.

— E lei com'è a Milano?

— Non lo so… normale?

— C'e l'ha il ragazzo? — chiede, ma si corregge subito. — Cioè, ne avrà mille, una come Martina, però tu saprai sicuramente qualche pettegolezzo, dai spara! Lei non dice mai niente!

— So che ce l'aveva, però adesso non so.

Ed è così, è tutto quello che so.

Mary annuisce e stringe le labbra. È evidente che non le sto dando molta soddisfazione: non voglio provarci con Daniele, non ho notizie fresche su Martina, non le racconto niente della Città Più Bella Del Mondo. Se dovesse scoprire che in borsa ho un libro e non una rivista, probabilmente sarebbe la fine della nostra breve amicizia.

Anche questa volta è Daniele a interrompere l'interrogatorio. Spunta dall'acqua con i dread grondanti e si appoggia con le braccia a uno scoglio, come se fosse sul bordo di una piscina.

— Allora, ce li leggi questi oroscopi?

Mary scatta su con un sorriso smagliante e le riviste già in mano.

— Allora, cominciamo da me.

Legge velocemente, bisbigliando tra sé e sé. Vuole vedere che cosa c'è scritto, prima di leggere ad alta voce.

— No, fa schifo — dice e chiude la rivista di colpo — ne leggo un altro.

Daniele scoppia a ridere e mi guarda.

— Mary se non le piace il suo oroscopo legge quello di un altro segno.

— Ma sì, tanto è uguale! Allora… cancro.

— Io sono cancro — dice Daniele.

— Sì sì, ma questo lo leggo per me. Allora: Venere è nel vostro segno, adesso in aspetto positivo con Urano bla bla bla l'amore passa al primo posto. Un incontro coinvolgente e imprevedibile potrebbe cambiare radicalmente le vostre abitudini bla bla. Non ignorate i segni di un destino così favorevole. Bla bla bla, bla bla bla… è fichissimo!

Daniele scoppia a ridere di nuovo e questa volta anch'io.

— Da' qua, da' qua, ora tocca a me a leggere — dice Daniele e tende la mano. — Tu che segno sei?

— Lo sai, sono leone! — risponde subito Mary.

— Certo che lo so, l'ho chiesto ad Alice.

Gli dico il mio segno. Lui esce dall'acqua e si mette a sedere a gambe incrociate.

— Stai sgocciolando su tutta la rivista con quella specie di mocio che c'hai in testa!

Daniele finge di non sentire le parole di Mary e comincia a leggere.

— Dunque… l'estate è iniziata già da un po', ma voi carburate solo adesso… è arrivato il momento di recuperare il tempo perduto e di lasciarvi alle spalle problemi e preoccupazioni… non preoccupatevi che…

— Ogni piccola cosa andrà a posto — finisco la sua frase e rido, lusingata. Perché è chiaro che si è inventato tutto.

Mary mi guarda come se fossi un X-man.

— Come facevi a saperlo?

In quel momento arriva Martina.

— Madonna mia, che caldo! Chi fa il bagno?

— Noi l'abbiamo appena fatto — risponde Mary.

Lo sguardo di Martina si posa su di me.

— Non ho il costume — dico.

— Come non hai il costume?

— Non pensavo di venire in spiaggia e…

— Va be', ma te lo presto io, ce ne ho uno qui al chiringuito.

— Ma no, non c'è bisogno, davvero.

— E cosa fai? Te ne stai tutto il giorno qui al sole? Dai, te lo presto, non è un problema.

Mi porta in un piccolo capanno di legno dietro al chiringuito. Dentro ci sono un po' di sedie a sdraio, qualche ombrellone, un tavolo, un armadio e una porta con su scritto "Toilette". Apre l'anta dell'armadio e tira fuori un costume.

— Questo dovrebbe andarti bene.

— Sei sicura che per te non è un problema?

— Ma no, vai tranquilla, ne ho un centinaio di costumi.

Non avevo dubbi.

Rimango immobile, con il costume in mano.

— Ah, lì c'è il bagno — dice Martina e indica la porta.

Entro in bagno e mi cambio più in fretta che posso, per non farla aspettare. Metto prima il pezzo di sopra, che chiaramente mi sta un po' largo, ma rimedio al problema stringendo i cordini sulla schiena. Poi mi metto il pezzo di sotto, che invece mi sta giusto. Anche il costume a modo suo è riuscito a dirmi che ho le tette piccole e il culo grosso.

# TRENTA

Federico dice che quelli che lavorano nei campeggi sono dei carcerati modello. Non so dove l'abbia sentito, ma lo ripete sempre. Lo diverte un casino. In famiglia non siamo ancora riusciti a capire che cosa significhi, anche se l'ipotesi che va per la maggiore suona più o meno così: la vita in campeggio è una vita comunitaria con molte scomodità, proprio come il carcere. In campeggio però si sta molto meglio che in carcere. Quindi il campeggio sarebbe una prigione per carcerati modello. Abbiamo cercato conferma di questa teoria, ma lui dice sempre: — Non è esattamente così.

Sono in fila per la doccia mentre mi interrogo per l'ennesima volta sull'enigma di mio fratello. Sono appena le sei e mezzo ma, come dice mio padre, sono già oltre l'orario limite. Davanti a me ci sono tre persone con gli asciugamani in mano e l'aria scazzata. Da uno dei megafoni del campeggio proviene una musica gracchiante a volume bassissimo, come se qualcuno avesse lasciato la radio accesa per sbaglio. A un tratto il volume si alza e parte il tormentone dell'estate. Due bambine, anche loro in coda, si mettono a ballare riproducendo con precisione un balletto a due che devono aver già provato. Una signora canticchia. Quando finisce la canzone parte un segnale acustico stile annuncio ferroviario, seguito da uno squillante: —Buonasera a tutti. — Purtroppo so perfettamente chi parla e so anche che cosa sta per dire: — Come tutti saprete, stasera in spiaggia si svolgerà la super gara di ballo per tutti i villeggiatori del camping Baia Azzurra! Pizzica, taranta, i successoni dell'estate e mille premi per tutti! Accorrete numerosi! Fate vedere di che pasta siete fatti! Vecchi e bambini, si balla! Un'occasione per incontrarsi, anche per chi è un po' che non si fa vedere, vero Alice?

Segue breve risata.

Quando finisce il messaggio ho la chiara percezione della voglia di vivere che esce dal mio corpo e corre a buttarsi in mare. Mi guardo attorno per vedere se qualcuno mi ha riconosciuta. No, nessuno. Sarà una serata difficile, molto difficile.

Quando riesco finalmente a entrare in doccia, sono le sette. L'acqua calda è finita e di quella fredda ce n'è giusto un filo. Decido che è inutile anche solo tentare di lavarmi i capelli.

Esco dalla cabina con l'asciugamano legato intorno al seno e naturalmente a quel punto non c'è più nessuno, così sono costretta a pensare che se fossi venuta mezz'ora dopo avrei finito adesso comunque. Mi spazzolo velocemente i capelli davanti allo specchio e mi avvio verso il mio destino: la supergara di ballo. Sono costretta a deviare perché l'Animatore si è messo sulla mia strada e mentre cerco di aggirare l'ostacolo lampadato, mi ritrovo proprio accanto alla Sala Cazzeggio.

E per giunta non c'è nessuno.

Non sono mai stata una fissata con le coincidenze. Però ogni tanto alcune combinazioni di eventi sembrano proprio dirti quello che devi fare.

Doccia tardi + Animatore che ci prova sulla strada verso la roulotte = deviazione involontaria verso la Sala Cazzeggio + computer liberi = controllo la posta.

L'ironia del mio destino è di molto superiore a questi ragionamenti idioti... Non mi ha scritto nessuno. Non c'è neanche una stupida pubblicità o un po' di spam. Niente.

Luca è connesso, come al solito, ma suppongo che anche stavolta sia deciso a ignorarmi.

Sono troppo a terra per continuare questa specie di silenzio stampa, ma sono anche sufficientemente orgogliosa per non salutarlo. Così decido diplomaticamente di lasciargli un po' di tempo e nel frattempo mi vado a vedere qualche sito. Forse l'ironia del mio destino ha in serbo qualcosa per me dal magico mondo della rete... decido di venirgli incontro e controllo a ruota libera:

1. il sito del Festivalbar (e leggo tutto il testo dell'ultima canzone di Avril Lavigne e scopro finalmente che cosa dice);
2. la home page di Repubblica (e leggo un articolo su un attentato in Siria, rivendicato da un gruppo terrorista che viene citato con gran disinvoltura e che a me sembra di non aver mai sentito);
3. scrivo su google: "salento + feste" (ma mi pento subito perché sono costretta a scoprire un'infinità di feste sparse per tutto il Salento, alle quali io non parteciperò perché sono alla gara di ballo del campeggio).

Luca continua a ignorarmi.

La soglia del mio orgoglio si sta lentamente abbassando.

Potrei giusto buttare lì un "ciao" e vedere come reagisce.

Scrivo: ciao.

Ma compare anche il pinguino che saluta, che avevo impostato in automatico.

Ed è un saluto molto più simpatico di quello che avrei voluto fare. Sono tentata di scrivere subito una nota (volevo solo scrivere "ciao", il pinguino simpatico è un errore!), ma non faccio in tempo perché Luca risponde.

Ciao.

È chiaro che Luca non ha alcuna difficoltà a dosare la propria simpatia. Per l'occasione sceglie la dose minima: un "ciao" in lettere con il punto alla fine.

Va be'...

Come va?

Questa volta non compaiono né pinguini, né altri stupidi animali. Luca però non risponde. Non subito, lascia passare una ventina di secondi, e mi rendo conto che non posso fare una sceneggiata perché un amico impiega qualche secondo di troppo a rispondere, ma il fatto è che Luca generalmente è rapidissimo.

Bene.

Mi sto già pentendo di avergli scritto. Cosa vuol dire "bene"? Mi ignora da una settimana e adesso mi dice che va *bene*. Dovrei mandarlo a cagare e basta. Lo so. Ma stasera mi sento troppo sola e demoralizzata. Se non chiacchiero con qualcuno impazzisco.

Non ti ho più sentito.
Sì, mi spiace.
Allora, come va?
Bene, te l'ho detto. Tranquillo.

Pausa.

Fa caldo, un caldo fottuto qua a Milano.

Non vai più in Liguria dai tuoi amici?

Mia madre deve lavorare un'altra settimana e io devo tenere mia sorella.

Mi spiace.

Pausa.

Dove sei?

Pausa.

Nella mia stanza.

Nella stanza ovale?

Pausa.

Okay, non ha voglia di scherzare.

Passa quasi un minuto e poi scrive di nuovo. Sembra combattuto. Risponde male o non risponde, ma si sforza.

Come va lì in Puglia?

Il solito. Con in più una specie di gara di ballo sulla spiaggia dove devo andare con mia madre... una tristezza.

Be', non andarci.

Devo, è una questione di equilibri famigliari.

Nessuna risposta.

Comunque è un po' il solito. Cerco di prendermi bene, adesso vado anche in 'sta spiaggia dove c'è Martina e un'altra tipa, ma insomma...

Una tragedia.

Be' no, non una tragedia...

Sto per andare avanti a scrivere, quando mi viene il dubbio che le sue parole fossero sarcastiche. Purtroppo messenger ha questo inconveniente, non c'è l'allarme tonalità. Quando qualcuno scrive in modo sarcastico dovrebbe accendersi una lucina verde accanto alla parola. Così invece mi rimane il dubbio se incazzarmi di brutto o andare avanti a scrivere.

Silenzio. Passa un minuto.

Be', comunque...

Non so nemmeno più che cosa scrivere.

Comunque cercavo un po' di conforto. Scusa tanto se ti ho disturbato.

Questa volta non ci impiega niente a rispondere. E sbotta.

Sì, scusa tanto davvero. Tu hai bisogno di conforto, tu vuoi farti consolare perché sei al mare e non ti diverti, solo tu hai le menate, ma prova ad ascoltare gli altri ogni tanto! Non sei la prima che viene bocciata, non sei la prima che non può farsi le vacanze che voleva. E io intanto scherzo, perché non sono fatto così, e allora ti dico che sono a Kingston, o a Gerusalemme, ma non ci vuole un genio a capire che sono qui bloccato, che mia madre deve lavorare tutta l'estate e che io devo occuparmi di mia sorella e non posso nemmeno pensare ad andare in piscina senza di lei. Cazzo, e nemmeno questa è una tragedia. La gente che muore è una tragedia, e noi mangiamo e dormiamo e abbiamo i soldi che ci servono. E io non ne posso più di 'sti cazzo di discorsi da piccolo borghese viziata del cazzo!

Fine del collegamento.

# TRENTUNO

Piccolo, borghese, viziata, del cazzo.

Sono infuriata, sono troppo infuriata, sono talmente infuriata che non vedo l'ora di andare alla supergara di ballo con la mia famiglia. Sul serio. Sono cose difficili da spiegare, sono dinamiche di gruppo, alleanze. Le parole di Luca mi rimbalzano nella testa: prova ad ascoltare gli altri ogni tanto. Perché all'improvviso io sono diventata Una Che Non Ascolta. Gli parlo, sempre, e gli chiedo sempre come sta, cosa fa, ma naturalmente a lui non basta. Lui dev'essere imboccato, non ti può dire che è triste perché è a Milano, e perché sua madre deve lavorare tutta l'estate. E poi è lui che scherza, è lui che butta sempre tutto sul ridere. Cazzo, il problema è suo, non mio! E mi viene pure a fare la predica dei Problemi Veri, "con tutti i bambini che muoiono di fame", e non riesco a crederci, perché noi quel discorso l'avevamo già fatto assieme e avevamo stabilito che era un'idiozia, un ragionamento superficiale per evitare di considerare il problema reale, e sono parole sue più che parole mie. Per questo non riesco ad accettare la sua sfuriata. Non è onesta.

La spiaggia è stata attrezzata con una pedana di legno circondata da varie file di panche. Il bar è una decina di metri più indietro e, per adesso, sembra l'oggetto di maggiore interesse. La musica infatti proviene dalle casse dell'impianto del bar e così tutti stanno lì, giocano a calcetto, bevono bibite e mangiano gelati confezionati.

A un tratto, una luce si accende proprio sopra la pedana. È una specie di faro e fa un po' un effetto stile rapimento degli alieni. Mi chiedo che cosa succederebbe se una navetta aliena mi scegliesse come esemplare da studiare. O Fede, o l'Animatore. Oppure... mentre rifletto sui possibili errori statistici di un'analisi aliena, mi accorgo che mia madre e mio padre hanno appena guadagnato il centro della pedana, assieme a un altro paio di coppie. Ma la cosa che mi stupisce di più è che mio padre, oltre a muoversi disinvoltamente al ritmo di una specie di liscio remixato, sta anche riprendendo tutta la scena con la telecamera.

Qui.

Accanto a me.

Il volume della musica si alza di colpo e la luce illumina il volto di mia madre e di quello che scopro non essere affatto suo marito, ma un altro uomo, per la precisione il nostro vicino di roulotte. Se adesso gli alieni dovessero scegliere di prelevare una coppia di umani e prendessero mia madre e quel tizio, l'umanità ci farebbe proprio una bella figura di merda.

Mio padre filma.

Osservo la scena imbambolata, come se mi avessero appena sedato con un anestetico per cavalli. Quando il faccione dell'Animatore compare al centro della pedana con un microfono davanti alla bocca, l'effetto dell'anestetico svanisce e io mi ritrovo nascosta dietro mio padre. Osservo la distribuzione dei pettorali nel piccolo schermo della telecamera. Poi il volume della musica si alza di colpo e l'Animatore recita la nota formula: — La gara ha inizio!

— Papà — sussurro da dietro la sua schiena.

— Eh? Chi è?

— Tua figlia.

— Urla che non ti sento!

— Perché non balli?

— Perché non mi piace, lo sai, e poi dopo la storta alla caviglia...

— Perché la mamma balla con quel tizio?

— È il nostro vicino di roulotte.

— Lo so, ma perché balla con lui?

È talmente assorto nelle riprese che non riesce a ribellarsi al mio interrogatorio. All'improvviso, nello schermo della telecamera, compare una signora formosa ma bassina, con la faccia lucida per il sole e i capelli rossi. Si avvicina e parla nell'obiettivo.

— Buonaseeeera — dice Testa Rossa, allungando le "e" per risultare simpatica.

Io osservo la scena nella telecamera. Di colpo non sono più la protagonista della mia vita, ma un abbonato Rai col posto in prima fila e questa potrebbe tranquillamente essere una puntata di *Un posto al sole*.

— Buonasera, come sta? — chiede Crapa Brizzolata a Testa Rossa.

— Su, su, diamoci del tu. Lo bevi un limoncello? Tanto la serata è lunga.

Non penso che ci stia provando, ma visto che mia madre balla con il nostro vicino di roulotte, non mi sento più di pensare niente.

— Sì, sì, è vero, potremmo bere qualcosa.

Mio padre abbassa la telecamera solo ora. I due si guardano per un attimo e stanno quasi per risalutarsi. Poi si girano verso la pista da ballo.

Il tizio che non è mio padre adesso ha un braccio intorno alla vita di mia madre. Lei ride divertita e ogni tanto getta indietro la testa, come una vera tarantolata. Il dj dev'essere un uomo di mezza età senza scrupoli: passa in continuazione dal liscio alla taranta, dal revival al Festivalbar, e ogni tanto caccia un lento a casaccio. I ballerini si adattano ai ritmi o, in alcuni casi, li ignorano completamente e continuano a saltellare muovendo il bacino a destra e a sinistra e le mani su e giù.

— Però devo filmare mia moglie quando mettono su *Gianna Gianna*, me l'ha chiesto lei.

— E cosa fai? Stai qui tutta la sera come un cucù? Quando la danno fai una corsa e la filmi. A parte che voglio vedere quanto durano quei due, mio marito ha già la faccia di uno che non ce la fa più.

L'ultima dichiarazione mi chiarisce la situazione: una signora balla col vicino di roulotte e suo marito e la moglie del vicino, che per qualche ragione non balla nemmeno lei, decidono di bersi un limoncello. Ma il marito ha promesso di filmare la gara di ballo e specialmente una canzone. Come fare?

Mentre la ricostruzione della scena si avvicina al momento culminante dell'azione, quando di solito parte anche una musichina di sottofondo, vedo il signore con la telecamera che porge la telecamera alla figlia e le fa promettere di filmare la madre quando parte una certa canzone.

Non faccio in tempo a realizzare di essere finita dentro alla puntata di *Un posto al sole*. All'improvviso mi ritrovo seduta su una panca in spiaggia, con una telecamera in mano e con i miei genitori che bevono e ballano con i vicini di roulotte.

Incomincio a riprendere le coppie che ballano, i bambini che si inseguono, la gente che fa la fila al bar e mio padre con la tizia che sorseggia un limoncello chiacchierando e sorridendo amabilmente. Quindi torno con l'obiettivo sulla pista da ballo e inquadro mia madre. Zummo sul suo viso e lo seguo. Sta ridendo, è contenta, la fronte imperlata di sudore e gli orecchini che dondolano sulle orecchie. Sembra una zingara felice. Il tizio che non è mio padre entra all'improvviso nel campo della telecamera, il suo volto scivola dietro quello di mia madre e poi torna subito al suo posto, fuori campo. Dentro di me, nel frattempo, è partito un altro filmino: quello di mia madre che comincia a uscire con un altro uomo, per altro assolutamente analogo al marito, e di mio padre che comincia a frequentare un'altra donna, forse un po' più tettona e più bassa.

Ecco *Gianna Gianna*.

Abbasso per un attimo la telecamera e guardo mio padre.

Mi fa cenno di riprendere.

Per la durata della canzone non penso a niente, rimango concentrata sul mio compito e mi concedo qualche altro primo piano della nuova coppia (con l'intenzione di studiarla con calma nella notte).

Poi, quando la canzone sta per finire, una voce mi parla nell'orecchio: — Lo sai che filmini potremmo fare io e te...

Mi giro e vedo il faccione dell'Animatore che mi sorride ammiccante, in attesa di una risposta.

Il mio istinto di sopravvivenza mi incita a reagire.

Mi ficco due dita in gola per commentare la proposta.

— Ma...

Senza spegnere la telecamera, la caccio nelle mani dell'Animatore.

— Fatteli te i filmini, coglione.

Mi alzo e me ne vado.

# TRENTADUE

L'effetto dell'anestetico per cavalli è svanito del tutto e il dolore mi arriva alla testa e allo stomaco come un pugno. Gli occhi si riempiono di lacrime, mentre penso che c'è qualcosa di sbagliato in tutto quello che sta succedendo. Alzo gli occhi al cielo e vedo le stelle appannate attraverso le lacrime. La bocciatura, il litigio con Luca, le mie amiche in vacanza da sole in Sardegna. E mentre realizzo che non c'è nulla di male in questa serata, che i miei si stanno solo divertendo e che nulla di tutto ciò è assurdo o patetico, un singhiozzo mi scuote il petto. Sono l'unica responsabile di quello che sta succedendo e sono due settimane che me la prendo con i miei per colpe che non hanno. Perché è più facile stare a guardare e lamentarsi, piuttosto che prendere in mano la propria vita. Ma troppe voci si agitano nella mia testa e non so nemmeno più chi sia a fare queste sagge considerazioni.

— Basta — sussurro, con la voce rotta dal pianto — basta, basta, basta.

Cammino lungo la spiaggia, mi allontano, lasciandomi dietro la musica, la gara di ballo, il campeggio, i miei pensieri, l'Animatore, tutto.

E poi di colpo il buio, e il silenzio, rotto solo dalla risacca.

Continuo a piangere, piano, sento il petto bollente, mentre grossi respiri mi riempiono i polmoni come se cercassero di farsi spazio.

Mi fermo. Respiro ancora e mentre mi asciugo le lacrime con la maglietta, mi accorgo che non sto più piangendo.

Cosa c'è che non va? Nulla. La risposta mi tranquillizza e mi sconcerta allo stesso tempo.

Passo accanto al classico gruppo di amici con la chitarra. Sono più grandi di me e cantano una vecchia canzone di Ligabue.

D'istinto, tiro fuori il cellulare e chiamo Chiara.

Il telefono fa cinque o sei squilli.

Sto per riattaccare, quando una voce allegra mi risponde.

— Alice!

— Ciao Chiara.

— Che fico sentirti! Dove sei?

— Adesso sono in spiaggia.

— Dai, fichissimo, noi stiamo per uscire. Andiamo a ballare.

— Dai, dimmi tu, come sta andando la vostra vacanza?

— Allora, sveglia all'una e poi dritte in spiaggia. Abbiamo conosciuto dei ragazzi di Roma e ci becchiamo sempre con loro. Stasera li abbiamo invitati a cena e adesso usciamo. Uno è troppo carino e secondo me gli piaccio… poi ti racconto.

— Ah, okay, ma siete tutti lì?

— Sì, sì. Ragazze! È Alice.

Un coro variegato di ciao e altre esclamazioni festeggia la mia telefonata.

— Ali, sarebbe fichissimo se ci fossi anche tu…

— Eh, non dirlo a me… recuperiamo l'anno prossimo.

— Assolutamente! Ali, adesso devo andare che mi stanno aspettando, ti ho mandato una mail, non l'hai letta?

— No, non l'ho vista.

— Te l'ho mandata poco fa, questa casa è fichissima, c'è pure la connessione wireless! Ciao Ali, chiamami domani così ci raccontiamo. Ora dobbiamo scappare!

Rimetto il telefono nella borsetta e inspiro con più forza.

All'improvviso sono tranquilla. Né triste, né depressa. Sì, non sono neanche esaltata, ma mi sono sfogata. Le mie amiche sono in Sardegna, in una casa, da sole, a divertirsi. L'anno prossimo ci sarò anche io, forse non in Sardegna, forse da un'altra parte, magari sarò addirittura fidanzata. Quello che so è che in questo momento il pensiero del mio presente e del mio futuro non mi tormenta più.

Basta sceneggiate.

Con la coda dell'occhio vedo una stella cadente ed esprimo pure un desiderio.

All'improvviso, sento un rumore di passi in avvicinamento. Mi fermo di colpo e mi guardo attorno spaventata. Il gruppo di ragazzi con la chitarra non è molto lontano. Se è un maniaco mi metto a urlare e quelli mi sentono.

Ma non si tratta di un maniaco.

A una decina di metri da me, una ragazza attraversa la spiaggia a passo spedito. Ha lo sguardo basso sulla sabbia e singhiozza.

Mi chiedo quante ragazze sole stiano correndo in spiaggia in lacrime in questo preciso momento: quelle che hanno appena finito di litigare con qualcuno, quelle che sono state lasciate dal ragazzo, quelle che sono state bocciate, quelle che hanno passato una serata difficile, quelle che sentono che qualcosa non va anche se non sanno esattamente che cosa.

Be', due ci sono di sicuro e sono pure nello stesso posto.

La ragazza si siede su uno scoglio e io rimango immobile. È di spalle, guarda la luna piena e si accende una sigaretta.

Faccio per andarmene. Sono venuta qui per starmene da sola e immagino che quella ragazza abbia fatto lo stesso. Sto per tornare indietro, ma inciampo in un ramo e finisco dritta distesa per terra. Rimango immobile e mi guardo attorno. Il gruppo di ragazzi con la chitarra è abbastanza lontano da non accorgersi di niente. Non potrei reggere anche questa figuraccia, non ora.

— Chi è? — chiede la ragazza, spaventata.

Mi rialzo.

— Eh, sono...

Che cosa dico?

In quell'istante mi accorgo di conoscere quella voce.

— Martina. Sono Alice.

— Alice? — chiede, come se il mio nome in quel momento non le ricordasse niente.

— Scusa... sono inciampata.

— Alice! — esclama, più sorpresa che contenta.

— Scusami... me ne vado.

Riprendo a camminare. Voglio tornare in campeggio, recuperare la telecamera e andarmene a dormire. I miei si staranno preoccupando e...

— Aspetta.

Aspetta?

# TRENTATRÉ

Mi fermo, indecisa. La guardo. È diversa, più piccola, sembra addirittura più magra. Non che sia grassa, ma adesso che ho il tempo di metterla a fuoco nel buio della notte, fatico a ritrovare la solita Martina. La ragazza che vedo ora sulla spiaggia è una persona incerta, debole e spaventata.

— Ciao — dice Martina con la voce tremante, ma abbozzando un sorriso — anche tu in fuga?

— No, cioè sì, facevo una passeggiata…

Martina tira fuori un'altra sigaretta dal pacchetto e la accende nervosamente. Non so bene che cosa fare, ma ho tutto il tempo che lei impiegherà a finire la sigaretta per trovare qualcosa da dire. Martina guarda un punto imprecisato, a metà tra me e il mare.

Primo tiro, secondo tiro.

Continuo a non trovare le parole per spezzare il silenzio, la lingua si è come incollata al palato. Non è una mia amica quella che piange a pochi metri da me, non è Chiara, alla quale chiederei come stai e che ti è successo, e non è Luca, che comunque non piangerebbe, ma col quale saprei cosa fare.

Terzo tiro.

E poi loro si sfogherebbero, o almeno, Chiara si sfogherebbe, ma entrambi mi chiederebbero a loro volta che cosa ci faccio lì da sola. Io non conosco i problemi di Martina e tanto meno voglio che lei conosca i miei. Mi hanno bocciata, è stato un anno un po' di merda, sono in vacanza con la mia famiglia. A dirli così tutti vicini non sembrano proprio dei veri problemi. Probabilmente si trovano sul dizionario alla voce "disagio adolescenziale".

Quarto tiro, quinto tiro.

E invece è Martina. Martina deve avere un altro dizionario, uno dove le parole come "adolescenza", "genitori", "scuola" non ci sono nemmeno. Dove abbondano gli "amici", i "discorsi sociopolitici", il "sesso" e i "divorzi".

Sesto tiro.

Questo è tutto quello che so di Martina e per un attimo sono costretta a riflettere sul fatto che non è poi molto. E in questo momento dovrei almeno aggiungere le parole "lacrime" e "dolore".

Inaspettatamente, Martina lascia cadere la sigaretta per terra. Io non dico niente, ma mi avvicino e mi siedo accanto a lei, il che per me equivale a cederle la parola, a lasciarle gestire la situazione e il rapporto, come del resto è abituata a fare.

— Raccontami qualcosa — dice a un tratto.

— In che senso? — chiedo, più che altro per guadagnare tempo.

— Raccontami qualcosa, una cosa qualunque, ho bisogno di distrarmi.

Detto così non suona troppo bene. Mi mette a disagio il suo modo di trattarmi, questa improvvisa confidenza da amica. Stona con lei, con me, ma in fondo ho avuto il tempo per chiederle Cosa C'è Tutto A Posto, e non l'ho fatto. Quindi non mi rimane che stare al suo gioco.

— Vuoi una cosa bella o una cosa brutta?

Lei mi guarda con un sorriso improvviso, un sorriso da bambina.

— Voglio… prima una cosa brutta e poi una bella.

— Va bene, okay.

— Ma non troppo brutta.

— Allora la cosa brutta è che ho passato un anno da schifo e sono pure stata bocciata…

Lei mi guarda con aria incoraggiante, come a dire che va bene così. È di quel genere di cose che vuole sentir parlare.

— E la cosa bella è che…

Incomincio a scavare nella mia testa, in cerca della cosa bella da dire. Una cosa che mi è successa, di recente, o quest'anno, un episodio, un momento, un giorno. Socchiudo gli occhi per vedere meglio nella memoria, ma tutto è avvolto in una leggera nebbia. L'anno passato mi sfila sotto gli occhi come un treno e non riesco a metterne a fuoco i vagoni né tanto meno i passeggeri. Sento invece qualcosa che mi si muove nello stomaco, che poi sale e si ferma proprio sopra lo sterno. Apro gli occhi appena in tempo per sentire un singhiozzo scuotermi il petto.

# TRENTAQUATTRO

Non piango. Singhiozzo tre o quattro volte ma trattengo le lacrime. È come ricevere un pugno in pieno petto e rimanere immobili. All'improvviso la situazione si ribalta. È Martina a parlare e mi appoggia una mano sul ginocchio.

— Ehi, che c'è?

Non so risponderle, perché non piango per la gara di ballo in campeggio o per la serata di merda, non piango perché sono stata bocciata e non piango per Luca. Piango perché se guardo indietro all'anno che è appena finito, non riesco a trovare nemmeno una cosa bella che ho voglia di raccontare.

Passano alcuni minuti.

Lei continua a tenermi la mano sul ginocchio, ma più come si farebbe con un malato o con qualcuno che ha appena avuto un incidente ed è in attesa dei soccorsi. Poi, quando sono quasi certa di essermi ripresa, comincio a piangere di nuovo, questa volta in maniera decisamente più rumorosa. Mi piego sulle gambe e mi porto le mani al volto per coprirmi. Un braccio si appoggia sulla mia schiena e mi avvolge. Un mano mi strofina piano il fianco in segno di conforto. Le lacrime continuano a uscire piano, finché i singhiozzi non si riducono a un sospiro.

E improvvisamente mi sento leggera.

Mi sollevo, la guardo.

Lei sembra quasi preoccupata, non era preparata a questa situazione, e del resto nemmeno io. Ma non mi chiede che cosa mi è preso, non mi chiede perché piangevo, come non le ho chiesto niente io, prima.

— Ora tocca a te — dico a viso aperto e abbozzo un sorriso.

Lei non capisce subito e mi guarda perplessa.

— Cioè — spiego — è il tuo turno per la frignata, se vuoi...

Questa volta ride e sembra contenta di farlo.

— Troppo tardi — dice e si finge dispiaciuta — ho pianto fino adesso, averlo saputo prima!

— Allora raccontami qualcosa tu.

Lei si fa di nuovo seria e tira fuori un'altra sigaretta. Prima di accenderla, mi avvicina il pacchetto.

— No, grazie, io sono quella che non fuma, no?

— Già.

— E poi penso che mia madre mi ammazzerebbe se mi vedesse con una sigaretta in mano.

— Quindi oltre a essere quella che non fuma, sei anche quella con la mamma premurosa...

— Una brava ragazza — concludo io alzando le spalle — che però si è fatta bocciare.

— Va be', quello chi se ne frega, un sacco di geni andavano male a scuola.

So che non è una frase particolarmente originale, ma è la prima cosa carina che mi hanno detto da quando sono stata bocciata.

A quel punto cerco di nuovo il suo sguardo.

— Allora, la tua cosa brutta qual è?

— Be', diciamo che mia madre non si accorgerebbe nemmeno se mi accendessi una canna a tavola. Lei vive nel suo mondo e io nel mio, e viviamo in casa come amiche che non si stanno più simpatiche, un po' ci ignoriamo e un po' ci mandiamo a cagare. Io, la mando a cagare...

È in situazioni come queste che i non fumatori dovrebbero avere qualcosa da offrire in segno di partecipazione. Ma io non fumo e non ho niente da offrire. Così mi giro un po' di più verso di lei per mostrarmi attenta e partecipe.

— Adesso c'ha 'sto nuovo fidanzato — continua Martina. — Ah, i miei sono divorziati, ma è successo tanto tempo fa, quindi tranquilla. Marco, si chiama Marco, ed è qui in vacanza con noi. Ha dieci anni meno di lei e anche molti meno soldi. Chiaramente paga sempre tutto mia madre, per lei queste cose non contano. E 'sto qui è un vero figlio di puttana. Non fa un cazzo tutto il giorno. La sera tira coca anche quando è da solo in casa. Così quando torno ed è impizzato viene da me, e se è preso bene fa solo il coglione e ci prova, se è preso male mi insulta.

La mia faccia dev'essere la chiara manifestazione del mio disorientamento e di una specie di rabbia universale verso gli stronzi. Martina probabilmente si accorge della mia fronte corrugata, e sorride.

— Stasera era incazzato. Io sono tornata dal lavoro, che faccio solo per starmene fuori di casa più tempo possibile, cioè, non ho bisogno di soldi, ma forse lo saprai, a scuola le voci corrono... va be', torno e lui è in mutande sul bordo della piscina. Ciao, gli dico, e lui non risponde. Lo supero e vado verso la mia camera. A quel punto mi afferra per un braccio e dice: «Non far finta di niente, ti sembra questa l'ora di tornare?». Va be', era pieno di coca ed era inutile ragionarci, così ho tirato dritto mentre lui mi copriva di insulti...

Tutte le cose che vorrei dire mi si spengono subito prima di uscire dalla bocca, tipo: "Ma devi dirlo a tua madre", "Tuo padre che cosa pensa?" o "Ma non c'è qualcuno che...".

— Ho infranto le regole del gioco — dice Martina con un sorriso — ho raccontato una cosa troppo brutta...

L'ironia abbandona per un attimo il suo volto e gli occhi si riempiono di lacrime. Questa volta sono io ad avvolgerle la vita con il braccio e a strofinarle un fianco.

— Secondo te, che cosa posso fare? — chiede con un filo di voce.

Apro la bocca per dire qualcosa, qualsiasi cosa, ma lei mi ferma.

— Scusami, non dovevo chiedertelo, lascia stare.

— Dai, facciamo un giro — dico alzandomi.

Lei mi guarda poco convinta.

— Dobbiamo camminare.

— Perché?

— Bisogna camminare quando finiscono le parole. Il corpo sa già di cosa ha bisogno, solo che devi camminare, poi ci pensa lui.

— E questa da dove salta fuori? — dice lei, ritrovando un sorriso e l'ironia.

— È una delle massime di un mio amico, cioè, non è sua, è di Kahlil Gibran.

— E cioè?

— Tipo, suona più o meno così: il corpo sa già tutto quello di cui ha bisogno, solo che ogni tanto la testa vuole sentirne il rumore.

Lei si ferma per un istante a ragionare sulla frase di Gibran, muovendo appena le labbra, come se la ripetesse tra sé.

— È una delle massime che mi spara quando sono in crisi, ma c'ha tutto un repertorio, potrebbe scriverci un libro.

— Non male, mi piace — dice soddisfatta — e chi è questo amico?

Non trovo subito le parole per rispondere. Ripenso al nostro litigio e alle sue accuse: tu non ascolti gli altri. La mente per un attimo corre via dalla spiaggia, si ferma in campeggio a cambiarsi e prende il primo aereo per Milano, con la chiara intenzione di andare a prendere a schiaffi Luca. Martina non si accorge di quello che mi passa per la testa.

— Deve volerti molto bene — dice senza guardarmi.

# TRENTACINQUE

Luca me l'ha detto una volta sola. Perché per il resto il suo è un linguaggio fatto di gesti, di cose. È successo quest'anno. Avevamo bigiato. Ci eravamo trovati al baretto davanti alla scuola, un mattino di qualche mese fa. Era una giornata bellissima, c'era il sole e il cielo azzurro, come lo si vede raramente a Milano. Io avevo un compito di italiano e non avevo studiato niente. Stavo appunto cercando di memorizzare qualche informazione a casaccio sulla biografia di Manzoni, quando Luca ha detto la frase magica, quella che ci aveva già fatto saltare parecchi giorni di scuola: — Non possiamo rinchiuderci in una stanza oggi. È un crimine.

Mezz'ora dopo eravamo su un treno direzione Via Da Qui.

Eravamo saliti a caso, senza biglietto, e lui mi aveva assicurato che conosceva il controllore e che nel caso avremmo comprato il biglietto durante il viaggio.

E così è stato, e questo è uno dei miracoli di Luca. Non ha molti amici, ma evidentemente quando parla innesca strane reazioni chimiche, perché le persone si ricordano di lui, hanno sempre qualcosa da dirgli. Quel giorno ero quasi certa che il controllore gli volesse bene.

Il treno ha terminato la corsa in una piccola stazione in mezzo alle montagne. Io non avevo idea che si potesse arrivare in montagna in un'ora, avevo sempre pensato che Milano fosse circondata da una pianura sterminata.

Abbiamo attraversato un piccolo paese e poi abbiamo imboccato un sentiero che saliva in mezzo ai boschi. Dopo un'ora siamo arrivati in una baita. Lì naturalmente tutti lo conoscevano. Una signora ci ha offerto un bicchiere di latte appena munto e un caffè. Quindi ci siamo rimessi a camminare e dopo due ore eravamo sulla cima di una montagna. Io ero mezza morta, col fiatone e i jeans pieni di fango. Lui sembrava appena uscito dalla doccia.

— Quello è il lago di Como — mi ha detto, e ha indicato in basso — quello dei Promessi Sposi. E la montagna che c'è dietro è il Resegone, quello dell'addio ai monti di Lucia.

Io guardavo ammirata il paesaggio, mentre cercavo di riprendere fiato.

— Quando ti fanno fare i *Promessi Sposi* a scuola, nessuno ti dice che puoi pure andarli a vedere. Uno li studierebbe più volentieri.

Mi ricordo che ho riso e che l'ho abbracciato. Non stavamo già più insieme, ma eravamo pur sempre sulla cima di una montagna. E anche lì mi erano mancate le parole per dire "grazie", oppure "sono contenta di essere qui con te". Lui mi aveva stretto per un attimo fra le braccia e poi aveva bisbigliato: — Ti voglio bene.

Io l'avevo guardato stupita, perché non era da lui.

— Il corpo sa già tutto — aveva detto — ma ogni tanto la testa vuole sentire il rumore che fa.

Un'improvvisa esplosione interrompe il mio ricordo.

— Odio i fuochi d'artificio — dice Martina mentre in lontananza compaiono tre o quattro cerchi colorati nel cielo — tanto casino per niente.

Non mi ero mai posta il problema dei fuochi d'artificio e di certo non pensavo che potessero suscitare una reazione del genere. Non dico niente e continuiamo a camminare in silenzio, con il sottofondo dei botti che si susseguono.

— Allora? Come si chiama questo amico?

Dalla mia espressione corrugata, Martina intuisce che non è un argomento facile.

— Un'altra storia brutta?

— No, questa è una cosa bella, credo.

— Dai allora, intanto penso anch'io a una storia da raccontare.

Le racconto di Luca, del nostro breve fidanzamento e delle nostre discussioni via messenger.

Lei mi ascolta attenta e non dice niente.

— E poi con Luca è stata anche la prima volta.

— E cos'è successo? Perché è finita?

— Non lo so nemmeno io. Non andava, punto. Ci volevamo bene, e ce ne vogliamo ancora. Ma mancava qualcosa. Luca è quello che sa sempre che cosa mi passa per la testa, sa come sto, sa quello che mi piace. Lo so che è banale ma... mancava la passione forse.

— Non è banale.

— Luca era la persona giusta. Al momento sbagliato.

— Però siete amici ora.

— Più o meno.

— Be', mi sembra che ci tenga a te.

— Sì, direi proprio di sì.

— Sembra una persona speciale.

Non dico niente, ma annuisco.

— La mia prima volta è stata con un figo da paura. Aveva due anni più di me. Dopo non l'ho più visto, cioè, lui non si è fatto più sentire.

— Uno stronzo — dico, ma mi pento subito, per paura di essermi sbilanciata troppo. — Cioè no, non lo so...

— No, no, hai ragione, proprio uno stronzo, e non è stato l'unico. È pieno di gente che vuole venire a letto con me, e io ci casco sempre, pensando che magari è la volta buona, che ho trovato qualcuno per cui sono davvero speciale, e invece... Sei fortunata tu, sul serio.

— In compenso non sto con nessuno da più di un anno, nemmeno un bacio per sbaglio.

— Non conta niente. Puoi andare a letto con cento ragazzi e poi essere di nuovo al punto di partenza.

— Be', ma tu non sei fidanzata?

— Sì, ma anche no, non me ne frega molto. Stavolta ho trovato il tipo zerbino, quello che manda mille messaggini e che mi chiama tutte le sere. Finché dura dura, non mi preoccupo molto... Avrei bisogno di un Luca anch'io.

— Il mio è libero, se vuoi te lo presto.

Lei scoppia a ridere, ma è una risata scettica.

— Tienitele strette le persone vere, sono poche. Gli altri vogliono tutti qualcosa da te, sono amici finché gli fa comodo, finché fai colore nella loro compagnia.

— Be', ma tu sei piena di... — le parole mi si spengono in bocca.

— Non sono piena di amici, sono piena di gente che mi sta attorno, e non è la stessa cosa.

Un fuoco d'artificio più grande illumina per un istante la notte e il viso di Martina mi appare spettrale. Le guance leggermente scavate, gli occhi lucidi e gonfi.

— Ecco, guarda quelli lì. — Indica un gruppetto di ragazzi intorno a un fuoco. — Guarda, ci sono due abbracciati, due che si baciano, gli altri cantano, e se cerchi un po' attorno troverai anche due che si sono imboscati da qualche parte. Sembra tutto bello visto da fuori, ma non è reale, è solo facciata.

Non seguo più il suo discorso, ma sono certa che si tratti di una di quelle riflessioni che nascono dalle delusioni. Per cui la lascio parlare. Intanto però è comparsa una coppietta. Sono sdraiati l'uno sopra l'altra dietro una barca ribaltata.

# TRENTASEI

Quando torno in campeggio è ormai mezzanotte passata. Sul tavolo in veranda c'è un sacchetto di plastica. Dentro c'è la telecamera. Dei miei nemmeno l'ombra, così mando un messaggino a mia madre dicendo che sono stata poco bene.

Nell'igloo trovo un bigliettino arrotolato e fermato da un fiocco rosso, e anche se sono tentata di buttarlo via senza nemmeno aprirlo (perché so perfettamente di chi è) decido di leggerlo.

"Scusa, Alice, per il mio comportamento. Hai trovato la telecamera sul tavolo? Ho eliminato dal filmino il pezzo dove si sente quello che dico. Peccato che non si possa fare la stessa cosa nella vita. Svegliarsi, riguardare la giornata passata ed eliminare tutte le frasi di troppo, tutte le cose che non si volevano fare, gli sbagli. E lasciare solo i sogni, le emozioni. Sarebbe tutto più bello. Scusa Alice, lo sai che penso che tu sia speciale. Ti voglio bene."

Evidentemente è la serata delle rivelazioni. Sto ancora cercando di riorganizzare tutto quello che pensavo di Martina e vengo a scoprire che l'Animatore è in qualche modo consapevole di comportarsi come un idiota per la gran parte del tempo. Perché è questo che vuol dire il messaggio e mi dispiace di non essere dell'umore adatto per commuovermi. Ma la verità è che la sua confessione esistenziale non riesce a smuovermi, non mi fa dimenticare che tipo di persona è. E anche se sotto una scorza da idiota si trova un animo sensibile, questo non cambia ciò che penso di lui, dal momento che in campeggio incontrerò solo la scorza.

Una strana sensazione di calore mi riempie la testa e un brivido mi corre lungo la schiena. Mi sdraio in tenda con la testa fuori per guardare le stelle, e ripenso alla giornata passata. Ai miei, a mio fratello, a Martina, a Mary, a Daniele, a Luca, e un pensiero non particolarmente originale prende forma nel mio cervello: tutti hanno una maschera, può essere una semplice mascherina per gli occhi, di quelle che si tengono con una bacchetta, oppure una maschera di gomma che copre tutta la testa, può essere molto appariscente oppure mimetica. C'è chi ne ha più d'una, a seconda delle occasioni, e chi indossa anche un costume. E mentre inseguo il filo di questo pensiero, divento inevitabilmente vittima della mia riflessione: qual è la mia maschera?

Il giorno dopo mi sveglio con la netta sensazione di aver pianto nel sonno. Ho gli occhi gonfi, ma mi sento anche più leggera. Mi è già capitato, è una buffa conseguenza del pianto notturno. Rimangono solo le conseguenze e non ci si ricorda il dolore.

I miei hanno già fatto colazione e stanno trafficando intorno alla macchina. Fede è ancora seduto al tavolo.

— Ciao fratello.

— Ciao sorella.

Ogni tanto facciamo queste scenette.

— Allora?

— Allora che?

— Hai ballato?

— No.
— Hai fatto bene.
— Tu dov'eri?
— Sono tornata qui a studiare.
— Non è vero.
— Lo so, è una palla.
— Allora dov'eri?
— La mamma ha detto qualcosa?
— No.
— Come fai a saperlo?
— Lo so e basta.
— Dai.
— Ti ho visto ieri sera.
— In che senso?
— Con l'animatore, che poi sei andata via.
— Ah.
— Ti ho coperto io. Poi è arrivato un tuo messaggino e lei si è tranquillizzata.
— E la telecamera?
— Ho detto all'animatore di lasciarla sul tavolo, l'hai trovata no?

Ritorno a pensare che questo non è mio fratello. Dev'essere figlio di uno solo dei miei genitori, che si è accoppiato con uno scugnizzo napoletano.

Quando mia madre torna dalla macchina con un sacchetto e un cric in mano, e un'espressione indecifrabile sul volto, infilo la testa nella tazza del caffelatte, per evitare ogni tipo di domanda.

— Come stai?

Niente da fare.

— Bene.
— Stai meglio?
— Di che?
— Di ieri.

Lo scugnizzo fiuta la tensione nell'aria, si alza e se ne va. In quel momento però arriva Papà Pantalone e la roulotte si trasforma inevitabilmente in un palco.

— Dove sei finita ieri sera?

Io inspiro per prendere tempo e cerco lo sguardo di mia madre, ma il gesto mi relega in un istante nel ruolo di Arlecchino. Fortunatamente la Locandiera decide di essere complice. Si gira verso Pantalone e fa uno di quegli sguardi scomposti tipo Lascia Stare Poi Ti Spiego.

— Va be' — dice Pantalone — tra dieci minuti si parte.

In quel momento suona il cellulare. Mi è arrivato un messaggio.

"Sabato, Reggae party al Nove Settimane e Mezzo, dalle 21.00, cocktail 4 euro, Dj Furetto all night long."

Non conosco il numero, ma non può essere che Martina, o Daniele. Come fanno ad avere il mio numero di cellulare?

# TRENTASETTE

La gita all'interno è una parte fondamentale delle nostre vacanze al mare. Perché noi non siamo quelli che fanno solo mare, ma Quelli Che Vanno A Vedere Anche l'Interno.

Alle dieci siamo in macchina, per l'occasione svuotata di tutto l'armamentario da spiaggia, direzione: l'Interno. Mia madre ha stabilito un itinerario consultando la guida del Salento.

Federico ha su gli auricolari. Per lui sarà una giornata come tutte le altre. Io invece continuo a ripensare alla serata passata con Martina e a quel messaggio. Se fosse stata lei a mandarmelo, significherebbe un chiaro segno di amicizia, tipo: ora che ci siamo conosciute siamo amiche, quindi se c'è una festa te lo dico. Se invece il messaggio era di Daniele, la cosa avrebbe tutta una serie di implicazioni alle quali per adesso non ho proprio voglia di pensare.

Potrei rispondere con una domanda generica, per vedere se riesco a scoprire il mittente, ma non sono sicura che funzionerebbe, e poi che cosa potrei chiedere?

Prima tappa: chiesa di San Qualcuno Martire.

Nessuno dei miei genitori è cattolico praticante e io non ho fatto catechismo, però sono stata battezzata da mia nonna nella vasca da bagno (così dice lei). La visita alla chiesa quindi è puramente turistica e artistica. Entriamo, nessuno si fa il segno della croce, ci stupiamo per il fresco che fa e per quanto è alta la navata e facciamo un giro per vedere i dipinti appesi alle pareti e gli affreschi.

— Perché Gesù ha la faccia scazzata?

— Federico, siamo in chiesa!

Fede è fermo davanti a un quadro raffigurante, ci arrivo pure io, la crocifissione di Cristo.

— Sì, ma a me sembra scazzato.

In quel momento passa un vecchietto con il bastone, il tipico vecchietto meridionale incartapecorito.

— E ti voglio vedere a te con due chiodi nelle mani! — grida con aria indignata.

Una vecchietta, che dev'essere la moglie, lo tira per un braccio e lo caccia dentro al confessionale come si caccia un ubriaco sotto la doccia.

— Scusatelo, questo se non si impiccia non è contento.

— Scusi lei signora, è colpa di mio figlio.

— E perché? Che ha fatto?

Mia madre non aveva intenzione di fornire ulteriori spiegazioni, ma la vecchietta le ha messo due enormi occhi miopi addosso e ora aspetta una spiegazione.

— Mio fratello dice che Gesù sembra molto triste in questo quadro.

La vecchietta si volta verso di me e poi si abbassa e si stringe nelle spalle come chi sta per dire qualcosa di segretissimo.

— Questo Gesù è magico.

Mio fratello drizza le orecchie. Beccato! Fa tanto il figo, poi quando sente parlare di magia si trasforma in Harry Potter.

— Lui fa l'espressione del vostro cuore. È come uno specchio, ma non riflette quello che c'è fuori, riflette quello che c'è dentro, la verità.

Le parole della vecchietta mi fanno venire in mente

qualcosa che ho letto quest'anno, ma non mi ricordo né il titolo né l'autore.

In macchina percorriamo strade provinciali circondate dagli olivi. Osservo il paesaggio dal finestrino come se guardassi distrattamente la televisione.

Ripenso al quadro di Gesù e a quello che ci ha detto la vecchietta. A me Gesù era sembrato solamente triste, e un po' scazzato, sì, anche un po' scazzato. Mi chiedo cosa abbiano visto i miei genitori nel suo volto. Pirandello! Pirandello c'entra qualcosa. E anche Oscar Wilde, non so perché. Sono stata bocciata, no? E allora.

Mi ricordo però che avevamo parlato in classe ed era venuto fuori qualcosa sulle maschere. E io avevo passato il resto della lezione a farmi una serie di filmini sui miei compagni cercando di vedere dietro la patina di brufoli, le menate personali, le paure e tutto il resto. Non avevo pensato ai miei genitori allora. Ma adesso mi rendo conto che anche loro hanno una maschera.

Mio padre. È un po' orso, non è particolarmente loquace e non si capisce mai quando è contento. Ma se devo tener fede a questa analisi psicologica da quattro soldi (ovvero: ognuno ha una maschera), sono costretta a pensare che è anche un uomo, con un suo lavoro, le sue preoccupazioni e i suoi pensieri e, forse, anche delle aspirazioni nascoste. Magari sta scrivendo un libro, magari medita di andare a vivere in montagna non appena io e Fede saremo abbastanza grandi.

Guardo mia madre, tutta intenta a studiare la guida e a confrontarla con l'itinerario che ha preparato. Penso ai suoi discorsi, alle sue raccomandazioni, alle volte che io e Fede la prendiamo in giro dicendole che fa la mamma napoletana, perché è troppo apprensiva. Lei non si offende mai, ride. Ma ora sono costretta a pensare che sia la sua maschera a impedirle di offendersi e forse il suo travestimento è proprio il suo ruolo di madre. In fondo anche lei è una donna. Lo so che è sciocco, ma è la prima volta che ci penso. Mia madre è una donna e ha appena una ventina di anni più di me. Se penso a me tra vent'anni non ho una visione chiara di quello che potrei essere, ma probabilmente sarò ancora quello che sono, con i sentimenti, i desideri, le paure, gli amici. Forse è questo che succede ai figli a un certo punto, cioè, smettono di vedere i genitori come genitori e scoprono degli adulti insicuri e pieni di paure, solo con un po' di capelli bianchi e la pancia, a ricordare che non sono più dei ragazzini.

# TRENTOTTO

Ha piovuto tutta la notte.

Quindi non si va al mare. I miei ne approfitteranno per andare in paese a fare spese. Quali spese non ci è dato sapere, anche se una Alice più comprensiva e probabilmente buddhista (sorta di recente alla periferia del mio spirito critico) suggerisce che le spese siano in realtà una scusa per stare un po' da soli e per lasciare a noi figli una giornata senza programmi.

Questa Alice buddhista è acuta e intelligente, non c'è dubbio, ma è appena un giorno che mi segue e già non la sopporto più.

Mia madre mi ha autorizzata a trascorrere la giornata fuori, ovvero: alla spiaggia del chiringuito, dove c'è tale Martina che mi avrebbe invitata poi a pranzo a casa sua. Sono certa che una piccola balla non guasterà i nostri rapporti e in compenso la farà stare tranquilla. Le assicuro che per le quattro sarò a casa a studiare e lei, con l'aria scettica da mamma, annuisce e risponde: — Vai vai…

Poco prima di mezzogiorno sono al chiringuito. Il cielo è coperto, in spiaggia ci sono solo dei ragazzi stranieri e ai tavolini non c'è nessuno. Mi avvicino al bancone ma anche lì non c'è nessuno. Così faccio un giro ma vengo subito attratta da alcune voci. Provengono dal capanno dove mi aveva portata Martina quando mi aveva prestato il costume.

Ma non provengono dall'interno. Sembra che ci siano due persone che discutono fuori dalla porta.

— Io non ci torno a casa, quindi vai, non ho niente da dirti.

— Non vedo che bisogno ci sia di fare tutte queste storie.

— Se quel coglione non se ne va, io a casa non ci torno. Tu caccia il coglione e io torno a casa.

— Guarda Martina, io non sto qui a pregarti...

— Brava, vattene allora.

— Non puoi decidere tu chi sta e chi non sta a casa mia.

— Senti mamma. Vaffanculo, tu assieme al cocainomane, e lasciami in pace.

— Non ti permetto di parlarmi in questo modo.

— Buona questa, brava, mi fai sorridere.

All'improvviso una voce proveniente dal chiringuito urla il nome di Martina.

Si sentono dei passi da dietro al capanno e io capisco che nel giro di qualche secondo sarò sorpresa nella mia azione di spionaggio. Così, invece di scappare, le vado incontro, come se fossi appena arrivata e fossi venuta a cercarla. Risultato: mi scontro faccia a faccia con Martina e con sua madre, che la segue trattenendola per un braccio.

— Ops, scusate — dico rivolta a entrambe. — Ciao, ero venuta a cercarti...

Martina non dice nulla, mentre sua madre sorride.

— Non mi presenti la tua amica?

Martina le rivolge uno sguardo pieno di disprezzo, che lei finge di non notare.

— Ciao — mi dice con voce scazzata — questa è mia madre. E lei è Alice.

— Ciao Alice.

Seguono alcuni secondi di silenzio imbarazzato.

— Be', possiamo andare? — chiede Martina.

— Scusala Alice — dice sua madre, sorridendo con le labbra rifatte — abbiamo avuto una piccola discussione.

Io sorrido a mia volta e cerco di trasmettere con lo sguardo un messaggio di pace e comprensione universale. Forse è l'Alice buddhista che ha di nuovo preso il sopravvento su di me.

— Scusala Alice — le fa il verso Martina — ma mia madre è una stronza.

A questo punto il Buddha che è in me è confuso.

In compenso la madre di Martina continua a sorridere, ma ormai sono quasi certa che si tratti di un incidente durante la siliconatura delle labbra. Probabilmente ha una paralisi facciale. L'Alice Buddhista mi rimprovera per questi pensieri, ma io non posso fare a meno di sorridere per l'assurdità della situazione. Poi Martina mi guarda. I nostri sguardi si incrociano in un punto imprecisato sospeso in aria e rivedo tutta la serata, i pianti, i racconti sulla sua famiglia. Mi sorride, complice, poi il sorriso si trasforma in un ghigno soddisfatto.

— Dai — dice annuendo nel vuoto — vengo a pranzo a casa, e viene anche la mia amica.

Il silicone nelle labbra di sua madre traballa come una gelatina e i suoi occhi si posano su di me in attesa di un cortese rifiuto.

Non so che cosa fare.

Mi rendo perfettamente conto di essere uno strumento nella lotta madre-figlia e forse sarebbe meglio fingere un impegno ed eclissarsi.

— Mangiamo a casa, così ti presento anche il mio secondo papà, poi ce ne veniamo in spiaggia, tanto sta venendo il sole.

Per qualche ragione, la mia testa comincia a rimbalzare

su e giù sul collo, come fa sempre Martina quando deve dire di sì, ed è quindi lei ad accorgersi per prima del mio involontario consenso.

— Andata — dice Martina.

Sua madre la guarda con un sorriso di ghiaccio.

— Benissimo allora, chiamo la donna e le dico che siamo in quattro.

# TRENTANOVE

Avevo detto a mia madre che avrei mangiato dalla mia amica Martina? E pranzo da Martina sia.

La sua casa è a poche centinaia di metri dalla spiaggia. Un cancello in ferro battuto dà accesso a un'oasi verde che contrasta nettamente con la vegetazione circostante. Un sentiero di ghiaia passa sotto un pergolato d'uva e serpeggia in un tunnel di oleandri. Fuori dal tunnel compare la casa: un grosso rustico ristrutturato, tutto in pietra. Al pianterreno una parete è stata abbattuta per far posto a un'ampia vetrata, dalla quale si accede direttamente alla piscina, sempre in pietra e circondata da un prato all'inglese verdissimo.

Una signora in divisa da cameriera ci viene incontro con le mani congiunte e la testa leggermente inclinata di lato. Quando ci dice che il pranzo sarà servito all'una in terrazzo, per un momento temo di scoppiare a ridere.

Nell'istante in cui penso che mancano solo due dobermann di pura razza a scorrazzare nel prato, due levrieri afghani anoressici sbucano fuori da un cespuglio e ci vengono incontro, si direbbe, al galoppo.

— Noi facciamo il bagno — dice Martina.

È tornato il sole nel frattempo e fa un caldo infernale.

— È mezzogiorno e venticinque, sei certa di avere

il tempo per un bagno? — chiede sua madre, sempre sorridendo.

Non posso fare a meno di pensare che mia madre mi avrebbe detto qualcosa come: "Alice non c'è tempo, poi ti rimangono i capelli bagnati, piuttosto apparecchia". Ma qui non devo apparecchiare e probabilmente i levrieri afghani ci asciugheranno i capelli col loro tiepido alito.

Sua madre si allontana e scompare in casa. E io comincio a chiedermi quando apparirà il suo fidanzato.

Rimaniamo sole.

— Scusa — dice Martina e io non me la sento proprio di dire Ma Va' Figurati, perché suonerebbe terribilmente falso.

— Facciamo che mi devi un favore.

Il suo viso improvvisamente si illumina. Lascia cadere a terra il pareo e si tuffa in acqua. Quando riemerge dopo pochi secondi, io sono ancora immobile, sul bordo della piscina.

— Non dirmi che non hai il costume nemmeno questa volta!

— No, no questa volta sono preparata — dico sorridendo — cerco di cacciarmi in situazioni imbarazzanti solo se c'è un po' di gente, altrimenti non c'è gusto.

— Be', con Daniele e Mary puoi andare tranquilla, lei è troppo concentrata su se stessa e lui è troppo preso dalla sua filosofia rasta.

— Sono simpatici, però.

— Sì, sì, di brutto, io non so cosa farei senza Daniele. Anche lui si è dovuto sorbire un bel po' delle mie menate e Mary, be' Mary ti riconcilia col mondo. Quando sei tutta presa dalle paranoie, scopri che puoi essere felice perché il giorno dopo esce la tua rivista di gossip preferita. Cioè, geniale.

Scoppio a ridere.

— Ogni tanto vorrei essere anch'io una persona così...

— Come?

— Una che è felice con poco, cioè, non voglio dire che Mary sia una scema o che, e forse un po' ci gioca anche col suo atteggiamento, però un po' è così veramente. È pratica, adesso va a studiare a Milano ed è contenta perché va a studiare a Milano, cioè, per me è assurdo.

Non la seguo più.

— In che senso?

— Devi guardarla mentre sfoglia le sue riviste. È tutta presa. Poi ogni tanto dice «Che schifo» e volta pagina. Lei è così. Se c'è qualcosa che non le piace volta pagina.

Non mi convince questa analisi psicologica, ma non dico niente.

— Dai tuffati!

— Okay.

— E grazie.

— Di che?

— Per ieri.

— Ah.

— Sei stata carina, veramente.

— Anche tu, anche tu mi hai ascoltata.

Lei sorride e si immerge di nuovo. Io appoggio le mie cose su una sdraio di legno ed entro in acqua dalla scala di pietra. Ci sono due poltrone di pietra bianca mezze immerse nell'acqua. Mi sento una specie di principessa che fa il suo ingresso nella sala da ballo. L'acqua però è calda e l'immersione quindi non è così piacevole come me l'aspettavo.

— C'è anche l'idromassaggio — dice Martina, che deve aver notato il mio sguardo da Bambina Povera Appena Entrata In Un Castello.

— È una figata — dico, perché non ho altre parole per descrivere quel paradiso. Mi chiedo se anche la gente che serve al chiringuito sappia che lei sta in un posto del genere.

— Cioè — continua Martina, come se il nostro discorso di prima non si fosse mai interrotto — Mary non sarà mai infelice. Lei vuole delle cose e cerca di ottenerle, è fatta così... e poi c'ha anche meno menate in casa, credo.

— Anche quello conta.

— Sì, è vero. Guarda, ti faccio vedere una cosa. È il gioco del cadavere nella piscina.

— Scusa?

— Devi buttare fuori tutta l'aria dai polmoni e così vai giù e riesci a sdraiarti sul fondo della piscina.

È contenta come una bambina mentre mi spiega la trovata del suo gioco macabro e io cerco di condividere il suo entusiasmo con un sorriso poco convinto.

Senza aggiungere altro, Martina va sott'acqua e comincia a scendere buttando fuori l'aria. Dopo qualche secondo è sdraiata sul fondo a pancia in giù, come aveva detto. Osservo i contorni ondulati del suo corpo contro la pietra bianca.

— Ciao — dice una voce alle mie spalle e io mi giro di scatto.

Un uomo sui trent'anni è in piedi sul bordo della piscina. Mi guarda con un sorriso ammiccante e tiene le braccia sui fianchi in una posa da Superman. Ha i capelli scuri tirati indietro, la pelle scura e indossa uno slippino minimal, evidentemente contento di mostrare i suoi attributi.

— Ciao.

— Tu sei Alice, giusto?

— Sì.

Dev'essere il fidanzato della madre e corrisponde perfettamente all'idea che mi ero fatta di lui.

— Io sono Marco. Bella la piscina vero?

— Sì, è tutto bellissimo, anche la casa è molto bella.

— Sei già entrata?

— No, cioè, da fuori sembra molto bella.

— Se vuoi ti faccio fare un giro.

Martina è ancora sdraiata sul fondo, immobile. Incomincio ad avvertire uno strano senso di inquietudine. Non so se sia dovuto alla visione di Martina in versione cadavere o alla presenza di quest'uomo.

Rimango zitta, indecisa sul da farsi. Vorrei scendere e tirar fuori Martina di peso.

Il tizio continua a guardarmi senza dire una parola.

A un tratto l'acqua attorno a me si muove e Martina riemerge ansimando rumorosamente.

— Hai visto? — dice, ancora con gli occhi chiusi ma con un'espressione soddisfatta.

— Allora non eri morta — dice il tizio.

Martina ci mette qualche secondo a capire chi ha davanti.

— Ah, sei tu.

— Sei di buon umore con la tua amica, vedo. Dovresti farla venire più spesso.

— Vaffanculo.

Cominciamo bene.

# QUARANTA

— Quindi andate a scuola insieme? — chiede la madre di Martina facendo contemporaneamente cenno alla cameriera di andarsene.

— Sì, stessa scuola ma classi diverse.

— E ti piace la scuola?

Be', devo ammettere che è buffo essere arrivati a questo punto della conversazione dopo sole tre battute. Non che la bocciatura sia un fatto di per sé deprecabile, può succedere, ma trovarsi all'inizio di un'innocua conversazione formale e dover passare subito a questo genere di confessioni non è il massimo.

Martina, dall'altro lato del tavolo, mi lancia uno sguardo di intesa e lo sottolinea allungando un piede contro il mio ginocchio.

— Le piace fin troppo — interviene — l'anno prossimo andrà a Oxford.

Il viso della madre di Martina si illumina.

— Oxford? Sul serio?

— Eh, sì — rispondo io, con un imbarazzo che viene scambiato per modestia.

— Ma è fantastico.

— Sì, anch'io sono molto contenta, è un'opportunità speciale e un'occasione per perfezionare il mio inglese.

— Ma certo, assolutamente. Sentito Martina?

— È stupendo — risponde lei e io comincio a chiedermi come andrà a finire questa messinscena.

Dall'espressione divertita di Martina (mi chiedo come sia possibile che sua madre non se ne accorga) credo di essere autorizzata a temere il peggio.

— Mamma, Marco — incomincia con tono solenne — ho fatto anch'io domanda per andare a Oxford e riceverò la risposta alla fine di agosto.

La madre di Martina sobbalza. Il fidanzato invece non ha reazioni.

— Tesoro, ma è una bellissima idea, perché non ce l'hai detto?

— Volevo farvi una sorpresa.

— Ed è decisamente riuscita! — esclamo io, concedendomi una risata di sfogo che viene erroneamente interpretata come felicità.

Sono a una tavola di pazzi. Mi chiedo come sua madre possa pensare che la figlia, che non ha nemmeno finito il liceo, abbia fatto domanda per Oxford, per fare cosa poi non si sa.

— Voi pensate che sia una buona idea?

— Ma certo tesoro.

— Perché se non siete d'accordo io non ci vado.

— Martina, è il tuo futuro, e io ti appoggerò.

Dopo un po' grazie al cielo l'argomento Oxford viene abbandonato e ci concentriamo sul cibo e sulle conversazioni da tavola.

Il tizio mangia senza dire niente. Indossa una camicia bianca aperta sul davanti, per mettere in mostra il petto scolpito. Faccio del mio meglio per partecipare al secondo tempo della farsa e racconto delle spiagge dove sono stata e dei posti che sono assolutamente da vedere. Mi è rimasta addosso la sensazione di disagio di prima, in piscina.

Quando finiamo di mangiare, la domestica porta via i piatti e torna con una macedonia.

In quel momento mi accorgo che il tizio continua a guardarmi. Lo fa senza farsi notare, intercettando il mio sguardo ogni volta che può e sporgendosi sulla tavola nella mia direzione con qualsiasi pretesto. Il disagio cresce e parlo con più foga, racconto della mia famiglia, della mia casa, del campeggio dove stiamo. Come se fossi a un primo imbarazzante appuntamento. La madre di Martina mi ascolta e annuisce col suo solito sorriso al silicone, mentre Martina sembra perplessa per questa mia improvvisa loquacità.

A un certo punto il tizio rivolge la parola alla madre di Martina, i due si scambiano qualche breve battuta, mentre Martina mi lancia uno sguardo interrogativo.

Io non so che cosa dire, sento ancora il peso degli occhi del tizio addosso, ma non posso certo spiegarglielo. All'improvviso qualcosa struscia contro il mio polpaccio e quasi sobbalzo. Abbasso lo sguardo sotto il tavolo e non vedo niente. Istintivamente mi giro verso il tizio, che continua a parlare come se niente fosse, ma noto un sorriso appena accennato sul suo volto. Sento il cuore battere più forte e il viso diventare caldo.

— Tutto a posto? — chiede Martina.

— Sì, sì, credo di sì.

Un pensiero sembra attraversarle la mente. Si gira di scatto verso il fidanzato della madre e lui la guarda con un sorriso serafico che sembra però una provocazione.

— Dovevo immaginarlo — dice Martina tra sé. Quindi si alza e lascia cadere il tovagliolo per terra.

— Che cosa tesoro? Che c'è? — chiede la madre e per un momento mi fa terribilmente pena.

— C'è che il tuo fidanzato è uno psicopatico, ecco che c'è! Mi avete rotto il cazzo tutti e due.

— Ma cosa stai dicendo? Sei impazzita?

Il tizio osserva la scena con un'aria quasi compiaciuta.

— Ma guardalo come se la gode! Solo perché tu non ti accorgi di un cazzo! — E poi rivolta a lui: — Tu ti devi far curare, stronzo!

Lui la guarda senza muovere un muscolo e le dice sottovoce: — Sei pazza.

— Vieni Alice, andiamo.

Non me lo faccio ripetere due volte.

— Devi scusarla Alice, mia figlia è un po' nervosa ultimamente.

Le parole di sua madre mi urtano come una bestemmia. So che dovrei sorridere e allontanarmi con Martina, e so pure che dire qualsiasi cosa non cambierebbe nulla. Ma le parole mi escono spontaneamente dalla bocca.

— Martina non ha nulla che non va, sta benissimo.

Lo so che la mia frase non corrisponde proprio alla scarica di insulti che una persona dal carattere più forte avrebbe riversato addosso a entrambi, ma è pur sempre qualcosa.

Martina mi prende per mano e si dirige verso il giardino. Cammina veloce, senza voltarsi. Recuperiamo le nostre cose al bordo della piscina e usciamo dal cancello. Si tiene una mano sulla fronte, come a sostenere un peso imprevisto.

Quando arriviamo in spiaggia, ci fermiamo. Mi guarda.

— Scusa — dice piano — scusa.

— Non ti devi scusare di niente. Quello lì è uno stronzo.

— Ci stava provando con te, vero?

— Più o meno. Credo...

— È assurdo, non posso credere di essere finita dentro a questo incubo! Hai presente quando pensi a certe cose e ti dici che a te non accadranno mai? Ecco, la mia famiglia ora, e tutto 'sto casino, è la cosa che a me non poteva succedere.

Non c'è niente che io possa dire in questo momento. Così mi limito ad ascoltarla mentre cerco di dirottarla sotto l'ombra di un albero. Lei si lascia guidare.

— Io che cosa devo fare? Non posso vivere così, devo andarmene.

Martina ha ragione. Deve andarsene. Forse lei non è una persona pratica come Mary, forse avrebbe lo stesso un sacco di paranoie. Quello che è certo è che in questa situazione non ha la possibilità di essere felice.

— Ma puoi andartene? — chiedo a bruciapelo.

— Non ancora, ma manca poco. Appena compio diciotto anni me ne vado.

— E quanto manca?

— Novantotto giorni, li sto contando da un bel po', ma nel frattempo devo stare con lei, con loro. Io odio mia madre. E ho paura di diventare come lei.

— Perché dovresti diventare come lei?

— Non lo so. È una mia paranoia. Ho paura di svegliarmi un giorno e scoprire che sono diventata una stronza borghese rincoglionita mezza alcolizzata.

— Non è possibile.

— Sì, lo so, ma le paranoie non hanno bisogno di una logica. Ho paura che succeda così e basta.

Scuoto la testa.

— Il tuo saggio amico non ha qualche rimedio per le paranoie?

La sua domanda accende una lampadina nel mio cervello.

— Sembra che abbia una teoria per tutto, dovrà pur avere qualcosa per combattere le paranoie.

Mi scappa un sorriso, perché mi viene in mente La Teoria Di Luca Per Combattere Le Paranoie.

— Ce l'ha quindi?

— Sì, sì, naturalmente.

— E qual è?
— Luca dice che l'unico modo efficace per vincere le proprie paranoie è un incantesimo di Harry Potter.
La bocca di Martina accenna un sorriso.
— Dovevo immaginare che si trattava di una cosa del genere...
— C'è una scena in cui un professore di non so quale magia spiega agli alunni come vincere questi mostri o quello che sono, che prendono le sembianze delle tue paure. Cioè, se tu hai paura dei draghi, ti appaiono dei draghi, se hai paura degli squali ti ritrovi circondata da squali.
— E quale sarebbe l'incantesimo?
— Harry Potter lo chiama ridiculus, devi immaginarti, che ne so, il drago che balla una lambada in minigonna, oppure gli squali con la dentiera, e mentre te li immagini così urli: «Ridiculus!».
— Agitando la bacchetta.
— Naturalmente.
Rimaniamo così, in silenzio, all'ombra di un albero a pochi metri dalla spiaggia. Lo sguardo di Martina è perso verso l'orizzonte, il mio dentro me stessa, in cerca di una soluzione.
— Dormi da me stasera.

# QUARANTUNO

Il chiringuito nel frattempo si è rianimato. C'è un po' di gente che mangia e c'è la musica che va. Reggae, naturalmente. Facciamo subito il bagno e io mi godo l'acqua fresca e salata, l'odore del mare mi riempie le narici e la sensazione di disagio che avevo provato a casa di Martina scompare.

Nuotiamo verso il largo. Martina nuota come se combattesse con il mare. Si vede che dietro ai suoi movimenti devono esserci anni di scuola di nuoto, ma la foga che mette nelle bracciate sembra più il risultato di un corso di difesa personale. Io mi trascino placidamente a rana, immergendo di tanto in tanto la testa per rinfrescarmi.

— Grazie — dice, quando siamo uscite dall'acqua.

— Troppi grazie, mi stai facendo sentire importante. Tre grazie da Martina nello stesso giorno. Se lo raccontassi a scuola nessuno ci crederebbe.

— E perché?

— Lo sai.

— No, cosa so?

— Lo sai che tutti ti ammirano e ti considerano una dea. E che io invece... cioè, non voglio fare una tragedia, ma io non sono te.

— Be', in questo momento non so se ti converrebbe molto essere me.

Ops.

— Non voglio dire che vorrei essere te, però lo sai. I ragazzi ti vengono dietro, le ragazze ti guardano con ammirazione.

— E tutti mi considerano una troia.

— Be', ci sono anche quelli che dicono così, però è chiaro che è invidia, la maggior parte della gente ti trova in gamba.

— E tu, tu come mi trovi?

— Io sono nel gruppo che pensa che sei in gamba — (e che pensa che te la meni un po', dovrei aggiungere, ma non è il momento).

— Ah sì? E cosa ho fatto per fartelo pensare?

— Ma non è che devi fare qualcosa di particolare... Comunque piaci.

— Sì... — dice lei con un ghigno scettico — a tutti piace qualcosa che non esiste e, va be', non fraintendermi, non voglio dire che sono una vip o cosa, però è lo stesso meccanismo: è bello mettere su un piedistallo certe persone e tenerle lì come modello. Così le cacci in un ruolo, perché più la gente ti tratta in un modo, più tu ti abitui a essere quella cosa lì che loro pensano. È una maschera.

Le sue parole mi suonano in testa come un campanello.

— Come hai detto?

— È una maschera, quella che ho a scuola. La ragazza che ci sta dentro, che sorride sempre, che ha mille amici.

— Però un po' è anche vero, cioè alla fine sei tu, come io sono quella che... una volta mi hanno definito "bella no, ma neanche un cesso", che sta per i fatti suoi, che non si vede molto in giro, ed è una definizione un po' brutale, però è anche vero.

— E ti basta? Ti sta bene essere quello che gli altri pensano che tu sia?

Impiego qualche secondo a rispondere alla domanda.

— No, non mi sta bene…

— E allora vedi, sei come me. Ti hanno dato un ruolo, non te lo sei preso tu, o se te lo sei preso, l'hai fatto per sbaglio e adesso non puoi più cambiare, tu devi rimanere quella…

— Bella no, ma neanche un cesso…

— Ecco, non puoi cambiare, e più cerchi di uscire dal tuo ruolo, più gli altri ti cacciano dentro come in una buca, tu scavi per uscire e gli altri ti gettano la terra addosso… e poi ci si mette anche quel coglione.

— Ma lì non c'entri tu, cioè, è lui l'idiota.

Lei sorride e mi guarda con un'espressione indecifrabile, dietro alla quale riesco appena a intravedere cose che non mi ha detto e altre che non posso capire.

— Comunque dormi da me — dico, per chiudere l'argomento — non ti risolve il problema ma la nottata sì. E poi, ora che mi hai confessato il tuo segreto, con me sei libera di essere chi vuoi, o no?

La mia frase è suonata un po' troppo seria, ma credo che Martina abbia apprezzato lo stesso.

— Hai ragione! — esclama scherzosamente, come in preda a un improvviso entusiasmo. — E adesso sono cazzi tuoi, se calo la maschera nessuno sa quello che potrebbe succedere…

— Sarò preparata.

— Anche tu però devi toglierti la maschera, altrimenti non vale.

Al chiringuito c'è Roby, che ci guarda con un'espressione finto corrucciata.

— Dove eravate? — chiede, e fa la voce da poliziotto cattivo.

— A fare il bagno — risponde Martina. Ma la voce evidentemente la tradisce. Lo sguardo di Roby si fa serio. Questa volta non sta scherzando.

— Casini — dice solamente Martina.
— Ah... — dice lui, e sospira.
Penso che sappia qualcosa della situazione di Martina.
— Dai, andate a sedervi che vi faccio il caffè freddo.
— Sei un tesoro.
— Hai perfettamente ragione — dice lui, di nuovo scherzoso.
Sedute all'ombra di un ombrellone, sorseggiamo il caffè freddo. Martina fuma una sigaretta dopo l'altra, ma non parla più di quello che è successo. Mi racconta della sua vita a Milano, del ragazzo con cui più o meno sta e che adesso avrebbe voglia di vedere. Si capisce che vuole distrarsi.
All'improvviso un furetto nero salta sul nostro tavolo e va dritto in braccio a Martina. Dopo qualche secondo compare anche il padrone.
— Dov'eravate finite? — chiede sedendosi accanto a noi.
— Storia lunga — risponde Martina.
— Menate in casa?
— Più o meno.
— Ah, okay, faccio mettere *la canzone* allora.
Daniele si avvicina al bancone e dopo pochi istanti la musica si interrompe e parte La Canzone. Lui torna al tavolo cantando in italiano sopra al testo inglese.
— Non preoccuparti, delle cose, che ogni piccola cosa, andrà a posto, dai non preoccuparti...
Né Daniele né Roby in realtà mi sembrano amici opportunisti, due che vogliono soltanto portarsela a letto o che le stanno dietro per chissà quale altra ragione. Sembra che conoscano più o meno i suoi problemi e che facciano del loro meglio per tirarla su.
Mi chiedo se lei se ne renda conto.
— Tu stai bene? — mi domanda Daniele con un'espressione complice.

— Finché c'è la canzone sono fuori pericolo, no?

— Esatto! — esclama lui contento. — È proprio questo il punto!

— Mary non c'è? — chiedo guardandomi intorno.

— È andata a fare la manicure. Ha detto che anche se è una festa in spiaggia, lei vuole essere a posto.

Martina non sembra sentire quello che diciamo. Il suo sguardo è perso nel vuoto, verso il mare.

— Ah, giusto, la festa — dico ripensando al messaggio, ma la mia frase non smuove nessun "Hai visto il mio messaggio?".

— Be', comunque è dopodomani — dice lui — mi raccomando. — Poi, rivolto a Martina: — Marti, vuoi stare da noi stasera?

Lei sembra destarsi dal sonno, scuote la testa e si gira, mentre le parole raggiungono il suo cervello.

— Ah, no, grazie, no...

Immagino che quel "noi" riguardi Daniele e qualcun altro che sta in campeggio con lui. E suppongo anche che Martina non abbia voluto dire che dorme da me. Le maschere evidentemente non si distruggono così facilmente.

# QUARANTADUE

Martina arriva in campeggio solo alle undici, come le avevo detto. A quell'ora i miei generalmente stanno dormendo. Non ho voglia che li incontri, non in questa situazione. Le ho dato appuntamento fuori dal cancello d'ingresso perché a quell'ora non sono ammessi ospiti. Rientriamo insieme da un buco nella rete, poco lontano dalla nostra roulotte. La luna è quasi piena, così riesco a vederla perfettamente, anche se in quell'angolo non c'è illuminazione. Indossa un paio di jeans un po' larghi e una felpa, anche quella troppo larga. Sembra una bambina con addosso i vestiti del papà.

— Me li ha prestati Daniele — dice indicando i vestiti. E la cosa in realtà mi stupisce, perché Daniele non è certo un palestrato. Anzi, avrei detto che fosse perfino più esile di lei.

— Non sei passata da casa? — chiedo.

— No, no, non potevo, mia madre mi ha chiamato ma non ho risposto.

— Ma adesso cosa fai? Cioè, domani e dopo…

— Adesso starò via due o tre giorni, poi tornerò a casa e mia madre farà finta di niente, e non se ne parlerà più fino alla prossima sclerata. È normale, tra di noi funziona così, dovrei fare come mio padre, andarmene proprio e farmi un'altra vita, tanto cosa me ne faccio di una madre così? Ho solo bisogno dei soldi e visto che tra poco sarò maggiorenne, basta che mio padre li passi direttamente a me e sono a posto. Va be', a parte questo, dove andiamo adesso?

La sua domanda mi spiazza e per un attimo penso che avrei dovuto appurare i suoi programmi, prima di invitarla a dormire da me. Forse vuole uscire. Forse è venuta da me pensando che prima saremmo state in giro, saremmo andate a bere da qualche parte, magari ci saremmo ubriacate e avremmo conosciuto pure un gruppo di ragazzi più grandi, che ci avrebbe portato in macchina a Lecce. La mia preoccupazione generica iniziale si trasforma in una ridicola paranoia in perfetto stile primo appuntamento e all'improvviso mi sento a disagio e inadeguata, ovvero perfettamente nel ruolo della mia maschera.

Ho paura che Martina si aspetti qualcosa da questa serata, qualcosa che anche un genitore particolarmente comprensivo disapproverebbe aspramente.

— Tipo, cioè... vuoi bere? Vuoi che... possiamo uscire, non so, forse andando giù verso fuori c'è un locale.

— Tipo, c'è il bar del campeggio no?

Uno spiraglio si apre nel monsone della mia paranoia.

— Sì, c'è il bar, ci si può anche sedere fuori, possiamo bere, quello che vuoi, c'è anche il calcetto...

— Ti piace il Montenegro?

Il mio sguardo interrogativo anticipa l'altro sguardo che avevo preparato, quello per dire di sì a una cosa che non si conosce affatto.

— È l'amaro, ci beviamo un amaro.

— Okay, sì — rispondo, e ritrovo la sicurezza.

— E ci facciamo anche una partita a calcetto — aggiunge ridendo, per prendermi in giro.

Il bar è mezzo vuoto. C'è solo un gruppetto di tredicenni abbronzatissimi e gellati, che bevono campari mix. È probabilmente la seconda volta che vengo al bar da quando sono in campeggio. Gli altri anni ero sempre qui, ma gli altri anni conoscevo un sacco di gente, della mia età e anche più grande. Era per questo che avevo finito per cedere all'Animatore. Perché era lì, e in mezzo a tutti gli altri non era nemmeno male, era come se gli aspetti peggiori della sua persona si diluissero a contatto con altri individui.

Ordiniamo due amari al ragazzo dietro al bancone, che è quello che mi conosce anche se io non mi ricordo chi sia. Così lo saluto facendo finta di riconoscerlo.

Martina nel frattempo non è passata inosservata. Un paio di tredicenni non riescono a staccarle gli occhi di dosso e due ragazze che sembrano un po' più grandi bisbigliano tra loro. Forse non è prudente stare al bar con lei dal momento che non è ospite del campeggio, ma al momento non trovo altro modo di gestire la serata, escludendo l'opzione di chiuderla in tenda e cacciarla via all'alba prima che tutti si sveglino.

L'amaro finisce quasi subito, così Martina propone di ordinarne un altro e dice che chiaramente paga lei, visto che io sono sua ospite. All'improvviso la paranoia irrazionale di prima torna ad assalirmi, o forse è la visione di me e Martina che barcolliamo per il campeggio cantando e vomitando sulle tende degli altri campeggiatori.

— Potrei vivere in un campeggio — dice Martina a un tratto — trasferirmi qui cinque mesi all'anno, tanto soldi da parte ne ho, poi lavoro al chiringuito e sono a posto. Anzi, potrei aprire un locale io, un altro chiringuito.

— E la scuola?

— La scuola la mollo. A cosa mi serve? Non ho intenzione di fare l'avvocato, né il medico, né qualunque altra cosa che richieda un pezzo di carta.

— Ma tu vai bene a scuola, no?

— Sì, alla fine sì, è per questo che ho fatto domanda a Oxford.

— Ah, giusto, mi ero dimenticata che l'anno prossimo siamo a Oxford... Che cosa dirà tua madre quando scoprirà che era uno scherzo?

Martina alza le spalle. Non la preoccupa affatto la reazione di sua madre.

— E cosa fai se molli la scuola?

— Te l'ho detto, mi apro un locale e vivo così.

Nonostante il carattere giocoso della conversazione, rimango spiazzata dalla leggerezza con cui Martina affronta l'argomento "futuro". La sua vita evidentemente è una specie di gioco, dove in un modo o nell'altro ci si mette d'accordo. A casa mia l'argomento futuro, e quindi università e lavoro, genera tendenzialmente discussioni infinite su che cosa sia meglio, su cosa faccia guadagnare, su "Il lavoro che ti piace veramente è quello che devi fare" e "Però devi pensare che così non guadagni". In queste conversazioni talvolta viene coinvolto anche Federico, il che rappresenta la mia unica via d'uscita dalle conclusioni apocalittiche di mio padre.

Federico vuole fare l'istruttore di nuoto.

Naturalmente la sua aspirazione non viene presa minimamente sul serio, perché lui "è ancora troppo piccolo". Così è libero di programmare le sue estati da bagnino e gli inverni nei Club Med. Ed è buffo pensare che il modo fantasioso e spensierato di programmare il futuro di mio fratello assomigli tanto ai discorsi di Martina sui suoi progetti di vita.

Continuiamo a parlare e accetto di prendere un terzo amaro, perché Martina mi garantisce che "questo e poi basta", anche se nei film è la classica affermazione a cui segue, dopo un brusco cambio di scena, l'immagine dei protagonisti sbronzi sdraiati per terra, il mattino dopo.

Invece è davvero l'ultimo e quando l'ha finito, Martina mi chiede sbadigliando se mi va di andare a dormire, che le si chiudono gli occhi.

In tenda parliamo solo pochi minuti.

— Mi agito un po' nel sonno — sono le sue ultime parole.

# QUARANTATRÉ

"Grazie Alice, è l'alba, vado via, oggi lavoro, però vieni, grazie ancora e domani c'è la festa al chiringuito, mi sono dimenticata di dirtelo, un bacio, Martina."

Quando mi sveglio ho la netta impressione di essere stata picchiata nel sonno. Mi fa male la schiena e sento la faccia calda e gonfia. Credevo che l'avvertimento di Martina fosse puramente formale, una frase di circostanza da dire prima di apprestarsi a dormire per la prima volta con qualcuno.

Ho dovuto ricredermi.

Dire che Martina si agita nel sonno è un eufemismo improbabile. In realtà sono quasi certa che lei non abbia dormito affatto, ma che si sia concentrata a torturarmi tutta la notte: si è addormentata quasi subito e mi ha tolto il sacco a pelo. Quindi ha cominciato a girarsi e rigirarsi, finché mi ha cacciata contro un lato della tenda. E lì, evidentemente, mi ha anestetizzata e ha cominciato a picchiarmi, perché non mi sono accorta di nulla.

Mi trascino fuori dalla tenda più sconvolta che mai.

Quando arrivo a tavola, scopro con disappunto che entrambi i miei genitori si sono rimpiccioliti e che mio fratello è scomparso. Impiego qualche secondo a mettere a fuoco la coppia di giovani hobbit che sta facendo colazione davanti alla nostra roulotte.

— Ciao Ali.

Lo hobbit maschio conosce il mio nome. Lo guardo perplessa.

— Ciao — dice la femmina, mentre io comincio a frugare freneticamente nelle tasche del pigiama in cerca del mio tessoro.

All'improvviso, dalla roulotte esce un umano, mentre da un'altra direzione si avvicina una donna di mezza età con un sacchetto in mano.

— Ciao Alice.

Anche loro conoscono il mio nome.

Ho urgentemente bisogno di un caffè.

Mi siedo al tavolo, mi verso il caffè e cerco di capire chi sono, da dove vengo e che cosa ci faccio qui.

I due giovani hobbit bevono caffelatte, mentre i due umani sono impegnati in non so quali preparativi. Alcuni neuroni si accendono a fatica nel mio cervello e dopo un po' riesco a mettere a fuoco i volti dei miei compagni a tavola.

Uno è senz'altro mio fratello, anche se ha una strana espressione dipinta sul volto, un'espressione che non gli ho mai visto. Inoltre è incredibilmente loquace, il che per me equivale a un allarme. Dev'essere successo qualcosa.

Lo hobbit femmina invece non l'ho mai vista. È alta più o meno come mio fratello, ha i capelli biondi e lunghi, un po' di lentiggini sulle guance e indossa un costume due pezzi bianco.

— Ma sei bravissimo! — dice a un tratto, e sfodera un sorriso a cinquanta denti.

Il complimento ha ridotto mio fratello a uno stato larvale. La testa si è piegata sul tavolo e le spalle si sono leggermente incurvate in avanti. Sul suo viso mi sembra di scorgere uno strano sorriso, tra l'imbarazzato e il soddisfatto. Mi accorgo in quel momento che sul tavolo ci sono alcuni fogli.

Che diavolo sta succedendo?

— Allora — dice a un tratto mia madre, sedendosi con noi — la sagra stasera è dalle sei in poi, oggi rimaniamo alla spiaggia del campeggio, quindi ognuno fa quello che vuole, ma alle cinque tutti pronti.

Gli hobbit annuiscono.

Mio padre da dentro la roulotte dice un paio di frasi incomprensibili, in mezzo alle quali riesco a riconoscere alcune delle sue parole chiave: puntualità, parcheggio, la bolgia, chi c'è c'è, io pranzo all'una.

Continuo a non capire bene quello che sta succedendo e sono distratta dai fogli sul tavolo. Su uno mi sembra di scorgere la sagoma della roulotte circondata dagli alberi.

— Clara, se vuoi puoi venire con noi stasera.

La piccola hobbit si chiama Clara.

Sorride e fa' sì con la testa. Federico guarda altrove. Finge di non aver sentito quella frase, non capisco perché.

Evidentemente questa mattina non mi ci vuole un caffè, ma tre o quattro bastonate in fronte, per vedere se qualche neurone è disposto, con le buone o con le cattive, a collaborare.

Clara a quel punto si alza, ringrazia credo per il caffelatte, dà una specie di appuntamento a mio fratello, che si alza in piedi goffamente con il disegno in mano, e se ne va. Fede rimane col foglio in mano e con lo sguardo perso nella pineta, in un punto imprecisato tra i bagni comuni e il bar.

In quel momento i miei neuroni si svegliano di colpo tutti insieme e cominciano a urlare.

Non riesco a distinguere bene quello che dicono, perché parlano tutti insieme. Ma sono quasi certa che qualcuno stia cercando di spiegarmi chi è questa Clara e che cosa ci faceva con mio fratello. Ce n'è anche uno che non è affatto interessato a questa eccentrica colazione e ripensa al biglietto che ha scritto Martina per ringraziarmi e dirmi della festa: "Domani c'è la festa al chiringuito, mi sono dimenticata di dirtelo". Se Martina si è dimenticata di dirmi della festa, significa che il messaggino non me l'aveva inviato lei. E se non è stata lei, chi altro può essere stato? L'ovvia risposta a questa domanda mi spaventa e mi emoziona allo stesso tempo. Un brivido di soddisfazione mi corre lungo la schiena, il torpore del mattino mi abbandona completamente, sento un sorriso allargarsi sulle mie labbra e temo che sia molto simile al sorriso ebete di mio fratello.

# QUARANTAQUATTRO

— Io faccio la fila per il polpo, tu per le bevande e i ragazzi intanto cercano un tavolo.

Mia madre non è affatto convinta dalla logistica di mio padre, non dice nulla, ma imposta un broncio misurato e perplesso per comunicare il suo dissenso.

— Allora facciamo la fila tutti insieme — le viene incontro mio padre, cercando di indovinare la soluzione migliore.

È stranamente remissivo questa sera. Credo che dipenda dalla presenza della "fidanzatina" di suo figlio. Siamo partiti dal campeggio alle cinque e mezzo, invece che alle cinque, e lui non ha detto nulla. Abbiamo dovuto parcheggiare lontanissimo perché le strade del paese erano già piene di macchine e lui non ne ha approfittato per fare qualche commento del tipo "È per questo che volevo partire alle cinque". E ora mia madre sfida la sua autorità logistica e lui non protesta.

Adesso provo a dirgli che l'anno prossimo vado a Oxford.

Clara è venuta con noi in macchina. Si è vestita bene, con una gonna lunga colorata e una canottierina nera. Sono quasi certa che si sia anche truccata.

Mentre siamo in piedi in mezzo a una piazza piena di bancarelle, indecisi sul da farsi, un cellulare comincia a suonare.

Clara rovista rapidamente nella borsetta estraendone una specie di grande citofono giallo, un modello che credevo scomparso insieme alle carrozze e ai dinosauri.

Mentre parla al telefono, solleva le braccia e si gira prima da una parte e poi dall'altra, indicando in sequenza: un campanile, un grosso tendone bianco e un palco dove un signore grasso fa le prove microfono. La parte maschile della famiglia osserva muta la scena, mentre mia madre cerca di partecipare emotivamente alla situazione guardandosi intorno preoccupata. Dopo alcuni minuti, una coppia che mi è stranamente familiare si avvicina.

— Ciao mamma — dice Clara. E io immediatamente mi ricordo di quella donna con la testa rossa, che beveva limoncello con mio padre, e dell'uomo che ha trasformato mia madre in una zingara tarantolata.

Qualcuno avrebbe anche potuto spiegarmi nell'arco della giornata i retroscena di questa situazione. Ma è evidente che nei giorni in cui sono rimasta in campeggio o sono andata al chiringuito per costruirmi la mia vacanza alternativa, Federico si stava dando da fare, conquistando una coetanea e avendo pure l'ardire di "portarla a casa".

Mentre i padri di famiglia si salutano, le donne si scambiano i convenevoli di rito e i due hobbit chiacchierano poco distanti, io sono costretta a soffermarmi sul mio spiacevole status di "spaiata". Non posso fare a meno di pensare che "spaiato" è per eccellenza l'aggettivo dei calzini che, per loro natura, tendono a spaiarsi, a seguire ognuno la propria strada. Uno si nasconde in lavatrice, un altro cambia cassetto, altri si buttano giù dallo stendibiancheria o cercano di accoppiarsi a calzini diversi. Gli esseri umani dovrebbero essere portati all'accoppiamento per istinto. Cioè, dovrebbe essere una cosa naturale, spontanea, serena. Per me invece tutto ciò che ha a che fare con l'accoppiamento non è né naturale, né spontaneo, né sereno.

Possibile che io in realtà non sia un essere umano ma un calzino?

La prima volta che sono uscita con un altro calzino avevo dodici anni. "Uscita" vuol dire che dopo aver appurato un interesse reciproco, abbiamo deciso più o meno concordemente di andare ai giardini insieme nel pomeriggio. Lui è passato a prendermi a casa, e quello è stato il momento migliore della nostra uscita. Perché ero emozionata, perché mi ero vestita carina, perché lui ha fatto il cavaliere un paio di volte aprendomi la porta o cedendomi il passo, atteggiamenti ai quali in quel momento non diedi un'eccessiva importanza, ma che poi avrei rimpianto per alcuni anni. Solo che una volta arrivati ai giardini, ho scoperto che non avevamo proprio niente da dirci. Dopo un paio d'ore trascorse a parlare del più e del meno, ci siamo pure baciati, senza lingua naturalmente. Ma quando sono tornata a casa ero, se non delusa, quantomeno perplessa. Dentro di me pensavo: tutto qui?

La combinata delle due famiglie ha il vantaggio di risolvere immediatamente la logistica della cena. Le donne e i bambini si piazzano a un tavolo, mentre gli uomini vanno a procurarsi le vivande. La piazza del paese è occupata da lunghe tavolate di legno. Tutto attorno, ci sono bancarelle che cuociono, friggono e arrostiscono.

Sono ormai le sette e mezzo, quando i padri di famiglia arrivano al tavolo con due vassoi carichi di cibo e l'espressione scocciata di chi ha dovuto fare una fila interminabile.

Prendo il mio piatto e comincio a mangiare.

All'improvviso vedo l'espressione di mia madre cambiare impercettibilmente da uno stato di allarme a un sorriso divertito. E sento un fruscio sul collo e due zampette che si posano delicatamente sulle mie spalle.

# QUARANTACINQUE

— Vedo che sei entrata nello spirito salentino!

Gli uomini della tavolata e gli hobbit non si accorgono dei nuovi arrivati, mentre mia madre e la mamma di Clara, sedute accanto a me, mi guardano con aria interrogativa attendendo spiegazioni e presentazioni.

Bene, ora con poche parole devo presentare i miei "nuovi amici", sperando che non facciano riferimento alle mie frequenti visite al chiringuito, né tanto meno alla festa di domani, alla quale peraltro non so ancora come riuscirò ad andare.

Con uno sguardo cerco di spiegare a mia madre che:

1. lui è Daniele, il rasta amico di Martina, la ragazza che gli sta accanto;
2. la bestia che mi cammina sulle spalle, e che in questo momento mi è saltata in braccio, è il suo furetto (ma rappresenta anche simbolicamente il mio senso di colpa);
3. l'altro ragazzo, completamente coperto di tatuaggi, è Roby, lavora anche lui al chiringuito, è simpatico.

Temo che il mio sguardo non sia riuscito a far passare il messaggio.

— Allora com'è questo *purpu*? — chiede Daniele, senza aspettarsi una risposta.

Io faccio un cenno di saluto a Martina e a Roby e loro si avvicinano.

Prendo in mano la situazione.

— Allora, Martina, Roby, Daniele e Dottor Marley, il furetto.

— Buongiorno signora — dice Martina.

Roby sorride educatamente.

Mia mamma è spaesata. Si alza in piedi, dice qualcosa come: — Io sono la mamma di Alice — e poi getta lo sguardo all'altro lato della tavolata, dove gli uomini sono immersi in una discussione e non si sono accorti di niente.

— Dai, sedetevi con noi — dice a un tratto una voce, ma non è quella di mia madre, e nemmeno la mia, in teoria le uniche due autorizzate a fare una proposta del genere. Testa Rossa fa cenno ai Miei Amici di sedersi al nostro tavolo. Daniele e Martina non rispondono subito all'invito, forse aspettano un mio cenno di consenso.

— Avete sentito che cos'ha detto la signora? Ai vostri posti!

Roby passa attorno al tavolo improvvisando una specie di marcia militare, quindi si siede tra mia mamma e Testa Rossa.

Io tremo.

— Dovete scusarli — dice con un'espressione mortificata — non conoscono le buone maniere.

Mia mamma fa un sorriso di circostanza.

Testa Rossa scoppia in una risata fragorosa.

— Non li hai educati bene, allora — dice, in cerca della sua complicità.

— Non li ho educati affatto, li sto allevando per farne prosciutti.

Mia mamma fa un sorriso più sincero, forse divertito.

Testa Rossa praticamente si ribalta sulla sedia.

Mentre Roby continua a tener banco con Testa Rossa,

mia madre fa le domande di rito a Martina, su scuola, casa, eri già venuta in Salento, quanto vi fermate. Martina risponde amabilmente, chiudendo le sue risposte con domande cordiali sul campeggio, su Fede, che nel frattempo si è accorto che all'altro capo del tavolo sta accadendo qualcosa, e sul viaggio in macchina che deve essere molto lungo.

È terribilmente formale, è vero, ma è gentile ed educata, e io so quanto mia madre apprezzi queste cose.

Daniele si offre di andare a fare la fila per prendere da mangiare, chiede anche a mia madre se noi vogliamo qualcos'altro e mi affida il Dott. Marley. Dall'espressione di mia madre capisco quello che le sta passando per la testa: che carino, che gentile, però quei capelli…

Daniele torna dopo una mezz'ora con qualche piatto e due brocche di vino bianco. E mia madre aggiunge tra i suoi pensieri un leggero disappunto rispetto alle *due* brocche per *tre* persone.

In quel momento mio padre si accorge dei nuovi arrivati, mi guarda, poi guarda sua moglie e infine posa gli occhi su Daniele.

— Lei dev'essere il padre di Alice, dico bene? Molto piacere, Daniele.

Si stringono la mano.

— Stiamo nel campeggio vicino al vostro — spiega Daniele, senza entrare nei dettagli. Quindi avvicina la brocca al bicchiere di mio padre, che allunga il bicchiere con lo sguardo fisso sui dread.

Testa Rossa, che fino a quel momento era impegnata in una discussione demenziale con Roby sull'educazione dei maiali, tende il bicchiere e si fa servire da bere.

— Ma… — bisbiglia mia madre — quello è il *loro* vino.

— *Garçon!* — urla allora Roby rivolto a Daniele — del vino per le signore!

— Com'hai fatto a farteli così i capelli? — chiede Fede.

— Ti piacciono?

— Non lo so.

— Se vuoi te li faccio, ci vuole un'oretta.

— Dai, dai, fatteli fare! — trilla Clara divertita.

Mio padre ringhia.

Rimaniamo così, a tavola, a bere vino (io due bicchieri) e a chiacchierare anche quando abbiamo finito di mangiare. Mia madre al terzo bicchiere perde due o tre freni inibitori e comincia a parlare con Roby, mentre Daniele si sposta dall'altra parte del tavolo tra i due uomini e gli hobbit e si tuffa in una discussione politica con mio padre.

Sembra incredibilmente preparato. Ha l'aria di chi sa quello che dice e mio padre è completamente coinvolto, non perché Daniele gli stia rivelando chissà quali verità, credo, bensì perché è divertito dall'idea che un giovane con quei capelli, amico di sua figlia, si soffermi senza imbarazzo a parlare di politica con uno che potrebbe essere suo padre.

Gli spostamenti intorno alla tavola finiscono per relegare me e Martina ai margini delle conversazioni.

— Be', non male — dice lei ridacchiando.

— Che cosa? — chiedo, anche se credo di saperlo.

— Questa tavolata, è bello. Sto cercando di immaginare che cosa sarebbe successo in una situazione analoga, ma con i miei genitori al posto dei tuoi... Probabilmente non si sarebbe mai creata una situazione così rilassata. Sono simpatici i tuoi.

— Guarda che è merito vostro, credo che Daniele sia il primo ragazzo che conosco al quale mio padre rivolge la parola, credo anche che gli stia dando del tu e mio padre dà del lei perfino alle mie amiche.

— Senti, ma allora domani ci vieni alla festa?

— Vorrei, ma... cioè, non ho ancora chiesto niente ai

miei e poi non so come tornare. Non posso rientrare a mezzanotte da sola.

— Quello non è un problema — dice lei alzando le spalle — potresti dormire da me. Così mi dai l'occasione di ricambiare. Il tipo di mia madre è tornato a Milano per qualche giorno e quindi la casa è tutta per noi.

L'idea non è male, effettivamente. E a guardar bene, quale momento migliore per chiedere il permesso a mia madre, ora che ha bevuto qualche bicchiere di troppo E poi, con Martina presente, potrà ringraziare subito e assicurarsi tutte le volte che vuole che "Non è un problema vero?" e che "Tua madre è d'accordo?".

Nel tragitto in macchina verso il campeggio, sento che qualcosa è cambiato nella mia famiglia. Niente di assurdo, non è che perché abbiamo passato una serata un po' diversa adesso siamo tutti degli amiconi e ci faremo le canne insieme sulla spiaggia. Ma aver condiviso qualcosa che va oltre i nostri ruoli famigliari in un certo senso ha rimescolato per un attimo le carte in tavola, creando una complicità che non avevo mai visto prima. Mio padre, ebbene sì, sta chiacchierando con mio fratello, che si è seduto davanti, e non stanno parlando di sesso, e nemmeno dei suoi progetti per il futuro con Clara. Parlano di tutt'altro, ma è come se ogni frase fosse in realtà un sofisticato codice tra uomini che sanno di avere qualcosa da condividere.

Sul sedile posteriore, mia madre tesse gli elogi dei miei amici. È un po' brilla e domani penso che si pentirà di essersi sbilanciata tanto. Ma per adesso è entusiasta e ci tiene a farmelo sapere. Ogni complimento è commentato da considerazioni stupefatte sui dread di Daniele e sui tatuaggi di Roby, come a dire che se due persone così le avesse incontrate per strada, avrebbe subito pensato che fossero due barboni. Anche Martina le è piaciuta, anche se ho l'impressione che non l'abbia convinta del tutto.

— E poi, sono proprio una bella coppia.

— Chi?

— Daniele e Martina, sono una bella coppia, no?

— Guarda che non stanno mica insieme...

— Comunque sono proprio carini. Lui mi sembra molto affettuoso. E carino, a parte la parrucca.

— I dread.

— Come si fa a tenere tutti i capelli appiccicati a blocchi? Mi sembra una follia.

— I rasta li portano così.

— Martina invece mi sembra più normale. È molto educata, però non si sbottona molto. Daniele è più esuberante. Mi chiedo come siano i genitori di Martina.

— Sono separati.

— Ah, sono separati... e lei con chi vive?

— Mamma, qualche altra domanda?

— Okay okay, non ti chiedo più niente. Comunque sono stati carini a stare lì con noi... sai cosa?

— Cosa?

— Daniele mi ricorda un po' Luca.

— Luca chi?

— Luca, il tuo amico.

— Luca, perché?

— Ma non lo so... è quel fare un po' eccentrico, spiritoso... non lo so, non trovi?

# QUARANTASEI

Ci sono alcune regole fondamentali da rispettare quando si va a una festa.

Innanzitutto l'orario. Nel caso in cui si tratti di una festa che comincia dopo cena, è probabile che l'invito riporti un'ora compresa tra le otto e mezzo e le undici. Chi scrive otto e mezzo vuole evitare che ceniate prima di uscire, perché in quel caso arrivereste troppo tardi, tipo alle dieci e mezzo. Ma in realtà se vi recaste sul posto alle otto e mezzo sareste molto probabilmente i primi. E non bisogna mai essere i primi. Se invece l'invito è per le undici, vuol dire in sostanza che dovreste prima andare in un locale o da qualsiasi altra parte e recarvi alla festa non prima di mezzanotte. Ci sono poi le feste, ed è il caso del chiringuito, che si limitano a dire: dalle sette in poi. In questo caso la scelta sta a voi. Meglio comunque programmare un'ora o due di ritardo.

Per una ragazza di sedici anni, con un coprifuoco a mezzanotte, mezzanotte e mezzo, questa serie di regole è praticamente impossibile da rispettare. Sarete comunque le prime ad arrivare e nel momento clou della festa dovrete tornare a casa.

È da qui che è nata La Palla Più Famosa Della Storia, ovvero: vado/andiamo a dormire da Tizio/Tizia, certo che torniamo a mezzanotte, massimo mezzanotte e mezzo, sì, i suoi genitori sono d'accordo.

In linea di massima i genitori di Tizio/Tizia non sono affatto in casa, oppure, ed è il caso di Martina, sono quel genere di genitori che non bada troppo a quello che fanno i figli

Dopo un attento studio della situazione, decido di arrivare alle nove e venti, orario in cui, complice il buio, è possibile trovare il proprio posto in mezzo alla gente senza dare troppo nell'occhio. Naturalmente però non posso abbandonare il campeggio a quell'ora, dovendo arrivare al chiringuito passando dalla spiaggia, al buio, e sono quindi costretta ad aspettare una mezz'ora abbondante a qualche centinaio di metri dal Nove settimane e mezzo.

Seduta su uno scoglio, rifletto sul mio abbigliamento e mi faccio tre o quattro filmini sull'andamento della serata.

Dopo un attento studio del mio modesto guardaroba, ho optato per una gonna colorata un po' fricchettona (del resto sto andando a una festa reggae) e mi sono messa una canottierina nera un po' fighetta ma neutra, adatta a tutte le occasioni. Purtroppo, mentre osservo le mie oculate scelte stilistiche, mi accorgo di essermi vestita esattamente come Clara alla sagra del giorno prima. Del resto Clara è la fidanzata del mio fratello-scugnizzo napoletano.

Dai filmini sulla serata che mi aspetta ottengo maggiori soddisfazioni.

Parto, come di consueto, dalla Peggiore Delle Ipotesi: Martina è circondata da mille amici e quasi non mi saluta, Daniele è già ubriaco e, dopo aver fatto per due minuti il brillante con me, si imbosca con una ragazza con i dread.

Segue l'Ipotesi Più Probabile: nella prima parte della festa riesco a stare con Martina, ma poi quando arriva tanta gente comincio a sentirmi un po' smarrita e, dal momento che devo dormire a casa sua, sono costretta ad aspettare che lei finisca la sua serata con qualche tipo col quale non voleva stare ma che poi alla fine…

Infine ci sarebbero le Ipotesi Ideali: Daniele chiacchiera tutto il tempo con me. Mentre balliamo, Mary mi sussurra all'orecchio qualcosa come "Ci devi troppo stare!" e Martina, che balla alle spalle di Daniele, mi strizza l'occhio in segno di complicità.

— Alice! Eccoti! Temevamo che ti fossi persa!

Daniele mi viene incontro con due bicchieri in mano, come se fosse stato lì pronto ad accogliermi. Deve urlare per farsi sentire sopra la musica a tutto volume.

— Ho dovuto mangiare coi miei! — urlo a mia volta e poi, non sapendo che cos'altro dire butto lì un generico: — Come va?

— Benissimo! Non c'è ancora tanta gente, ma adesso arrivano tutti. I milanesi e i romani se scrivi che la festa è alle sette non si fanno vedere prima delle dieci.

Sorrido divertita come a dire: "Eh, guarda un po' questi milanesi".

— Tieni, questo è per te, mojito, ti piace?

— Grazie, sì.

— Alla salute allora! Ora torno alla consolle, Roby mi ha dato il cambio un attimo, ma deve tornare al bancone, sennò Martina impazzisce. Da qualche parte c'è Mary, ci becchiamo dopo!

A questo punto sono costretta ad aggiornare l'elenco delle Ipotesi con: Daniele mette su la musica tutta la sera, Martina serve da bere e io rimango sola tutto il tempo…

Mi faccio largo tra la folla che si accalca attorno al bancone e alla postazione del dj e comincio a sorseggiare il mojito che, per la cronaca, è fortissimo.

Nessuno sta veramente ballando, i più dondolano sul posto con un cocktail in una mano e una sigaretta nell'altra, ovvero con l'armamentario minimo per mostrare comunque e dovunque di essere a proprio agio. Intravedo Martina dietro al bancone, ma è talmente presa che decido di posticipare i saluti. Anche lei dovrà farsi una pausa prima o poi.

Non mi resta che cercare Mary e decido di dedicare tutto il tempo necessario a questa ricerca, in modo da avere qualcosa da fare.

Ogni tanto vengo investita da nuvole di fumo bianco che decisamente non è incenso.

— Daaaaai! — urla una voce davanti a me.

È Mary ed è da sola.

— Ciao — dico io e spero che sia la risposta giusta a una che ti dice: "Daaaaai!"

— Stai benissimo, divisa d'attacco giusto?

— Ma, sì... ti piace?

Mary non risponde alla domanda, ma mi fa uno dei suoi sguardi ammiccanti della serie "Guarda che non mi incanti".

— Ho già visto un paio di tipi carini, vieni che te li mostro.

Ci facciamo largo tra i cocktail, le sigarette e le nuvole di fumo bianco e raggiungiamo una postazione sicura verso il mare, dove il volume della musica è un po' più basso.

— Sei arrivata adesso?

— Sì, più o meno, ho incontrato Daniele che mi ha dato il mojito, poi mi sono fatta un giro.

— Ti ha offerto da bere?

— Sì, cioè, aveva già in mano due cocktail...

— Ti ha offerto da bere. Senti, ma rimani qui stasera, non torni in campeggio, vero?

— No, no, dormo da Martina, così evito il coprifuoco.

Mary mi guarda con uno sguardo enigmatico. Questa volta non riesco a capire che cosa sta pensando.

— Buona fortuna...

# QUARANTASETTE

Che cosa vuol dire "Buona fortuna"?

Perché Mary dovrebbe augurarmi buona fortuna perché vado a dormire da Martina?

Purtroppo non ho modo di porre questa domanda, perché nel frattempo sono comparsi i due ragazzi carini che Mary mi deve assolutamente far vedere, ma ho l'impressione che il suo ironico augurio mi farà compagnia per gran parte della serata.

Il mio piano per non dare nell'occhio si rivela presto una mera illusione. Non dare nell'occhio in compagnia di una come Mary è come cercare di nascondersi dietro un mazzetto di fuochi di artificio. Partendo dal basso, Mary è dotata di: infradito con paillettes e perline modello catarifrangenti per autocingolato, poi bisogna risalire un bel po' prima di arrivare alla minigonna inguinale aderente, poi di nuovo niente fino all'ombelico, sopra il quale compare una minicanottiera rosa con su scritto, da una tetta all'altra, 100% SEXY GIRL.

I due tipi carini non impiegano molto ad avvicinarsi.

— Ciao — dice uno dei due, l'unico effettivamente carino, rivolto a Mary. È il classico tipo sicuro di sé, che non cerca scuse per attaccare bottone con una sconosciuta.

— Come ti chiami? — chiede, e io penso che va bene

essere rilassati, ma poteva anche inventarsi qualcosa di meglio.

— Io sono Mary e lei Alice.

— Piacere.

— Ve lo possiamo offrire da bere?

Mary non risponde nemmeno, accenna un sorriso malizioso e si dirige verso il bancone. I due ragazzi si guardano divertiti, mi cedono il passo e ci seguono.

In fondo non penso che a Mary piacciano sul serio quei due, credo piuttosto che le piaccia il gioco del corteggiamento e spero, lo spero immensamente, che conosca anche un modo simpatico e gentile per liberarsi di loro dopo che ci avranno offerto da bere.

Il mio mojito nel frattempo è finito.

Al bancone c'è un po' meno ressa e Martina si sta fumando una sigaretta.

— Ah, sei venuta alla fine? — Passa attorno al bancone e mi viene incontro. — Temevo che ci avessi bidonato.

Martina mi abbraccia e ci baciamo sulle guance. Sembra particolarmente allegra. Si muove a ritmo di musica e inspira con aria soddisfatta dalla sigaretta. Nel frattempo anche i due tipi ci hanno raggiunte e sembrano decisamente interessati alla new entry.

— Non c'è nessuno che serve da bere? — chiede quello sicuro di sé, guardandosi intorno con aria tronfia.

— No, è chiuso — dice Martina.

— Ah, è chiuso… e dove si prende da bere?

Martina si avvicina e mi sussurra all'orecchio qualcosa come: "Ma dove li avete pescati 'sti due?

Io mi limito a uno sguardo che nelle mie intenzioni dovrebbe riversare tutta la colpa su Mary.

— Va be', per le mie amiche gnocche farò un'eccezione — dice, e butta la sigaretta per terra. — Cosa vi faccio?

— Per me un manhattan e le ragazze prendono…

— Un cosmopolitan — trilla Mary.

— Un mojito — dico io.

L'altro ragazzo, a quanto pare, non beve. O meglio, l'altro ragazzo, quello che sarebbe destinato a me, non è dotato del dono della parola. La maledizione del "quando ci sono due tipi io mi prendo sempre quello peggiore" ha colpito ancora.

— Ecco — ridacchia Martina, e mette i tre bicchieri sul bancone.

— E il mio manhattan?

Martina alza le spalle e si accende un'altra sigaretta. Quindi si mette a servire due ragazzi rasta lì accanto. Anche loro stanno prendendo da bere per quelle che credo siano le rispettive ragazze, due bionde, probabilmente straniere, vestite con gonne e magliette svolazzanti. Il confronto è inevitabile: guardo i nostri cavalieri, un po' troppo grandi, un po' troppo muscolosi, con t-shirt un po' troppo attillate, con espressioni un po' troppo serie, e penso che farei volentieri cambio. I due rasta non smettono di ridere, complice anche la grossa canna che uno dei due ha in mano, e parlano in continuazione.

Il volume della musica si alza improvvisamente e una voce al microfono incita la folla ad alzare le mani. Mi giro verso la consolle del dj e vedo Daniele, tutto sudato, con i dread davanti alla faccia e le cuffie di traverso intorno alla testa. Dedico un pensiero alla Terza Ipotesi, quella più ottimistica, per la mia serata.

— Dai, andiamo a ballare! — urla Mary, tirandomi per un braccio.

Mi lascio trascinare in mezzo alla pista, ma riesco a intravedere tra le mani alzate Martina, che si avvicina a Daniele e gli salta in braccio. Lui ha una mano sollevata, per un attimo incrocio il suo sguardo. Un attimo dopo sto ballando accanto a Mary.

— E i due tipi? — le urlo nell'orecchio.
— Boh — dice lei e alza le spalle.
— Ma non ti piacevano?
Lei non risponde, si porta la cannuccia alle labbra e prende una lunga sorsata del cocktail, il che per me equivale a una risposta eloquente.
Balliamo. Mi sento stranamente leggera. Fa caldo e ho la fronte imperlata di sudore, siamo schiacciate dalla gente, ma mi piace questa sensazione di abbandono. Ho come l'impressione che se dovessi improvvisamente lasciarmi andare, mi ritroverei lo stesso a ballare per inerzia in mezzo agli altri.
Non amo ballare, a Milano quest'anno ci sarò andata al massimo cinque o sei volte, e solo perché si trattava di feste in discoteca. Qui però è diverso, non penso a come mi muovo o a chi ho intorno. Non penso proprio, perché la musica è talmente forte da coprire i miei pensieri. La serata corre veloce e io e Mary continuiamo a ballare. Sento l'alcol scorrere nelle vene e la testa diventare leggera. Martina a un certo punto si unisce a noi e otteniamo così il nostro momento di gloria, perché in un attimo siamo al centro di un vero e proprio cerchio, cosa che in qualsiasi altra situazione mi avrebbe fatto sprofondare nell'imbarazzo. Ma mi sento stranamente tranquilla e sicura di me questa sera. Tanto sicura che quando Martina scompare nella folla assieme a un tipo (realizzando così una parte fondamentale delle mie Ipotesi Per La Serata), decido di abbandonare Mary e andare verso il bancone, verso le casse. Mi faccio largo tra la gente e arrivo proprio davanti alla postazione di Daniele. Lui mi vede e sorride. Io continuo a ballare a pochi metri da lui. Mi sento spavalda, spudorata, sto ballando davanti a lui, per lui. Mi guarda come se si stesse godendo lo spettacolo e io mi accorgo di arrossire, ma non mi fermo e dopo pochi istanti

ho i gomiti appoggiati sul tavolo dove Daniele mette i dischi.

— Ti stai divertendo? — mi chiede.

Annuisco e sorrido.

In quel momento passa Roby.

— Roby! Mi dai il cambio per un po'?

# QUARANTOTTO

Sto ballando con un ragazzo rasta a pochi metri dal mare. Il mio bicchiere di mojito si è misteriosamente riempito di nuovo. Da qualche parte ci dev'essere un maghetto gentile che riempie i bicchieri vuoti. La musica è forte anche qui, ma fa meno caldo perché la gente è un po' più sparpagliata. All'improvviso un'onda mi bagna i piedi e mi rendo conto di essere sul bagnasciuga. Nessuno dei due parla, ma non mi sento in imbarazzo. C'è una strana inerzia che guida le mie azioni questa sera, una forza che non ha niente a che vedere con la volontà e che mi trascina da una parte e dall'altra. Dopo un po', semplicemente, ci sediamo.

— Ti dispiace se mi rollo una canna?

— No, no, figurati.

— Tu non fumi vero?

— Ho fumato una volta sola, per far colpo su uno che mi piaceva.

— Quindi su di me non vuoi far colpo.

— Pensavo di usare un'altra strategia.

Il tono della nostra conversazione è naturalmente molto, molto scherzoso. Ma è anche vero che Daniele questa sera mi sembra molto, molto carino.

— E quale sarebbe?

Sorrido e alzo le spalle.

— Cosa vuol dire che il posto di Jah è riservato?

— Te l'ha detto Roby?

— Sì, quando sono venuta qui la prima volta.

— Non vuol dire niente, Jah è il dio rasta.

— E tu credi nel dio rasta?

Daniele soffia con forza il fumo dalla bocca. Io prendo un sorso del mio mojito. Del maghetto gentile nemmeno l'ombra. Il mio cocktail è quasi finito.

— Domandone!

— Ci credi o no?

— Non tanto.

— Come non tanto?

— Magari esiste, lui come gli altri dei, magari no.

— Quindi sei ateo?

— Non esattamente, ho una visione mia della cosa.

A questo punto sono curiosa di sapere quale sia la "sua visione della cosa". Mi metto a gambe incrociate e mi giro verso di lui con sguardo interrogativo.

— Te la dico?

— Vai.

— Per me dio è un po' come un amministratore di condominio, che se ne è andato in vacanza e non si sa se torna. Noi siamo gli inquilini. Allora, tra gli inquilini ci sono quelli che sono assolutamente certi che tornerà e quindi si comportano bene, o fingono di comportarsi bene, in modo da non avere problemi. E ci sono quelli che sono certi che non tornerà e quindi se ne fregano e fanno tutto quello che gli pare. Io penso che lui non tornerà, però cerco di tenere bene la casa lo stesso. Se poi alla fine lui torna, sarà contento e non starà lì a rompermi le palle perché io pensavo che non sarebbe tornato.

— Wow — mi esce spontaneamente.

— È una cazzata?

— No… credo di no… però ci devo pensare.

— Pensaci e poi mi dici.

Rimaniamo in silenzio per qualche secondo.

Alzo la testa verso il cielo e mi accorgo che il mio sguardo è come appannato. Le stelle mi appaiono sfocate. Allora guardo il mare, dove la luna traccia una leggera scia luminosa che sembra correre fino all'orizzonte.

— Sei molto amico di Martina?

Lui sembra pensarci un po' su, alza la testa e poi la abbassa, ma non nella mia direzione.

— Sì, sì lo sono — risponde, come se si aspettasse quella domanda — ci conosciamo da un po' di anni.

— Siete piaciuti un sacco a mia mamma, ha detto che siete una bella coppia, è vero.

Lui non risponde subito e temo che abbia scoperto lo scopo delle mie domande, perché ridacchia tra sé.

— Quando ci conoscevamo poco, a un certo punto mi ero preso una mezza cotta, era estate, lei… be', lo sai com'è Martina, è esagerata, è un mistero, o meglio, mi sembrava così, e forse era per questo che me ne ero andato un po' fuori.

— E poi? — chiedo e desidero con tutte le mie forze che la risposta a questa domanda sia "E poi non se ne è fatto niente".

— E poi una sera ci siamo baciati e per qualche giorno siamo pure usciti insieme. Poi lei all'improvviso non si è fatta più sentire ed è finita lì. L'anno dopo, quando ci siamo ribeccati, lei ha iniziato a lavorare al chiringuito e siamo diventati amici.

— E non ne avete più parlato?

— No… in realtà no, però ci siamo conosciuti meglio e lì ho anche capito che dietro la sua facciata di superfiga sicura di sé c'era un'altra persona, piena di paure e… boh, così, ma forse non c'entra niente.

— Anch'io ho avuto questa impressione.

— Ogni tanto mi fa paura. Si vede che è una persona che sta male e questo la rende egoista.

— In che senso?

— Nel senso che ogni tanto c'è solo lei. Le persone che stanno male per troppo tempo diventano egoiste.

Mi viene in mente quello che aveva detto mia madre a proposito di Daniele, che sarebbe simile a Luca. Forse c'è qualcosa, in tutti e due, qualcosa che mi piace. Ogni cosa che dice Daniele sembra il frutto di lunghe riflessioni e in qualche modo sì, mi ricorda le teorie di Luca.

Dei passi affrettati alle nostre spalle interrompono la conversazione. Daniele si gira di scatto, quasi spaventato, e io faccio per alzarmi in piedi, quando vedo che si tratta di Mary. Ma ha un'espressione strana, preoccupata.

— Ehi, che c'è?

— Martina sta male, è svenuta.

# QUARANTANOVE

Daniele tiene un panno bagnato premuto sulla guancia. Accanto a lui c'è un cestello da champagne d'argento pieno di ghiaccio.

So che ci sono un sacco di altre immagini significative intorno a me, intorno a noi, ma in questo momento questa è quella che richiama la mia attenzione. Se i miei occhi saltassero fuori da quel secchiello, e camminassero per alcuni metri lungo il bordo della piscina (c'è anche una piscina), incontrerebbero anche una ragazza che dorme su un divano, in un sontuoso salotto borghese. Invece, appena usciti dal cestello, tornano subito da me (sono ancora un po' scioccati per quello che è successo) e si soffermano a guardare i miei piedi, a mollo nell'acqua, il lembo della mia gonna bagnato, qualche ciuffo di capelli che pende sulla mia fronte.

Quando Mary ci ha chiamati, siamo subito corsi a vedere, ma Martina era già svenuta, era distesa per terra e Roby le teneva su le gambe. A pochi passi da lei, uno dei due ragazzi che Mary aveva tentato di rimorchiare, quello che secondo Martina era un sfigato, si puliva la magliettina nera attillata con un fazzoletto, con un aria tra lo schifato e l'incazzato.

— Cos'è successo? — ha chiesto Daniele. Nessuno gli

ha risposto. Roby e Mary erano intorno a Martina e cercavano di farla riprendere.

— È successo che 'sta deficiente mi ha vomitato addosso!

Il tipo con la maglietta nera aveva finito di pulirsi e non era più schifato, era solo furioso. Daniele lo ha guardato con un'espressione che sembrava dire "E tu chi cazzo sei?" e dopo un secondo gli ha detto: — E tu chi cazzo sei?

— TU chi cazzo sei? — ha ribattuto il tipo, peccando indubbiamente di poca originalità.

Per un momento ho temuto che Daniele ribattesse che l'aveva chiesto prima lui. Invece si è avvicinato con sicurezza e con un fare maschio che non mi sarei aspettata da lui. Ho ripensato alla sera in cui Martina era venuta a dormire da me, quando aveva su i vestiti di Daniele che le stavano troppo grandi. Avevo pensato che quei vestiti fossero troppo grandi anche per Daniele, mentre stasera mi sono sembrati perfetti. Daniele sembrava lievitato come un supersayan. Mi aspettavo che i suoi dread diventassero improvvisamente biondi e si drizzassero sopra la testa. Invece è seguito un breve scambio di battute dal carattere puramente provocatorio e a un certo punto il tipo ha dato il prevedibile spintone a Daniele. Martina nel frattempo aveva ripreso conoscenza, ma sembrava comunque su un altro pianeta. Mary mi stava dicendo che dovevamo portare Martina a casa, che veniva anche lei, che non mi dovevo preoccupare, aveva solo bevuto troppo e fatto un po' di casino. In quell'istante ho sentito un rapido susseguirsi di colpi seguito da un tonfo e ho visto Daniele e Maglietta Nera avvinghiati a terra.

L'alcol che avevo in corpo dev'essere evaporato di colpo e ho cominciato ad avvertire un'altra sensazione, due sensazioni, una all'altezza delle ginocchia, che aveva probabilmente a che fare con la paura, e una nello stomaco, che sembrava più un mix i cui ingredienti mi rimangono tutt'ora oscuri.

Abbiamo portato a casa Martina, l'abbiamo aiutata a vomitare di nuovo, o meglio, di quello se n'è occupato Daniele, che sembrava avere esperienza in queste cose. Io l'ho aiutata a svestirsi e a darsi una lavata. In pratica, le ho sciacquato la faccia sopra il bidet e poi, dopo che Daniele l'ha stesa sul divano, le ho tolto i vestiti sporchi e le ho messo addosso una coperta.

— Tutto a posto? — chiedo a Daniele, perché è immerso in uno strano mutismo.

— Sì, sì... non è niente.

— Ti fa male la guancia?

— Un po'.

— Fammi vedere.

Daniele toglie il panno bagnato dalla faccia e si gira per mostrarmi la botta. La guancia è viola e gonfia. Nello scontro con Maglietta Nera non ha decisamente avuto la meglio.

— Non ho capito che cavolo è successo con Martina — dico per spostare l'attenzione sulla causa scatenante della rissa.

— Era quello che ti dicevo prima in spiaggia, sull'egoismo.

— Cioè?

— Martina è egoista, non pensa alle conseguenze di quello che fa, e poi succedono 'sti casini.

Mi suonano strane queste parole, dette da uno che si è appena battuto per lei. Mi chiedo che cosa c'entri l'egoismo. Forse Daniele pensa che non andare a letto con uno che ci prova con te è segno di egoismo? No, mi manca un pezzo di 'sta storia.

— Allora — spiega Daniele — Maglietta Nera è uno stronzo e fin qui ci siamo, ma noi non sappiamo come sono andate le cose prima, o meglio, tu non lo sai, io lo so.

— Tu lo sai?

— Non è che lo so, lo immagino.

— Cioè?

— Non è che sia la regola, ma ogni tanto capita. Martina comincia a bere, ma a bere tanto, non conta nemmeno i cocktail che butta giù, però sono certo che per un momento, almeno all'inizio, è perfettamente consapevole della serata a cui va incontro. Poi c'è un altro momento in cui è ubriaca felice, fin troppo felice, sembra in pasticca, è amica di tutti, è gentile con tutti, finché non comincia a stare male e allora diventa molesta.

Daniele fa una pausa, immerge il panno nel secchiello col ghiaccio e si asciuga la mano nella maglietta.

— Ti dispiace se mi rollo una canna?

— No, no — dico di nuovo, per ribadire il concetto che non mi sconvolge e non mi crea problemi morali.

— Tu hai un'ottima resistenza, invece. — Indico il sacchetto di marijuana che ha tirato fuori da una tasca.

— Be', questa è un'altra cosa, l'alcol è peggio.

Dalla mia espressione perplessa, Daniele intuisce che è la prima volta che qualcuno mi dice che l'alcol è peggio.

— È vero, tant'è che io sono qui con te a parlare e Martina è ribaltata sul divano.

— Uno a zero per te — dico.

— E cioè?

— Hai usato un'argomentazione sleale ma hai vinto, per adesso.

— Come sleale? In che senso?

— Nel senso che dipende dalla quantità, no? Anch'io ho bevuto, eppure sono qui con te a parlare.

— Uno pari allora. Ma se guardi quanta gente muore per colpa dell'alcol, dell'alcolismo e degli incidenti, scopri che l'alcol uccide più di qualunque altra cosa.

Non dico niente, mi limito ad annuire. Voglio che finisca di raccontarmi di Martina.

— Che cosa vuol dire che diventa molesta?

— Vuol dire che prende qualcuno di mira, finge di starci, gli balla attorno e fa gli occhi dolci, poi, quando questo si fa avanti, lo ignora e se lui insiste, lei passa a un altro e crea anche dei bei casini.

— Ma perché lo fa?

— Perché deve vendicarsi, ormai l'ho capito.

— Di chi si deve vendicare?

— Degli uomini, deve manifestare il suo disprezzo per gli uomini, e direi che la sboccata sulla maglietta del tipo è abbastanza eloquente.

Daniele ha ragione, penso. Daniele è intelligente, penso. E sensibile. Tre a zero per lui.

— Ti va una pasta?

— Ma che ore sono?

— L'ora della pasta del ripiglio.

# CINQUANTA

La pasta del ripiglio è in realtà la classica pasta aglio olio e peperoncino, ma con una variante che, così sostiene Daniele, serve ad assorbire tutto l'alcol. Dopo aver fatto saltare gli spaghetti in padella, ci ha buttato sopra qualche cucchiaiata di pan grattato, e poi è andato avanti finché il pane, attaccato agli spaghetti, non ha iniziato a sbruciacchiare. Ha aggiunto anche un po' di basilico, delle olive e qualcos'altro, ma ha detto che sono ingredienti facoltativi.

Mangiamo su un tavolo a bordo piscina, apparecchiato di tutto punto, e beviamo Coca-Cola, che a quanto pare è la bevanda che si accompagna alla pasta del ripiglio. Entrambi avvertiamo la complicità di quella situazione, essere lì a vegliare su Martina e quindi non aver bisogno di un alibi per stare insieme. Così parliamo quando ne abbiamo voglia, mangiamo con calma, in un'atmosfera di attesa che ci autorizza a lasciar correre il tempo senza cercare di riempirlo di cose o di parole.

A turno andiamo a controllare che Martina respiri.

All'improvviso mi accorgo che il cielo è diventato rosa e azzurro.

— Forse è meglio che vada — dice a un tratto Daniele.

"E perché?" dovrei rispondere, e invece lo assecondo: — Sì, forse è meglio.

— Tra poco sarà giorno.

"E chi se ne frega?" dovrei rispondere, ma opto per un: — Sì, è vero.

— Do un'ultima occhiata a Martina.

Si alza e si dirige in salotto.

Guardo il cielo che si schiarisce rapidamente e avverto una strana malinconia. Noto un vuoto dentro di me, un vuoto che si agita dentro il mio corpo, e per un istante sento la mancanza di tutto, delle mie amiche in Sardegna, di mio fratello che ha una fidanzata, dei miei genitori, dei miei nonni, della scuola che dovrò fare da capo. E di Luca, sento una tremenda mancanza di Luca e il desiderio di parlargli, raccontargli quello che sto facendo, quello che penso, ascoltare i suoi racconti, i suoi pensieri sulle cose più assurde. Decido che la prima cosa che farò quando tornerò in campeggio sarà scrivergli su messenger, senza giochi, senza trucchi, per mettere fine alle ostilità.

La luce corre rapida dall'orizzonte e io sento di non essere pronta a iniziare una nuova giornata.

— Russa che è una meraviglia, si sveglierà con un mal di testa devastante. In compenso non si ricorderà quasi niente della sera prima.

È arrivato il momento dei saluti.

Sono ancora seduta al tavolo dove abbiamo mangiato. Lui è in piedi, a pochi passi da me.

Mi alzo.

Daniele mi viene incontro.

Si ferma davanti a me.

— Be', è stata una nottata un po' assurda — dice, con il tono di chi sta tirando le somme. — Però sono stato bene.

— Anch'io... è stata una bella serata, rissa a parte.

— Ti dispiace se ti lascio qui da sola? Se vuoi rimango.

— No, no, non preoccuparti, tanto ormai... mi butterò sul divano anch'io, sto morendo di sonno.

Un segnale acustico si accende nella mia testa, seguito da una voce metallica che dice: "Risposta sbagliata! Risposta sbagliata!"

— Okay, allora vado.

— Sì, è meglio.

— Magari torno a prendervi più tardi e andiamo al mare insieme.

— Va bene, sì, cioè, non so come starà Martina, però sì.

Daniele si avvicina ancora di più, a una distanza che viola decisamente il mio spazio privato, quella distanza che non si può mantenere per più di pochi secondi. È entrato nell'area di transito, ora deve fare qualcosa, fermarsi o andare. La sua mano destra si alza e raggiunge il mio fianco, dove si appoggia senza premere. La sua testa ruota leggermente e si avvicina alla mia. E mi bacia, sulla guancia sinistra. Quindi si ritrae e mi ribacia, questa volta sulla guancia destra, ma proprio nel punto in cui cominciano le labbra. Non è un bacio sulle labbra, perché tecnicamente lì le labbra non ci sono, ma il senso è chiaro.

Rimango immobile, mentre lui si allontana verso il tunnel di oleandri.

— Daniele!

Si gira.

Io muta.

È troppo lontano per dire una qualsiasi cosa. Non so nemmeno che cosa potrei dirgli. Però l'ho chiamato e quindi ora devo fare qualcosa. Mi avvicino facendo un gesto con le mani senza senso e impostando un'espressione che non significa nulla. Nelle mie intenzioni volevo sembrare una che si è dimenticata di dire una cosa.

Devo prendere tempo.

Sono davanti a lui, di nuovo.

— Come hai fatto ad avere il mio numero di cellulare?

Sembra spiazzato dalla domanda. Non immagina quanto sia spiazzata io. Già che c'ero potevo chiedergli: "Ma dove l'hai trovata questa bella t-shirt?".

Sorride e abbassa la testa.

— Mi hai chiamato tu, quando hai trovato il furetto.

— Ma io ho chiamato Martina... ah no.

— Avevo lasciato il cellulare al chiringuito e Martina aveva risposto... cioè, il numero sulla medaglietta del Dottor Marley è il mio.

— Eh già...

Bene, non solo la mia domanda è completamente fuori luogo. È anche stupida. Sono stata io a chiamare Daniele. Per questo lui ha il mio numero di cellulare. Potevo arrivarci da sola.

— Ho cercato tra le chiamate ricevute e ho trovato il tuo numero.

Di male in peggio. La nostra conversazione intima si è trasformata in una ricostruzione stile *C.S.I.*

Mentre siamo muti, l'uno di fronte all'altra, Daniele mi prende una mano e mi guarda negli occhi. Il gesto risulta un po' meccanico dopo il nostro scambio di battute sul "mistero del cellulare", e a me scappa l'inevitabile risatina nervosa di queste occasioni.

Questa volta però lui mi guarda con aria sicura. E sorride, un sorriso larghissimo.

In un istante le nostre labbra si toccano, poi si fermano. Le sue mani mi scivolano lungo i fianchi e corrono su lungo la schiena e mi ritrovo stretta nel suo abbraccio. Ci baciamo mentre non c'è più traccia della notte nel cielo e i primi rumori della giornata cominciano a rompere il silenzio. Il rombo di una macchina in lontananza, un colpo di fucile, delle voci distanti. Dopo qualche minuto mi ritrovo a camminare all'indietro, ma non so se è lui che mi spinge o se sono io che lo sto trascinando. Passiamo davanti al tavolo accanto alla piscina e lo superiamo, entriamo in casa, sempre abbracciati, e superiamo il divano dove Martina dorme beata. Entriamo in una porta e ci ritroviamo in una stanza buia.

Continuiamo a baciarci, in piedi, al buio.

A un tratto però sentiamo un rumore di passi in corridoio.

— Daniele, siete voi?

La luce si accende dentro la stanza.

La porta si apre.

# CINQUANTUNO

Ciao Luca (maiale timido che si dondola su una gamba)
Ciao Ali!

Ha risposto subito, buon segno. Basta, mi sbilancio. O la va o la spacca.

Mi mancano le tue cazzate (faccina che strizza l'occhio) e anche tu...

Passano alcuni secondi...

Te le ho tenute da parte, raccontarle agli altri non mi dà la stessa soddisfazione...
(faccina che sorride)
Senti, non sei più arrabbiato?
Io no e tu?
No, no, per niente, è stata una cazzata, siamo stati degli scemi!
Sì, è vero.

Passano alcuni secondi, durante i quali immagino che Luca, come me, stia tirando un enorme sospiro di sollievo per la fine della guerra fredda.

Fine della guerra fredda?

È buffo che tu me lo chieda.
Perché?
Perché sono a Berlino, stanno per abbattere il muro.
(cammello che fa di sì con la testa)
A Berlino?
Sì, nel 1989.
Sei andato indietro nel tempo, quindi.
Sì, ho dovuto, era l'unico modo per studiare la guerra fredda tra Stati Uniti e Unione Sovietica fin dall'inizio.
E cos'hai concluso?
È presto per dirlo. La maggior parte della guerra fredda è stata combattuta a caldo in Africa.
Che vuol dire?
Gli americani e i russi finanziavano le fazioni opposte negli Stati africani, per imporre i propri governi, e quelli si facevano la guerra con le armi americane e russe.
Quindi così fredda questa guerra non era.
(Archimede con lampadina) Ali, hai ragione! La guerra fredda non esiste.
Mistero risolto. E la nostra guerra dove l'abbiamo combattuta?
Questo è il vero mistero...

Luca mi aggiorna sulla situazione milanese. La città come da copione si è svuotata. Sua mamma ha ottenuto una settimana di ferie e adesso anche lui può partire, per dove non lo sa ancora.

Poi è il mio turno. Gli racconto la mia nottata, Martina che è stata male e io e Daniele che l'abbiamo trasportata a casa.

Quindi ti sei rimorchiata il rasta?!
Ci siamo baciati, però non so cosa aspettarmi e non so nemmeno cosa voglio.

Sì, le cose stanno così. Ci siamo baciati, è vero, ma alla fine di una serata assurda e, ora posso dirlo con certezza, anche se non ero ubriaca come Martina, non ero certo sobria. Forse quando ci rivedremo io sarò terribilmente imbarazzata e lui farà finta di niente.

Quando Martina si è svegliata e ci ha sorpresi in cucina (per inciso, avevamo smesso di baciarci), Daniele ha fatto una faccia strana e Martina ha detto una specie di "Ah" che alle mie orecchie è suonato come un'accusa. Era evidente che tra noi era appena successo qualcosa. Altrimenti che ci facevamo nella sua cucina, alle sei di mattina, al buio? Ed è vero, loro non stanno insieme, non le ho rubato il fidanzato, ma ho come l'impressione di aver turbato qualche equilibrio. Martina sembrava quasi delusa. Per un attimo è come se i nostri ruoli si fossero ribaltati, era lei la ragazzina tagliata fuori dagli eventi, era lei quella che si era addormentata a una festa, e il meglio era successo quando lei non c'era, o per essere più precisi, mentre lei era priva di sensi. Avrei voluto raccontarle tutto, cacciare via Daniele e rimanere con lei. Ma i postumi della sera prima hanno avuto la meglio. Martina si è rimessa a vomitare e Daniele l'ha seguita per aiutarla. A quel punto, ho preso le mie cose e sono tornata in campeggio. I miei si erano appena alzati e stavano facendo colazione. Ho cercato di essere simpatica e disinvolta, li ho rassicurati che era andato tutto bene e che eravamo rimaste su a chiacchierare, quindi volevo dormire un altro po'. Credo che abbiano mangiato la foglia. Lo scugnizzo napoletano ha ridacchiato sotto i baffi...

I miei tornano dalla spiaggia alle sei e Miss Paraculo (ovvero io) sta facendo i compiti sul tavolo davanti alla roulotte. In realtà non si tratta semplicemente del tentativo di fare bella figura dopo una nottata di cui conoscono solo una versione molto lontana dalla verità. Sto cercando di riguadagnare punti con me stessa, per dimostrare (non so a chi e nemmeno perché) che non sono una che si ubriaca alla feste, che racconta palle ai genitori e che bacia ragazzi rasta che si fumano le canne. Insomma, cerco di dimostrare che non sono Martina e che la mia famiglia non è come la sua.

— C'è una sorpresa — esclama mia mamma appena mi vede.

Lo scugnizzo ridacchia.

— E non fare programmi per stasera — aggiunge mia madre, come se io fossi nella posizione di Fare Programmi Per La Sera.

Lo scugnizzo si sta divertendo un mondo.

— Allora mi dite che succede?

— Nuovi arrivi.

— E chi arriva?

— Prova a indovinare.

Non ho nessuna intenzione di provare a indovinare, ma il mio cervello è più svelto delle mie intenzioni e si lancia in qualche ipotesi.

Ipotesi numero uno: Luca ha chiamato i miei genitori, del resto ha detto che adesso era libero di partire e che voleva farmi una sorpresa. Ma scarto subito questa ipotesi quando mi ricordo che il mio amico Luca non è, come per un attimo ho sospettato, Winnie the Pooh, e non farebbe mai una cosa del genere.

Ipotesi numero due: non si tratta di chissà quale sorpresa, verranno a cena i vicini di roulotte e Clara, la loro splendida figliola che "sta" con mio fratello. Ma in questo caso mio fratello non dovrebbe ghignare, dovrebbe rimanere immobile e tremare (anche se questa forse sarebbe la *mia* reazione).

Ipotesi numero tre: andiamo da qualche parte a trovare

qualcuno, un altro fatto che per me non rappresenta proprio una sorpresa.

— Arrivano i nonni! — esplode mio fratello, con la faccia felice di un bambino di tre anni.

# CINQUANTADUE

— Non ti starai mica accendendo una sigaretta?!
— Una sola, leggerissima.
— Papà, per favore.
— Una sola, lo sai che devo la vita alle sigarette.

Abbiamo appena finito di mangiare. Per la cronaca, a tavola c'erano anche i vicini di roulotte e Clara, a dimostrazione del fatto che almeno una delle mie ipotesi non era poi così infondata.

La storia di mio nonno che deve la vita alle sigarette è uno dei suoi aneddoti migliori e la presenza delle new entry a tavola gli dà il diritto di raccontarla di nuovo.

Le cose sono andate più o meno così:

Durante la seconda guerra mondiale, mio nonno fu catturato dagli inglesi e caricato assieme ad altri tremila italiani su un incrociatore, adibito per l'occasione al trasporto dei prigionieri. L'incrociatore è una grande nave militare che in teoria non trasporta prigionieri. E questo fu il problema. Un sottomarino tedesco, dopo aver visto nel radar la grande nave e aver avuto conferma che si trattava del nemico, sganciò un paio di siluri. I siluri colpirono la stiva dove si trovavano i prigionieri, la maggior parte dei quali, più di duemila, morì sul colpo. Mio nonno riuscì a raggiungere il ponte passando attraverso il condotto dell'aria. Quindi si buttò nel gelido oceano in piena notte, mentre la nave in fiamme affondava.

Nel frattempo, le scialuppe di salvataggio erano state calate ma, naturalmente, ospitavano i soli soldati inglesi. Per tutta la notte e il giorno successivo mio nonno rimase a mollo nell'oceano, cercando di trovare posto su una scialuppa e guadagnando solo remate in faccia. A molti mancarono le forze quella mattina, molti altri furono mangiati dagli squali. Mio nonno resistette, con la speranza che da un momento all'altro sarebbero arrivati i soccorsi, che i tedeschi si sarebbero resi conto dell'errore. A un certo punto trovò una piccola scatola nera sigillata che galleggiava: sigarette. Tornò da una delle scialuppe che lo aveva cacciato e alzò con la forza della disperazione il suo trofeo: — Ho le sigarette! Ho le sigarette! — Lo fecero salire.

— Fai quello che vuoi, non voglio stare a discutere.

Mia madre non si fa più incantare da questa storia. Federico invece l'adora. Ogni volta vuole sapere qualche dettaglio in più. Che cosa è successo quando sono arrivati gli squali? Cos'hanno fatto poi con le sigarette, cioè, si sono messi tutti a fumare? Quando sono arrivati i soccorsi?

Anche Clara è colpita, come lo sono io. Perché non è solo mio nonno a dovere la vita alle sigarette e, più in generale, al tabagismo (se non ci fossero stati dei seri tabagisti su quella scialuppa, nessuno lo avrebbe tirato su).

Se quel giorno mio nonno non avesse trovato quel pacchetto, io ora non sarei qui.

— Hai conosciuto qualche ragazzo? — mi chiede mia nonna, per cambiare argomento.

In quel momento mi suona il cellulare.

Mi è arrivato un messaggio.

Per mia nonna quel *bip bip* equivale a un sì.

— Ha conosciuto dei ragazzi simpaticissimi — spiega

mia madre — li abbiamo conosciuti anche noi, li abbiamo incontrati a una sagra e abbiamo mangiato insieme.

— Uno ha i dread! — esclama quel bastardo scugnizzo napoletano di mio fratello.

— I dread? E che cosa sono? — chiede mia nonna.

— Te li puoi fare anche tu. Si prendono i capelli e si arrotolano a mazzetti tutti insieme e alla fine è come se avessi solo una ventina di grossi capelli.

Mia nonna è perplessa, mio nonno ridacchia sotto i baffi.

— E l'altro è pieno di tatuaggi.

A quel punto sono costretta a mettere a tacere mio fratello con una mossa che non gli facevo da molti anni: la diabolica strizzata di coscia.

Fede urla e ride e io mollo la presa.

Mio nonno sta meglio, comunque. Il dottore gli ha detto che un po' d'aria di mare gli avrebbe fatto bene, così sono partiti subito, in treno. Dormiranno in una casetta, praticamente un bungalow, ma confortevole, a quanto dicono.

Mentre la tavolata si dedica all'ormai consueto appuntamento con il limoncello, io tiro fuori il cellulare per leggere il messaggio. E scopro che il giorno dopo avrò Programmi Per La Sera.

Mio fratello e mio nonno (e Clara!) rimangono a giocare a carte e io comincio ad avvertire la stanchezza della nottata precedente.

Prima di andare a dormire devo rispondere al messaggio, ma non si può rispondere a un messaggio del genere con leggerezza. Ogni parola va studiata attentamente, bisogna essere simpatici ma spensierati, non deve sembrare che le parole nascondano secondi fini. Non è facile, per niente. E sono certa di non essere in grado di assolvere a questo compito.

È arrivato il momento di chiamare Chiara, in Sardegna, e raccontarle tutto.

# CINQUANTATRÉ

— Sono andata a letto col romano!

Chiara è andata a letto col romano. Non sembra molto soddisfatta e, dopo un po' di racconti, scopro che non ci ha fatto l'amore, anche se, certo, è esattamente quello che mi aveva detto all'inizio della telefonata. Chiara è quel genere di persona che quando riferisce qualcosa esagera sempre, salvo poi aggiustare il tiro.

Mi racconta com'è andata e io la ascolto attentamente. Ma non la sto semplicemente ascoltando. Sto confrontando accuratamente le nostre rispettive serate. Il suo romano e il mio rasta. Il mio bacio e il loro quel che è…

— Siamo rimasti soli a casa perché le altre erano andate a ballare e noi dovevamo raggiungerle. A un certo punto lui ha cominciato a baciarmi tutto preso.

— Così dal nulla?

— Cioè, ci eravamo già baciati, più di una volta, ma questa volta lui era tutto lanciato. Cioè, si capiva che voleva andare più in là.

— Stava prendendo la rincorsa…

— Poi, io gli sono salita in braccio e lui ha cominciato a baciarmi sul collo. Solo che poi si è tolto la maglietta…

— Lui, da solo?

— Sì, non è il massimo vero?

— Insomma.
— Cioè, non ti puoi togliere tu la maglietta se non sei sicuro di poter togliere la mia!
— E a quel punto che cos'hai fatto?
— Eh, mi sono tolta la mia canottiera, cosa potevo fare?
— E lui?
— .
— Ci sei?
— E lui si è slacciato i pantaloni e ha pure fatto il sorriso furbetto.
Vorrei dire qualcosa come: "Ma allora è un idiota", ma mi trattengo.
— E io non me li sono mica tolti i pantaloni.
— E allora cos'avete fatto? — dico a quel punto, chiedendomi in base a quale evento lei ha pensato di dirmi che ci era andata a letto.
Chiara si lancia in un resoconto dettagliato del loro petting che, a dir la verità, non è niente di così trascendentale, e io ripenso alla mia serata con Daniele, cerco le parole per cominciare il mio racconto, la mia storia, ma quando finalmente lei mi dice il fatidico "E tu?", mi rendo conto improvvisamente di non aver voglia di condividere con lei il mio bacio. C'è un'altra persona alla quale ho voglia di parlare, alla quale devo parlare. Ci salutiamo e le dico che le scriverò una mail con un po' di aggiornamenti.
Quindi rileggo il messaggio.
"Ciao Ali, grazie di tutto! Stasera serata tranquilla, ceniamo insieme domani?"
Non è che si sia proprio sbilanciato e quindi non ho nessuna intenzione di sbilanciarmi io. Però voglio rispondere e accettare l'invito.
Scrivo: "Volentieri, è stata una serata speciale, sono stata bene, dove ci becchiamo?"

Troppo entusiasta.

Riprovo: "Volentieri, domani vado al mare con i miei. Ci vediamo alle sette al chiringuito?"

Troppo indifferente.

"Ciao! Sì, ceniamo insieme, volentieri, a che ora e dove?"

Questo mi sembra il migliore. Non faccio riferimento alla serata, ma accetto prontamente l'invito, sottintendendo che sono stata bene e che sono felice di rivederlo. Schiaccio INVIO.

La risposta arriva dopo pochi secondi.

"Alle sette e mezzo al chiringuito. Ti aspetto!"

# CINQUANTAQUATTRO

Cammino lungo la spiaggia per andare all'appuntamento e mi chiedo quante volte ho fatto questa strada dalla prima volta che l'ho percorsa piangendo. Ogni tanto mi torna in mente il gabbiano che stava morendo. Lo immagino sballonzolato qua e là dalle correnti anche se in realtà è molto più probabile che qualche pesce se lo sia mangiato.

Mi chiedo come reagiscano alla morte i gabbiani. Magari nessuno si è accorto della sua assenza. Ma mettiamo che fosse stata un gabbiano femmina e che avesse avuto i piccoli da sfamare. C'è qualcuno che dà da mangiare ai piccoli di un gabbiano se questo muore? I gabbiani hanno una società? Probabilmente basterebbe porre questa domanda alla persona giusta per avere una risposta precisa, ma in realtà si tratta proprio di quel genere di domande la cui risposta scientifica è quasi sempre una delusione. Quindi preferisco tenermela per me.

Il sole sta calando all'orizzonte, quando arrivo in prossimità del chiringuito. I tavolini sono pieni di ragazzi che bevono birra e mangiano patatine, ma non vedo Daniele. Mi fermo sul bordo della terrazza di legno per guardarmi intorno. Di Daniele nemmeno l'ombra. Le sette e mezzo sono passate da poco e prima di farmi filmini su un suo possibile bidone, decido che è semplicemente in ritardo e che sarà qui a momenti.

Invece dopo un quarto d'ora sono ancora lì ad aspettare. Mi avvicino al bancone e chiedo a Roby se l'ha visto.

— Sarà ancora in campeggio a dormire.

— Sei sicuro?

Lui mi guarda con aria interrogativa e penso che potrebbe sapere qualcosa della sera precedente.

— Dovevate incontrarvi qui?

— No, no — mi affretto a dire — ero passata per vedere come stava Martina.

In quel momento due braccia alle mie spalle mi avvolgono in un abbraccio e un bacio mi schiocca sulla guancia.

— Scusa sono in ritardo!

Ma il ritardo a questo punto è l'ultimo dei miei problemi, perché la persona che ho davanti e che mi ha appena baciato sulla guancia non è Daniele. Roby, che ha assistito alla scena e ha notato il mio sguardo perplesso, corruga la fronte ma si gira e torna al lavoro. Io decido di rimandare ogni tentativo di capire e mi preparo ad assecondare gli eventi.

— Ciao! Come ti senti?

— Bene, bene, mi sono ripresa. Mi hanno detto che ho fatto parecchio casino e che tu e Daniele mi avete salvato.

— Be', ti abbiamo trasportata a casa, dove sei crollata.

— Senti, allora per stasera a posto?

Per stasera a posto? Mi sono persa qualche passaggio. Non dico niente.

— Cioè, vieni da me? Mia madre e il coglione non ci sono.

All'improvviso tutto mi è chiaro. Non ho il tempo per reagire a questa scoperta con le reazioni emotive necessarie (la delusione perché Daniele non mi ha affatto scritto un messaggio, la contentezza perché posso parlare con Martina di quello che è successo con Daniele, la scoperta che i numeri di telefono vanno salvati con il nome delle persone alle quali appartengono) perché richiederebbero almeno qualche secondo. Così non mi rimane altro da fare che scuotere la testa, come se mi fossi incantata, e rispondere con un entusiasta: — Ma certo!

Tornare a casa di Martina dopo quello che è successo con Daniele mi fa uno strano effetto. Cerco d'istinto intorno alla piscina i segni della nostra presenza la notte precedente. Non vederli e sapere che Daniele non si è fatto vivo mi provoca una strana fitta allo stomaco.

Daniele non ha chiamato, non ha scritto alcun messaggio e, probabilmente, sta ancora dormendo in campeggio. La notizia non è di per sé sconvolgente. Non era automatico che lui si facesse vivo il giorno dopo, ma averlo creduto, anche se per poco tempo, rende inevitabile la delusione.

In fondo ci siamo solo baciati, alla fine di una festa, ubriachi.

Non sono certo la prima ragazza che Daniele si fa, alla fine di una festa, ubriaco. Ed è normale pensare che potrebbe essere finito tutto qui. Ma le parole mi tradiscono: "tutto" cosa? Cos'è che potrebbe essere finito dal momento che nulla è iniziato?

Per un momento mi viene in mente il tipo della scuola per cui mi ero presa una cotta devastante due anni prima, mi tornano in mente i pianti, gli appostamenti, i suoi occhi e la sua voce. No, non voglio ritrovarmi in una situazione del genere. Ho baciato un ragazzo, bene, stop, a posto così. Ma una voce dentro la mia testa mi dice che non è affatto a posto così.

# CINQUANTACINQUE

— La domestica ci ha lasciato tutto pronto, non dobbiamo fare niente.

Il tavolo dove avevamo mangiato io e Daniele è apparecchiato accuratamente per due, ma immagino che non sia stata la scrupolosa domestica a prepararlo, bensì l'Ironia della Sorte in persona.

Entriamo in casa e Martina si dirige dritta in cucina (la cucina dove ci aveva sorpreso al mattino) e tira fuori dal frigo una bottiglia di vino bianco.

— Solo un bicchiere questa sera, sennò collasso di nuovo — dice, e mi strizza l'occhio. — Ma tu come stavi?

— Io stavo bene, cioè, avevo bevuto un po' anch'io e non ci sono abituata, però ero tranquilla. Quand'è successo tutto il casino mi sono ripresa all'istante.

— Non mi ricordo niente...

— Meglio così, no?

— Dipende, questa volta non ho fatto troppo casino, ma quando ti svegli in un letto non tuo mezza nuda e non ti ricordi niente non è il massimo.

— No, decisamente no.

— Ad ogni modo, stavolta è andata bene.

Ecco, diciamo che "bene" non è proprio la parola che avrei usato io, ma non credo sia il momento per puntualizzare.

— Ricordo solo che a un certo punto mi sono messa a ballare con questo tipo e mi stavo divertendo, solo che non riuscivo più a scollarmelo di dosso, poi dopo un po' ha cominciato a girarmi la testa. E poi il buio.

— Gli hai vomitato addosso, Mary è venuta a chiamarci e poi, va be', il resto te l'avranno raccontato. Daniele e il tipo si sono presi a schiaffi e noi ti abbiamo portata qui.

Mentre parlo, mi rendo conto che Martina potrebbe non essere affatto aggiornata sugli sviluppi della serata e, in particolare, su quello che è successo tra me e Daniele. Credo che sia arrivato il momento di raccontarle tutto. Ma ho come un timore. Ho paura che aver baciato il suo amico possa in qualche modo darle fastidio. Non mi preoccupa quello che, a detta di Daniele, è stato un breve flirt tra loro due. Ma mi sento lo stesso un po' in colpa. È grazie a Martina se la mia vacanza è cambiata, è grazie a lei se adesso ho delle persone con cui divertirmi. Forse la mia prima mossa non doveva essere farmi un suo amico.

— Senti — dico, con un tono molto più melodrammatico di quello che vorrei — ti devo raccontare una cosa.

— Che c'è?

— È successa una cosa... una cosa che non avevo previsto e che... insomma, non volevo che succedesse, ma è successa.

— Alice, mi devo preoccupare?

— No, no, non è niente di grave, o almeno spero.

— Be', allora parla. Ma c'entro io?

— No, no, non credo, insomma... sai che io e Daniele ti abbiamo riportata qui quella sera.

— Fin qui ci sono anch'io.

— Poi ti abbiamo messa sul divano e tu ti sei addormentata e noi siamo rimasti qui per vedere come stavi, se ti svegliavi o che.

Martina non dice più niente.

Mi guarda con aria attenta e aspetta che io arrivi al dunque.

— Siamo rimasti qui fino all'alba. Daniele non voleva lasciarti sola e io, insomma, io sarei rimasta qui comunque, però ero contenta che ci fosse anche lui, mi sentivo più sicura. Siamo rimasti a chiacchierare, lui poi era ancora un po' scosso per la rissa.

Okay, mi rendo conto che con questi preamboli potrei andare avanti tutta la notte senza dirle niente.

— Ci siamo baciati — dico, e mi affretto a precisare — e basta.

— Vi siete baciati?

— Sì.

— Tu e Daniele?

— Eh… sì, non era previsto, ma sì.

— E ti ha fatto schifo?

— No, no, cioè, normale, ci siamo baciati e basta.

— Ah.

— Ti dà fastidio? — chiedo a bruciapelo.

— Sai che mi sa che non ti seguo. Cioè, hai baciato Daniele, è stato bello, e quindi dove sta il problema?

— Già, dove sta il problema?

— Pensavi che potesse darmi fastidio perché lui è mio amico?

— Boh, forse, non lo so.

— Ti ha detto che abbiamo avuto una storia?

— No, non proprio. Mi ha raccontato che, insomma, prima lui ti veniva dietro ed era successo qualcosa.

— Sì, due anni fa lui mi faceva una corte spietata fino a quando, esasperata, ci sono andata a letto.

Le ultime quattro parole mi piombano nelle orecchie come un macigno.

Questo era un particolare che Daniele aveva omesso e credo che Martina non sia come Chiara. Se dice che ci è andata letto, vuol dire che è così. Allo stesso tempo sono sollevata dalla sua reazione. A Martina non importa niente di quello che è successo o potrebbe succedere con Daniele.

— Ma adesso ci esci, cioè vi siete sentiti?

— No, non ancora, ma sì, insomma, magari ci sentiamo.

— Guarda che non ti devi fare problemi, sul serio, finché non ci sono anelli al dito per me ognuno è libero di farsi chi gli pare.

— Okay.

— Ma com'è andata?

La nostra conversazione cambia all'improvviso. Martina vuole sapere tutti i particolari. All'inizio sono cauta, non mi ha convinta del tutto questa sua aria disinvolta, di quella che dice "ognuno si può fare chi vuole", ma quando vedo che continua ad ascoltarmi e a chiedere, le racconto anche la dinamica del bacio, con Daniele che fa il finto bacio guancia-labbra e io che gli corro dietro facendo finta di essermi dimenticata qualcosa. Lei mi ascolta divertita, fa qualche commento sulla timidezza di Daniele, dice tre o quattro volte — Che coglione! — e scoppia a ridere.

Non sto a spiegarle il fraintendimento di quella sera, l'invito a cena che credevo provenisse da Daniele e invece era suo, e non do alcuna importanza al fatto che lui non mi abbia ancora cercata, come se per me fosse del tutto superfluo. Per un momento quasi me ne convinco. Ma sì, magari mi chiama, magari no. A posto così. La sera, però, mentre torno in campeggio, ho il cellulare in mano e un pensiero fisso in testa: perché non mi chiami?!

# CINQUANTASEI

Non mi chiama. (maiale che piange)

Bastardo. (mitra che spara per aria)

(faccina che sorride) In realtà è passato solo un giorno.

E allora vedrai che ti chiama.

Mmm...

Ma ti sei innamorata?!

Ma no! Però uffi, ci siamo baciati, ora chiamami o almeno mandami un messaggio!

Così però gli dai il coltello dalla parte del manico.

Ma se nemmeno l'ho sentito!

Sì, ma adesso, tra un po', lo sentirai, per forza, e tu sarai stata tutto il tempo lì a rimuginare sul fatto che lui non ti ha chiamato prima e quindi avrai un certo tono. E lui se ne accorgerà e così a quel punto avrà il coltello dalla parte del manico.

Ma quando lo sentirò farò finta di niente, è ovvio!

Non basta! Devi cominciare a far finta di niente adesso, così arrivi preparata. Te ne devi fregare, è l'unico modo

L'unico modo per che?

Per non rimanerci sotto.

Sei un bastardo. (dito medio)

(faccina interrogativa). Perché hai sempre ragione.

Dovrei portarti dietro con me.

Be', quando ti limoni i rasta preferirei rimanere a casa.

Scemo. (faccina con linguaccia) Tu come va? O meglio: dove sei?

È buffo che tu me lo chieda. Sono ritornato a Kingston.

La capitale della Giamaica.

Esatto. Sono venuto per recuperare un po' di informazioni su questo tuo amico rasta, ma qui non mi sanno dire niente, mi sa che non è originale, se te lo limoni di nuovo controlla bene che sul collo non ci sia scritto Made in China.

Passano un paio di giorni e Daniele non si fa vivo. Ma ho messo in pratica i consigli di Luca e me ne frego. Anche se non è facilissimo, dal momento che per fregarmene devo restare con i miei e andare al mare con loro, perché se andassi al chiringuito sembrerebbe che sono andata a cercarlo. E lui non deve pensare che sono andata a cercarlo. In compenso, l'arrivo dei nonni ha movimentato la situazione e ha stemperato un po' le nostre menate interne. La sera mangiamo tutti insieme e a volte c'è anche Clara, e io non penso troppo a Daniele. Ho cominciato a leggere un altro libro, *Come diventare buoni* di Nick Hornby, la storia di un ex fattone che dopo aver consumato non so quale droga, ha scoperto di avere una specie di potere che gli permette di aiutare la gente. L'unico problema (mio, non del libro) è che quando leggo non vedo la faccia di un fattone qualsiasi, bensì quella di Daniele. Sono certa che dipenda dal fatto che è un po' alternativo e si fa le canne, ma sono anche costretta a pensare che forse questa storia del "Me ne frego, a me non importa niente" non sta funzionando proprio a meraviglia.

Ora, non dico che ci sto rimanendo sotto o che altro, anche perché sono una convinta sostenitrice della teoria di Chiara che, come tutti i miei amici a quel che sembra, è anche lei dotata del suo pacchetto di teorie. Chiara dice che puoi rimanere sotto per qualcuno una volta sola. Poi ti puoi innamorare, puoi restare delusa e via dicendo, ma è diverso. Perché rimanerci sotto è un'altra cosa. E se ti capita una volta, e a me grazie al cielo è capitato, poi sei vaccinata a vita. Prima ti capita meglio è. Un po' come gli orecchioni, ho pensato, che dicono che è molto meglio farseli quando sei piccolo, perché poi sono più dolorosi.

Ecco, io i miei orecchioni me li sono già fatti.

Se adesso Daniele mi facesse il favore di chiamarmi sarebbe meglio.

Una sera, mentre sto lavando i piatti, guardandomi bene dall'applicare i principi zen di Luca (l'ultima volta mi ero trasformata in un'imbarazzante via di mezzo tra il Dalai Lama e una macchinetta per lo zucchero a velo), mia madre mi raggiunge con l'aria di "quella che ti deve parlare".

— Va tutto bene Alice?

— Sì — rispondo, con il tono laconico e provocatorio che ci si concede solo con le mamme.

— Ti vedo un po' assente in questi giorni, sei sicura che è tutto a posto?

— Sì, sì, sul serio.

— Vuoi che ci beviamo un limoncello al bar e mi racconti?

— Questa sera no... cioè, sono un po' stanca.

— Ah, okay.

— L'animatore mi chiede sempre di te, perché non vieni una sera all'aperitivo creativo? Non è la fine del mondo e di creativo c'è ben poco, però ci sono tutte le signore del campeggio mezze ubriache, è divertente anche solo per quello.

Mi scappa un sorriso e per un attimo ripenso alla proposta del limoncello al bar con mia madre. Ma ho paura di come potrebbe andare a finire, non tanto per quello che sarei costretta a raccontare, quanto per le doti telepatiche di mia madre.

— Non sei più andata a trovare quei tuoi amici dopo la festa, è successo qualcosa?

Ecco, appunto.

— Qualcosa con quel ragazzo?

— Ragazzo? Quale?

— Sì, dai, quello con la criniera in testa.

— Mamma, ha i dread, e comunque no… no, non è successo niente… domani pensavo di andare da loro, se per voi va bene.

È il pilota di emergenza antimamma che ha parlato.

Io non c'entro niente.

# CINQUANTASETTE

Così sono tornata al chiringuito. Non è stato facile. E non parlo delle implicazioni sociali e sentimentali di questa decisione, bensì della difficoltà di arrivare alla spiaggia aggirando il campeggio di Daniele, in modo da posizionarmi nel punto più lontano dal bar.

Questa volta non è una finta, non sto facendo "quella che non gliene frega niente". In realtà non ho alcuna voglia di incontrare Daniele, anche perché sono passati cinque giorni, e se lui avesse voluto continuare in qualche modo, si sarebbe già mosso. Se la cosa con Daniele non deve andare avanti, non vedo perché dovrei rinunciare a vedere Martina, Mary, Roby. In fondo era quello che cercavo, degli amici con cui trascorrere la vacanza. Daniele è stato un incidente di percorso.

Stendo il pareo su uno scoglio, mi infilo gli auricolari dell'iPod nelle orecchie e tiro fuori il libro, pronta a godermi la mia giornata solitaria. Non c'è nessuno e per un attimo mi passa per la testa l'idea di mettermi a prendere il sole in topless. Poi però mi immagino che all'improvviso arrivi Daniele, di ritorno da una passeggiata solitaria, mentre io sono lì, con le tette all'aria.

Ci risiamo.

Non c'è niente da fare.

Posso controllare le frasi principali dei miei pensieri, ma le subordinate vanno inevitabilmente a cozzare contro il pensiero di Daniele. Bene, al diavolo Daniele allora! Mi tolgo il pezzo sopra del costume e con una disinvoltura solo apparente apro il libro e comincio a leggere.

Naturalmente non sto leggendo, sto solo facendo finta. Perché il mio cervello è monopolizzato da una vocina che continua a ripetere: "In fondo non c'è nulla di male a prendere il sole in topless, è una cosa assolutamente normale, non si stupisce nessuno e nessuno ci fa caso se hai poche tette, e se anche Daniele arrivasse in questo momento non ci sarebbe niente di male".

Quando la vocina pronuncia quest'ultima frase, appoggio il libro e comincio a pensare a cosa farei se Daniele arrivasse in quel momento e mi sorprendesse così, in topless.

Probabilmente coprirsi sarebbe la reazione peggiore e poi lui è un rasta, quindi dovrebbe essere piuttosto disinvolto in queste cose. Un giorno davanti al chiringuito c'era un gruppetto di rasta e le ragazze erano tutte in topless. No, se Daniele arrivasse in questo momento io non mi coprirei affatto, rimarrei così, a parlargli, con le tette in bella mostra.

Bene, mi sono quasi convinta, mi rimetto a leggere, questa volta concentrata.

Passo così un'ora o due, faccio anche il bagno (rimettendomi il costume), quindi torno a sdraiarmi, questa volta a pancia in giù (ma solo perché sono più comoda...) e mi addormento.

Sogno che sono tornata a Milano, però sono tutti in costume, per le strade, in metropolitana, nei bar. E io sono in topless. E incontro Luca, lui è l'unico vestito, con i jeans, una camicia bianca e la giacca nera, e gli chiedo che cosa sta succedendo, perché sono tutti in costume.

Lui dice che in fondo è normale, è solo una questione di convenzioni sociali, e alla fine che differenza c'è fra stare in costume in spiaggia o in città. A quel punto comincia a piovere e io mi sveglio. Apro gli occhi e sento cadere alcune gocce sulla schiena. Ancora intontita dal sonno, mi giro appena con la testa e vedo un mucchio di lunghi dread bagnati che sgocciolano sopra di me.

— Buongiorno, ben svegliata!

— Mi ero addormentata.

— Lo vedo, ma cosa fai qui da sola?

— Ma... niente, volevo starmene un po' per i fatti miei.

— Me ne devo andare?

— No, no, figurati, stai stai.

Daniele si siede accanto a me.

È ancora tutto bagnato.

E io sono ancora senza il pezzo di sopra del costume.

— Non ti ho più vista al chiringuito. Martina mi ha detto che vi siete viste una sera, come va? Tutto bene?

— Sì, sì, benissimo, sono stata un po' coi miei, tu tutto bene?

Il mio tono è gelido e formale.

In questo momento sono La Donna Di Ghiaccio e non ho intenzione di fare riferimento a quello che è successo tra noi.

— Bene anch'io, cioè, speravo di vederti...

— Ed eccomi qui.

La mia posizione supina comincia a crearmi qualche problema. Non posso continuare a parlare da sdraiata con la testa all'insù. Ma non posso nemmeno mettermi a sedere e restare in topless davanti a lui. All'improvviso lo faccio. Mi tiro su senza coprirmi e mi metto a sedere. La sua reazione è abbastanza esplicita. Non so come, ma non doveva essersi reso conto che ero in topless, perché tira indietro la testa e, anche se per un millesimo di frazione di secondo, sgrana gli occhi. Con finta disinvoltura, prendo il pezzo di sopra del costume e me lo metto lentamente.

Mi viene in mente il racconto di Chiara e del suo petting con il romano, e ripenso al sogno che ho appena fatto. In questo momento sono praticamente nuda davanti a un ragazzo che conosco appena. Lui del resto è in boxer. Eppure non significa nulla. In un'altra situazione, invece, per arrivare a togliersi una maglietta può passare un sacco di tempo e il gesto può avere un sacco di implicazioni.

— Non ci siamo più sentiti — insiste Daniele — intendo, dopo quella sera.

— No, è vero.

Non posso credere che abbia il coraggio di continuare con questa parte. Cioè, è evidente, era *lui* che doveva chiamare o scrivere un messaggio. Funziona così, è ovvio. Se non fosse stato per me, nemmeno ci saremmo baciati e allora almeno lo sforzo di chiamarmi poteva farlo.

— Ero stato bene quella sera, insomma...

Non ci posso credere. È un idiota. Anzi, come direbbe Martina, "Che coglione".

— Martina mi ha detto che le hai raccontato.

— Sì, le ho raccontato — dico mentre prendo consapevolezza del fatto che il nostro bacio molto probabilmente è di dominio pubblico.

— Facciamo un bagno?

Credo che i consigli di Luca stiano funzionando. Sono disponibile, ci sono, non gli ho detto di andarsene o che, ma non ho intenzione di star lì a contargliela su quanto sono stata bene anch'io.

Rimaniamo ad asciugarci sulla spiaggia e poi lui mi propone di andare a bere una birra al chiringuito. Accetto e cerco di farlo in modo meno meccanico e più carino. Del resto è normale, ho avuto cinque giorni per elaborare il risentimento per la mancata telefonata, e anche se adesso sono pronta a fare marcia indietro e a riconsiderare ogni cosa, non posso che procedere per gradi: birra al chiringuito? E birra sia.

# CINQUANTOTTO

Al chiringuito non siamo soli. Ed è meglio così. Perché in questo modo non ho bisogno di moderare le mie reazioni e posso chiacchierare liberamente con Mary e con Roby.

Mary cerca in continuazione il mio sguardo nell'irrefrenabile istinto di capire Cosa Cavolo Sta succedendo Tra Voi Due, come se io potessi fermare il tempo per tutta la tavolata tranne che per lei e spiegarle come stanno le cose.

Con loro sono immediatamente euforica e loquace. Scherzo con Roby, chiacchiero con Mary, sorseggio la mia birra, mangio patatine, il tutto nel tentativo di costruire un muro di cemento armato spesso tre o quattro metri tra me e Daniele. O meglio, non era questa la mia intenzione, non del tutto, ma comincio a rendermi conto che è esattamente quello che sto facendo.

Appena finiamo la birra, lascio il tempo a Martina, che nel frattempo si è unita a noi, di fumarsi una sigaretta, poi dico che devo andare, che i miei mi aspettano per cena.

Mi alzo, saluto e vado.

Faccio appena in tempo a sentire Mary che dice qualcosa a Daniele e Martina che scoppia a ridere.

Sto per superare il piccolo promontorio che separa le

baie dei due campeggi, quando Daniele mi raggiunge ansante: uno a zero per me.

— Mi spieghi cosa c'è?

— Non c'è niente — rispondo, con un tono forzatamente sereno.

— Cioè, non mi vuoi più vedere, o cosa?

Ora so perfettamente che qui si gioca la partita. Penso che il muro di cemento armato stia per crollare, ma ci sono diversi modi per abbattere un muro di questo genere, tirato su così in fretta. Dipende tutto dalla parte da cui cadono le macerie. Luca aveva ragione, aver preparato la mia indifferenza mi ha resa più forte, ma comincio a chiedermi se questa barriera a lungo andare non rischi di nuocere solo a me stessa. Del resto Luca, a parte me, non può certo vantare una grande esperienza in fatto di rapporti sentimentali.

Metto da parte Luca e mi preparo ad ascoltare solo me stessa. L'unica che è al corrente di tutto quello che è successo e che quindi può sapere che cosa fare.

Non faccio niente. Sorrido.

— Che vuol dire?

— Ma niente... non ho voglia di fingere. Io ti vorrei vedere e credevo che mi avresti chiamato dopo quella notte, o mandato un messaggio...

— Lo so, hai ragione, ma...

— Aspetta. Non ti sto facendo una scenata. Solo che ci sono rimasta un po' così. Non sapevo cosa pensare.

— Okay, okay, ci sono, ho sbagliato, ma guarda che non importa, sul serio.

Ora vorrei rispondere "Questo lascialo decidere a me", ma preferisco deporre l'ascia di guerra e vedere cos'ha da dire. Mi limito a un: — Cioè?

— Cioè, se hai voglia chiaramente, io ci uscirei con te, era questo che pensavo in questi giorni e credevo di incontrarti al chiringuito, credevo che sarebbe venuto un po' naturale, invece adesso è venuto fuori un mezzo casino… va be' va be', fa niente, domani sei libera?

Rido, perché mi viene da ridere.

— Guarda che sei assurdo — dico con un tono fin troppo affettuoso. Intanto, lungo percorsi che mai avrei immaginato, comincio a capire anche che genere di persona è Daniele.

— Perché sono assurdo?

— Perché, è vero, non è successo niente, però tu vuoi sistemare tutto… così, non lo so come.

— No, no, non pensare come, pensa se hai voglia di uscire con me. Se hai voglia siamo a posto. Le altre cose non contano.

Non è del tutto sbagliato quello che dice, ma è troppo facile.

— È troppo facile.

— No, è facile e basta, meglio così no?

Nel frattempo Daniele si è avvicinato e ora mi sta parlando proprio davanti agli occhi. E io non sono più arrabbiata con lui, se mai lo sono stata veramente.

— Quello che conta è quello che succede ora…

Mi sembra piuttosto preso. Non dico che sia innamorato, ma vuole uscire con me di nuovo. Quindi penso di potermi sbilanciare. E lo farò usando le sue stesse tattiche.

— Okay, okay, ho capito il tuo punto di vista. Ma guarda che mi dovevi chiamare, o mandare un messaggio. Guarda che si fa così.

— Ma scusa, pensa quando non c'erano i cellulari. Tu saresti venuta al chiringuito a cercarmi perché era la tua unica possibilità di rivedermi e non ci sarebbe stato questo fraintendimento.

Odio questo discorso: se non ci fossero i cellulari. I cellulari ci sono ed è ora che tutti i fricchettoni di questa terra se ne facciano una ragione, almeno quelli che hanno un cellulare. Perché Daniele ha un cellulare.

— Be', forse se non avessimo avuto i cellulari, avresti potuto essere tu quello che mi veniva a cercare…

Lui sembra un bambino che è appena stato sgridato dalla maestra e non sa come replicare. Mi fa sentire potente. Ho il coltello dalla parte del manico. Ho un set completo di coltelli dalla parte del manico. Ma poi lui mi bacia, o meglio, mi tappa la bocca con un bacio. Uno pari.

# CINQUANTANOVE

Il giorno dopo Daniele passa a prendermi in motorino, uno scooter scassato, ma con una sella bella grande. Prendiamo una strada provinciale e ci tuffiamo nell'interno, quell'Interno che ho visto tante volte con i miei genitori e che ora mi appare sotto una luce completamente nuova.

Quando chiedo a Daniele dove stiamo andando, lui alza le spalle. Percorriamo chilometri e chilometri sotto il sole bollente, in mezzo agli ulivi e alle vigne. Io rimango abbracciata a lui ed è una bella sensazione.

— Lasciamo decidere alla strada — dice ogni volta che, è inevitabile, mi viene spontaneo chiedere: — E adesso dove andiamo?

È una frase troppo fricchettona per i miei gusti e se ci fosse stato Luca gli sarebbe già passato sopra con un trattore (non vedo l'ora di raccontarglielo). Ma in questo momento mi sento particolarmente tollerante. Lui è assolutamente sicuro di questo modo di procedere. Si fida ciecamente della strada e lei lo porta, *ci* porta, in giro. E così a un certo punto ci fermiamo in un bar, dove qualcuno ci offre da bere, o in una casa, dove una vecchietta insiste per mostrarci le foto del suo defunto marito.

Il sole è ancora alto nel cielo, quando all'orizzonte vedo comparire una striscia azzurra.

— Andiamo a farci un bagno? — chiedo.

— Credo di sì.

Non arriviamo in una spiaggia qualsiasi, arriviamo in una piccola baia circondata dalla vegetazione, dove non c'è nessuno. È come se tutto fosse già stato scritto, è come se stessimo seguendo l'unico itinerario possibile, fatto di coincidenze perfette. E anche se, con quel "credo di sì", Daniele ha messo a dura prova la mia pazienza e non è stato facile trattenere le dieci o quindicimila battute sarcastiche che mi erano venute in mente, non posso negare che mi piace, mi piace non pensare a nulla, farmi trasportare.

Facciamo il bagno e nuotiamo lungo gli scogli. A un certo punto troviamo pure una grotta, ci addentriamo e arriviamo a una piccola spiaggia immersa nella penombra. E lì lui mi bacia con sicurezza, come se ci avesse finalmente preso la mano.

Torniamo a riva e rimaniamo sdraiati al sole a baciarci e quando il sole comincia a calare all'orizzonte siamo già in motorino, in mezzo agli ulivi tinti di arancione.

Il giorno seguente siamo di nuovo insieme, questa volta al chiringuito.

Daniele è affettuoso, scherza, ride, ma tutte le sue at tenzioni sono per me. E io mi chiedo chi sia questo cavaliere rasta che nemmeno trovava il coraggio per baciarmi e adesso... non voglio finire la frase, perché ho paura di quello che potrei dire e ho anche paura di quello che potrebbe succedere. Mi sento un po' come le protagoniste di *Sex and the City*, quando trovano un uomo con cui stanno bene e sono sistematicamente costrette a lasciarlo, perché hanno tutte paura di amare, di essere felici.

Forse è proprio questa la mia paura. Tutte le mie menate rischiano di scomparire travolte da questa improvvisa felicità e dovrebbe essere un bene, lo so, ma allo stesso tempo sento già la mancanza del mio mondo di insicurezze e solitudine.

Nei giorni successivi continuiamo a stare insieme, Daniele si fa sentire anche quando vado al mare coi miei, mi chiama la sera, mi manda i messaggini. E poi parliamo, parliamo un sacco, di ogni cosa, di me, di lui, della cultura rasta e del dio-amministratore di condominio, delle nostre famiglie e del futuro, non del *nostro* futuro, perché nessuno di noi due è completamente uscito di testa, ma di quello che vorremmo, di quello che immaginiamo.

Lui sembra sempre guidato da una specie di stella che gli dice dove andare, o meglio, che gli dice di andare e non preoccuparsi. Ed è a questa stella, più di ogni altra cosa, che sto cominciando seriamente ad affezionarmi.

Tu pensi che sia possibile?

Cosa? Lasciar andare tutto senza pensarci?

Sì.

Sì, è possibile, la maggior parte dei cantautori italiani la pensa così.

(faccina interrogativa)

Lasciala andare come va come deve andare... oppure: è il mondo che ti dice, tu pensa alla salute, che c'è chi pensa a quello a cui non pensi tu.

Irene Grandi e Ligabue.

Esattamente. Come sai, sono convinto che Ligabue sia il più grande filosofo dei nostri anni.

Sì, l'ho anche detto a Daniele.

Sì?

Sì, ha detto che non conosce bene Ligabue, ma che non lo pensava molto filosofico.

Quindi mi stai dicendo che Daniele è completamente privo di qualsiasi forma di ironia, è questo che mi stai dicendo?

(faccina che fa la linguaccia) Ma no, non aveva capito! E poi tu non sei ironico, lo pensi sul serio...

Effettivamente sì. Hai ragione. Del resto è vero.

(faccina che ride)

Comunque sei contenta?

Sì, credo di sì.

Credi?

Non mi voglio sbilanciare.

E perché no?

Perché... ma sei geloso?

(faccina rossa che digrigna i denti con forcone da diavolo)

Scemo! (faccina che ride)

Sono contento per te, ma di' al rasta che se si comporta male, dovrà vedersela con me...

Glielo dirò. Dove sei?

A Las Vegas.

Ah sì?

Sì, mi sto sposando, visto che adesso sei impegnata ho pensato di darmi da fare anch'io.

Hai fatto bene, chi è la fortunata?

Fortunato.

Ah, è un uomo?

Ma sì, alla fine ho preferito un uomo, così almeno ci scambiamo i vestiti e risparmiamo sul guardaroba.

Ma certo, come ho fatto a non pensarci!

Dovresti farci un pensiero.

# SESSANTA

— Ali, ti sei incantata?

È mio fratello che parla, o meglio, quello che recita la parte di mio fratello.

— Stavo pensando.

È stata la mia prima paranoia, non avevo nemmeno dieci anni. Immaginavo che la mia vita non fosse una vita vera, che tutti sapessero di me e che tutti recitassero una parte. I miei genitori, i miei amici, tutti, anche la gente per strada. Non sapevo che cosa facessero quando io non ero presente, ma ero certa che, quando andavo in giro, tutti sapessero chi ero e recitassero una parte. Perché ognuno serviva a qualcosa. Se la maestra mi dava un buon voto, serviva a qualcosa, se andavamo in vacanza da qualche parte, serviva a qualcosa. Nulla era casuale, tutto era organizzato, non si sa per quale ragione, al fine di farmi seguire una certa strada e un certo percorso. La mia paranoia non doveva essere poi così lontana dal sentire comune, credo che si tratti dell'inconscio collettivo, o di qualcosa del genere. Perché poi sono venuti fuori film come *Matrix* e *Truman Show*, che sono un'elaborazione più raffinata di questo tipo di ossessione. La paura è quella di essere in una specie di tunnel, un'autostrada senza uscite, e anche se sono convinta che si tratti di una paranoia e che non valga la pena di sprecarci energie mentali, ogni tanto mi torna in mente e mi lascio guidare dal suo filtro distorto. Così mi chiedo: qual è la parte di Daniele nella mia vita? A cosa serve Daniele? Dove mi deve portare? I miei genitori mi stanno lasciando molta libertà in questi giorni e questo non può che essere il segno inequivocabile che Daniele serve a qualcosa.

Fede scuote la testa per farmi capire che, secondo lui, sono senza speranze. Quindi mi porge uno dei suoi disegni.

— Ti piace?

Siamo seduti al tavolo davanti alla roulotte. I miei sono andati ad accompagnare mio nonno a misurare la pressione, ma saranno qui a momenti.

Guardo il disegno.

È la prima volta che Fede me ne mostra uno spontaneamente.

— Fede, è bellissimo!

Lo è davvero. Non è un capolavoro, è un disegno fatto con la bic, ma è proprio bello.

Fede abbassa la testa e ridacchia.

— Ti piace?

— Ma come hai fatto a imparare?

— Il nonno mi ha insegnato.

— Ho capito, ma tu prima eri totalmente negato.

— Mi ha detto di guardare le cose attorno a me, stando fermo in un punto, e di copiarle.

— Eh, grazie tante, se bastasse questo non ci sarebbero le scuole e i corsi di disegno.

— Lui dice che le scuole artistiche non servono a niente, servono a far passare il tempo e a pagare gli stipendi agli artisti falliti.

Mio nonno su certe cose ha le idee molto chiare.

— Ne hai altri?

Fede tira fuori una cartelletta gonfia di fogli e me la porge.

Incomincio a sfogliare i disegni e sono tutti bellissimi. Sono settimane che Fede osserva e ritrae ogni cosa e io nemmeno me n'ero accorta. C'è la roulotte col tavolo davanti, la ringhiera e il mare in lontananza, c'è la nostra casa a Milano, la sua classe, la strada e il traffico che si vede dalla nostra finestra. C'è anche il ritratto di una ragazzina sorridente, anzi, ci sono parecchi ritratti di una ragazzina sorridente. Intuisco che si tratta di Clara, anche se dal disegno è difficile capirlo. I volti delle persone sono approssimativi e gli oggetti sono spesso ritratti in modo non realistico, ma contengono in qualche modo il senso dell'oggetto. Il tavolo è davvero un tavolo, il mare e le altre cose, eppure sono estremamente semplici.

— La nonna dice che sono molto naïf.

La parola naïf accende qualche lampadina nella zona del mio cervello dedicata alla storia dell'arte, ma non mi viene in mente niente di particolare.

— Perché ritraggo le cose così come le vedo e come mi viene, questo è naïf.

I disegni di mio fratello per un attimo mi avevano allontanato dalla mia paranoia e dal pensiero di Daniele, ma le sue ultime parole, oltre a dimostrare che anche un ragazzino di tredici anni conosce più storia dell'arte di me, mi riportano prepotentemente ai miei precedenti pensieri. E a Daniele. Daniele dice "Segui la strada, lasciati trasportare", Irene Grandi dice "Lasciala andare come va, come deve andare", Ligabue è fondamentalmente della stessa idea e alla fine arriva anche mio fratello che dice che disegna così come gli viene. Il senso della parola naïf, che ancora mi è oscuro, comincia a riempirsi di nuovi significati e per un momento penso che anche Daniele è assolutamente naïf. Ora, ritornando alla mia paranoia di prima, che cosa mi vuol dire tutto ciò? Qual è il senso di questi pensieri?

# SESSANTUNO

Da Wikipedia: Naïf.

*Per Arte naïf (dal francese* naïf, *ossia "ingenuo") si intende l'arte creata da artisti che non hanno frequentato accademie o scuole. È caratterizzata da semplicità e mancanza di elementi o qualità che si possono riscontrare nell'arte degli artisti comuni.*

*Le caratteristiche dell'arte naïf sono una strana relazione tra le qualità formali del dipinto; ad esempio, le difficoltà nel disegnare e nel rendere la prospettiva risultano affascinanti e insolite e spesso offrono una visione nuova.*

*Un uso forte degli schemi, il colore non curato o rifinito e la semplicità, piuttosto che la sottigliezza, sono i cardini, i punti chiave dell'arte naïf.*

Quindi tuo fratello è diventato un artista? (Gioconda che ride)

Dovresti vedere i suoi disegni. Ne ha fatto uno con il campeggio allagato che è veramente figo.

Me li farai vedere.

(mano che fa OK)

Come va col rasta?

(faccina con occhi a cuore)

Quindi si sta comportando bene?

Sì, stiamo bene. Cioè, non è che siamo fidanzati o che, però stiamo sempre insieme.

Quindi siete fidanzati.

Be', no, alla fine è una settimana che ci frequentiamo.

(faccine che si baciano con la lingua)

Cretino... tu come va con tuo marito?

Ci siamo già lasciati. Non andava bene.

Cavolo, mi dispiace. Cos'è successo?

Lui voleva dei figli e io cercavo di fargli capire che era tecnicamente impossibile. Ma lui non ha voluto sentire ragioni e così...

Vi siete lasciati.

Eh sì... (faccina che sospira)

Adesso dove sei?

Non lo indovineresti mai!

(faccina interrogativa)

Sono a Lecce. Volevo farti una sorpresa e sono saltato su un treno. Ora vado a farmi un giro in città.

Mi sembra una buona idea, poi puoi venirmi a trovare. (faccina che ride)

Ecco, sì, infatti. Com'è che si chiama il tuo campeggio?

Baia Azzurra.

Baia Azzurra, perfetto. Me lo segno.

Allora dico a mia madre di aggiungere un posto a tavola?

Ah, non so se ce la faccio per stasera. È più probabile che arrivi domani.

Ottimo, così ti presento Daniele. (faccina che scuote la testa)

Va bene, a domani allora!

# SESSANTADUE

— Allora, tu e Daniele andate verso il campeggio Baia Azzurra e oltre, Mary e Martina vanno dall'altra parte.

— E tu rimani qui a grattarti le palle.

— Io rimango qui a lavorare carissimi, se non ci sono io a mandare avanti la baracca va tutto a rotoli.

Siamo tutti riuniti questa mattina, come da programma. Sono appena le nove e Roby sta cercando di farci riprendere a forza di caffè.

Dobbiamo andare ad attaccare i manifesti per la festa di ferragosto al chiringuito.

— Avete tutto? — chiede Roby prima di congedarci — manifesti, puntine, scotch…

Alla parola scotch, io e Daniele ci guardiamo e ridiamo.

Prima di mezzogiorno siamo già passati in almeno dieci campeggi, venti ristoranti, bar, pali, cestini. Abbiamo attaccato il manifesto su ogni superficie possibile e siamo stanchi e sudati fradici. Il sole è alto nel cielo ed è ormai l'ora in cui sarebbe bene trovarsi a mollo nell'acqua o sotto un albero a fare la pennica. Ci rimane solo il mio campeggio dove, infatti, non c'è nessuno. Sono tutti al mare.

Camminiamo in mezzo alle file di tende e roulotte come in una città fantasma. Ogni tanto si vede un'ombra tra le tende o si sente una voce, un bisbiglio, ma per lo più sembra di trovarsi in uno di quei film in cui il protagonista passeggia in una città abbandonata. Abbiamo già attaccato un manifesto al bar e ne stiamo attaccando un paio vicino ai bagni (il luogo più frequentato del campeggio), quando all'improvviso sento avvicinarsi una voce terribilmente familiare.

— Ho già detto l'altra volta a quel rasta che il direttore non vuole che si appendano manifesti nel campeggio.

— Bisognerà dirglielo di nuovo.

Guardo Daniele con aria interrogativa e lui annuisce, a conferma di quanto abbiamo appena sentito. La situazione si complica. Ora rischio di essere sorpresa dall'Animatore insieme a un ragazzo e già di per sé questo non andrebbe bene, perché dovrei sorbirmi almeno un quarto d'ora di idiozie. Inoltre il ragazzo in questione è il rasta che lui a quanto pare ha cacciato dal campeggio. Come se non bastasse, con lui c'è anche il direttore del campeggio. No, non si può fare.

Con una reazione degna di Lara Croft, afferro Daniele per una mano e scatto verso le docce. Con la mano libera ne apro una e mi lancio dentro.

Appena in tempo.

— Li ho visti andare da questa parte.

— Ah, ecco, qui c'è un manifesto.

Sento il rumore del manifesto strappato dalla parete.

— Senti Gianmaria, io adesso devo andare, tu fammi il favore di togliere 'sti manifesti e se trovi quel ragazzo digli di non farsi più vedere.

Gianmaria? L'Animatore si chiama Gianmaria? E chi se lo ricordava?

— Allora, possiamo uscire? — mi fa Daniele.

— Zitto! Quello è ancora lì fuori!

— Ma guarda che non fa niente, quello lì è un *babbo*.

— Lo so anch'io che è un babbo, però non ci deve beccare lo stesso, e ora stai zitto che se no ci sente.

Attraverso la fessura della porta riesco a vedere l'Animatore a pochi passi di distanza, con le mani sui fianchi.

— Oh, io esco — dice Daniele e fa per aprire la porta.

— Tu non vai da nessuna parte!

Gli sbarro la strada e lui comincia a ridere.

— Non ridere! È qui fuori.

Ma lui continua a ridere. Così non mi rimane altro da fare che coprire la sua voce con un altro rumore.

Con una mano premo il pulsante della doccia e faccio partire l'acqua.

In un attimo la sua maglietta è zuppa, così come i miei pantaloncini e la mia canottiera. Ma l'acqua dopo neanche un minuto si ferma da sola. Daniele mi guarda attraverso i dread gocciolanti che gli penzolano davanti alla testa. Non ride più e sta zitto, ho ottenuto quello che volevo. Quindi si avvicina e appoggia il naso contro il mio, gli occhi fissi nei miei. Fa per baciarmi, ma in quel momento io scivolo e riesco a rimanere in piedi solo aggrappandomi con una mano a lui e con l'altra al pulsante della doccia. L'acqua comincia di nuovo a uscire, Daniele mi tira su ridendo e mi bacia stringendomi con forza. Le sue mani scivolano lungo le mie spalle bagnate, corrono giù lungo le braccia e si fermano a stringere le mie mani. Quindi comincia a baciarmi sul collo, io gli lascio le mani e afferro il lembo inferiore della maglietta. Mi guarda, capisce quello che voglio fare e alza le braccia senza smettere di baciarmi. A quel punto alzo anch'io le braccia e lascio che mi sfili la canottiera. Le sue mani ora corrono lungo la mia schiena nuda, passano sopra il sedere, poi tornano davanti, lungo i fianchi. Quindi arrivano sul seno, mentre le sue labbra scendono lentamente lungo il collo. Lascio che scosti il costume per baciarmi il seno e dopo qualche secondo tiro il laccio sulla schiena e il pezzo sopra cade per terra. L'acqua nel frattempo si è fermata già da un po'. Daniele torna a baciarmi sulla bocca e questa volta si stringe a me. E sento il mio corpo contro il suo, la sua e la mia eccitazione. Le nostre mani corrono verso i miei pantaloncini, verso il suo costume, e in un attimo siamo nudi. Ora le nostre labbra sono appena appoggiate le une sulle altre, perché sono le nostre mani a rincorrersi, a esplorare con fretta i nostri corpi. A un tratto Daniele sorride dentro la mia bocca, quindi schiaccia il pulsante della doccia. L'acqua fredda mi sembra ancora più fredda e per un momento quasi mi manca il fiato. Daniele mi bacia di nuovo sul seno, poi scende, sulla pancia, si inginocchia. Guardo l'acqua scorrere lungo la mia pancia e verso la sua bocca che comincia a baciarmi piano. L'acqua si ferma e io chiudo gli occhi, lasciandomi trasportare dal piacere. Finché una mia mano corre di nuovo verso il pulsante della doccia e l'acqua ricomincia a scorrere.

# SESSANTATRÉ

Due occhietti gialli mi fissano immobili sopra la mia pancia.

Impiego qualche secondo a capire dove mi trovo e perché.

— Ciao Dottor Marley.

Il furetto squittisce e scompare sotto il sacco a pelo.

Un respiro rumoroso alla mia destra mi informa della presenza di un uomo proprio accanto a me. Mi giro e lo guardo. Dorme a pancia in su, con una gamba alzata e una distesa, un braccio dietro la testa e l'altro appoggiato sul petto. Sul viso, un'espressione beata inequivocabile.

Attraverso il telo della tenda riesco a capire che il sole è ancora alto nel cielo. Sono sudata fradicia, all'interno della tenda ci saranno almeno cinquanta gradi. Ma non ho voglia di uscire. Ho voglia di rimanere immobile e godermi la sensazione. Come se un qualsiasi movimento potesse volatilizzare il piacere che sento su ogni centimetro della mia pelle.

Abbasso appena lo sguardo e vedo in lontananza la punta del mio piede. La vedo e la sento. Sento anche la caviglia, il polpaccio, il ginocchio. Mi soffermo ad ascoltare ogni parte di me, un po' come in quegli esercizi di meditazione in cui ti dicono di concentrarti sulle singole parti del corpo. È esattamente quello che sto facendo, solo che mi viene spontaneo. Sono le singole parti del corpo che mi chiamano ed è una sensazione strana e un po' ridicola. Anche il lobo del mio orecchio ha un senso in questo momento, oppure le unghie delle mani.

A un certo punto queste sensazioni cominciano a sfumare e la mente corre immediatamente a quello che è successo, mentre una felicità molto più terrena riempie ogni mio pensiero.

In tutti questi giorni trascorsi insieme, non avevo mai pensato a questa eventualità. O meglio, avevo pensato che era una cosa che sarebbe potuta succedere, ma l'idea mi sfiorava soltanto in modo teorico e non avevo voglia di affrettare le cose. In fondo, prima di lui c'era stato solo Luca e quindi sull'argomento mi sentivo tutt'altro che sicura. Ma è successo e sono contenta che sia successo, così, con lui, in questo modo.

I miei pensieri si interrompono quando sento un sospiro più profondo accanto a me, il sospiro di chi si è appena svegliato. Mi giro verso di lui e lo abbraccio, lui cerca il mio viso ancora con gli occhi chiusi e mi dà un bacio.

— Mi sono addormentato.

— Anch'io.

— Sto morendo di caldo.

— Anch'io.

— Andiamo a farci un bagno?

— E il furetto?

— Viene con noi.

— Ma i furetti sanno nuotare?

Ci rinfiliamo il costume e in un attimo siamo fuori dalla tenda, sudati fradici, io con i capelli appiccicati sulla fronte e lui con i dread dritti sopra la testa. Ci guardiamo intorno con aria spaesata, gli occhi semichiusi per la luce.

Lui mi guarda e a me viene da ridere.

— Perché ridi?

— Perché sono contenta.

— Anch'io.

E so che queste cose sono difficili da spiegare, perché tutto ciò che è bello, dolce, romantico, quando si cerca di raccontarlo diventa inevitabilmente patetico. E tutto ciò che è patetico mi getta sempre e automaticamente nello sconforto. Io sono quel genere di spettatrice che quando guarda scene troppo sdolcinate in televisione si sente in imbarazzo per gli attori. Comincio a pensare che l'intimità sia inevitabilmente ridicola agli occhi di uno spettatore esterno ed è per questo che poi quando si raccontano queste cose si cercano sempre i particolari divertenti.

Quando arriviamo al chiringuito, mano nella mano, seduta a un tavolo c'è l'ultima persona che mi aspettavo di vedere.

# SESSANTAQUATTRO

— Eccoti finalmente!

La vista di Luca, seduto al tavolo del chiringuito, mi sembra un'allucinazione. I miei occhi faticano ancora ad abituarsi alla luce e i contorni del mio amico in controluce risultano leggermente sfocati.

Ad ogni modo è arrivato Luca. Luca è venuto a trovarmi. Corro ad abbracciarlo.

— Ma... tu che ci fai qui?

— Te l'ho detto ieri sera, ho dormito a Lecce e poi ho pensato di venirti a trovare. Ho fatto male?

— No, hai fatto benissimo, ma non eri a Lecce sul serio, vero?

— Ero a Lecce sul serio. Ero stanco di girare per il mondo.

Daniele mi guarda con aria interrogativa. Ma è difficile spiegargli in poche parole che il mio amico non gira affatto per il mondo e che si tratta di una delle storielle che mi racconta via messenger dall'inizio della vacanza. Come è difficile spiegare che quando mi aveva detto che era a Lecce, io ero convinta che si trattasse dell'ennesimo scherzo. Ora che ci penso, la situazione potrebbe essere fraintesa: chi è questo ragazzo col quale evidentemente sono molto in confidenza e che mi fa un'improvvisata in vacanza?

— E adesso dove stai?
— Ho provato nel tuo campeggio ma non c'era posto, così sono venuto in quello proprio qui dietro.
— Ah... okay.
In quel momento arriva Mary, che ci corre incontro festante e si mette tra me e Luca. C'è anche un'altra ragazza con Mary. Una ragazza che non ho mai visto.
— Eccoli i due imboscati! Vi siete svegliati finalmente! Mmm, qui qualcuno si è divertito — dice con voce maliziosa.
— Gote rosse, faccia sudata, sì sì, qui qualcuno si è divertito proprio.
Mary scoppia a ridere e va a sedersi a un tavolo accanto a Luca. L'altra ragazza la guarda sorridendo.
Arriva Martina.
— Ciao Ali.
— Ciao.
— Hai un'aria un po' sconvolta, è successo qualcosa?
— Ciao — dice Luca.
Bene, cominciamo da qui.
— Lui è Luca, e lei è Martina.
— Piacere. Vuoi qualcosa da bere?
Luca rimane imbambolato a guardarla. La vista di Martina, e per di più in costume, riesce ad ammutolire per qualche secondo anche Luca.
— Terra chiama Luca — dico per richiamarlo all'ordine — ti ha chiesto se vuoi qualcosa da bere.
— Ah, già. Tu lavori qui, è vero.
— Quindi?
— Quindi... una coca. Per favore.
Mary a quel punto si accorge del nuovo arrivato.
— Io sono Mary.
— E io sono Luca.
— Sei amico di Alice?

— Sì, andiamo a scuola insieme.
— Sei arrivato adesso?
— Proprio ora, devo ancora montare la tenda.
Sembra una conversazione tra due bambini che si sono conosciuti in fila allo scivolo.
— Sei qui in campeggio, quindi?
— Sì, qui dietro.
— Ti fermi un po'?
A quel punto interviene Martina.
— Mary, vuoi anche chiedergli di che segno è e qual è il suo gusto preferito di gelato?
— Vergine — dice Luca — e cocco.
Martina sorride e Mary la guarda con aria offesa.
— Ma lui è Luca l'amico tuo? — mi chiede Daniele sottovoce.
— Sì.
— Quel Luca che dice che Ligabue è il più grande filosofo dei nostri tempi? — chiede un po' più ad alta voce, in modo da farsi sentire anche da Luca.
— Sì, sì, sono io.
Si stringono la mano. Bene, le presentazioni sono state fatte. Sono probabilmente le peggiori presentazioni nella storia delle presentazioni e per giunta la ragazza che è arrivata con Mary ne è rimasta esclusa. E ora? Che si fa?
Mi sembra che tutti siano in attesa di un mio breve discorso, che spiegherà come Luca entrerà a far parte della nostra vacanza e, soprattutto, per quanto tempo. O forse sono solo io che me lo sto chiedo. La verità è che, sebbene sia contentissima del suo arrivo, allo stesso tempo sono anche preoccupata. Insomma, io adesso sto con Daniele, passo la maggior parte del mio tempo con lui. A Milano invece non stavo con nessuno e passavo la maggior parte del mio tempo con Luca.
Mentre penso se salire sul tavolo per pronunciare il

mio discorso, arriva Roby. Si ferma accanto a Mary con le mani sui fianchi. Quindi ci conta indicandoci a uno a uno con il dito puntato.

— Uno, due, tre, quattro, cinque, sei. Ragazzi, abbiamo due intrusi. Secondo me sono quel tipo coi dread e la milanese. Forza, voi due, fuori dalle palle.

— Roby, lui è Luca, un mio amico di Milano.

— E lei è Rosa, mia cugina — dice Mary.

— Ah, ecco, ora si spiega tutto, scusa Daniele. Ciao Luca, ciao Rosa.

— Piacere — dice Luca, e gli stringe la mano.

— Siete fidanzati?

— Ma no! — esclama Mary. — Luca è amico di Alice e Rosa è mia cugina, non c'entrano niente!

— Ah. Quanto ti fermi Luca?

— Non lo so ancora.

— Dove stai?

— Qui in campeggio.

— Bene. Monterai la tenda vicino alle nostre.

# SESSANTACINQUE

Scegliete sedici cose che vi portereste sulla luna e scrivetele in colonna su un pezzo di carta.

Non devono per forza essere cose materiali. Si può scrivere di tutto: il mio cane, l'amicizia, il mare, una navetta spaziale, Brad Pitt, tutti i miei amici, la collezione completa delle puntate dei Simpson.

Rileggete le cose che avete scritto e accoppiatele a due a due. Tipo da: il mio cane + l'amicizia devo tirar fuori una parola che sintetizzi le due cose oppure sceglierne una delle due. E avanti così finché non rimane una parola sola.

Quella parola rappresenta il vostro stato d'animo in quel momento.

Lo si può fare infinite volte perché il fatto di sapere la soluzione non cambia il risultato.

La prima volta che Luca mi aveva fatto fare quel test mi era venuto fuori "fuga". Non sono molto originale, lo so. Sono curiosa di sapere che cosa verrà fuori dal test di Martina e di Mary.

Quando le ragazze finiscono il test (a Martina è venuto fuori "isola deserta" e a Mary "divertimento", a Rosa non so) andiamo a fare il bagno.

Martina, Mary e sua cugina sono entusiaste del test di Luca e continuano a parlarne.

Ci sediamo sul solito scoglio, mentre il sole cala rapidamente all'orizzonte.

Solo quando siamo in acqua, Mary mi presenta come si deve la new entry, Rosa, sua cugina che, manco a dirlo, vive a Milano, dove fa il primo anno di università. Ci stringiamo le mani mentre galleggiamo in acqua, un'operazione più complicata di quello che avrei mai pensato, e scambiamo due battute su Milano.

Il mio pensiero nel frattempo è altrove. Sto considerando le prospettive per la serata e, in generale, i nuovi equilibri della vacanza, ora che c'è anche Luca.

Mentre sono assorta nei miei pensieri, mi accorgo che Luca sta chiacchierando vivacemente con la cugina di Mary, che è una copia di Mary in versione "adatta ai minori". Sta recitando la sua solita parte da filosofo cinicodemenziale e lei se la ride un casino.

— Ma che cos'è un blog?

— È come un sito.

— E allora perché si chiama blog?

— Perché non è proprio la stessa cosa, cioè, sul blog possono scrivere anche i visitatori e poi il blog può essere gestito da più persone.

Mia madre mi guarda con aria perplessa. Questa cosa del blog non la capisce proprio.

— E tu che cosa scrivi sul blog? — chiede a Luca.

— Ma, dipende dal blog, ne ho più di uno.

— Tu Alice li hai mai visti?

— Sì, certo, li puoi vedere anche tu, in campeggio c'è internet.

Mia madre mi guarda come se avessi detto una follia: vedere un blog in un campeggio? Figuriamoci. In realtà come mamma è abbastanza aggiornata, usa la mail, visita i siti che le interessano. Ma non le sono ancora chiari alcuni meccanismi, tipo che la posta la puoi controllare in qualsiasi parte del mondo e che non è sul tuo computer ma in rete.

Fede guarda Luca sempre più ammirato.

— Posso farmelo anch'io un blog?

— Certo, ci vuole un attimo, è facilissimo. Poi ti faccio vedere.

— Figata...

— Ci posso mettere anche i disegni?

— Certo, basta che hai uno scanner, oppure li fotografi con una macchina digitale e li trasferisci direttamente col cavetto.

Per mia madre è veramente troppo. Alla parola "cavetto" ha dato segni di cedimento. Mia nonna ci guarda incuriosita, mentre mio nonno credo che non abbia la più pallida idea di quello di cui stiamo parlando.

Alla fine ho detto a Luca di venire a cena da me in campeggio, ma non immaginavo che proprio quella sera mia madre avesse organizzato un mezzo raduno. Ci sono anche Clara e i suoi genitori. Meglio così. In queste situazioni più c'è casino meglio è.

Luca conosce già la mia famiglia, per cui non mi sono dovuta preoccupare del suo inserimento e comunque, a giudicare da come sono andate le cose al chiringuito, non si può certo dire che sia uno che fa fatica a inserirsi.

E poi Fede adora Luca. Lo considera uno un po' fuori ma divertente.

Finito di mangiare, dopo il consueto limoncello, Luca si alza e dice che deve tornare in campeggio, che è molto stanco per il viaggio.

— Vieni al mare con noi domani! — esclama mio fratello.

— Ma sì — interviene mia madre. — Fede ha ragione, vieni con noi domani.

La sera, prima di mettermi a dormire, faccio il test di Luca

È curioso che, con qualche ora di ritardo, l'esito del mio test sia uguale a quello di Martina: "isola deserta".

Mi addormento pensando a un'isola deserta dove non devo pensare a niente. Ma mentre la mia immaginazione passeggia tranquilla sulla spiaggia dell'isola, da dietro un'improbabile palma carica di cocco a un tratto compaiono tutti, Daniele, Luca, Mary, Martina, Roby, la mia famiglia, Chiara, non manca nessuno. Camminano sulla spiaggia in una specie di formazione da quarto stato. Vengono nella mia direzione. Quando mi incrociano però nessuno si accorge di me, continuano a camminare e io mi ritrovo di nuovo sola, sulla spiaggia.

# SESSANTASEI

La giornata è iniziata di merda. Mi sa che quando l'anno prossimo andrò a Oxford con Martina dovrò rivedere il mio vocabolario, ma per adesso posso dire le cose come stanno.

Mi sono svegliata alle sei per colpa di un incubo, un incubo da repertorio, direi: ero a scuola ma ero in pigiama. Inoltre ero tornata al primo anno. Cioè, per colpa della bocciatura dovevo rifare tutto da capo. Nel sogno c'era anche il mio professore di religione, che mi diceva: — È meglio così, rifai tutto da capo, puoi anche fissare un nuovo calendario.

Alle dieci ho chiamato Daniele, per spiegargli che i miei avevano invitato Luca al mare e che quindi non ci saremmo visti. Lui ha risposto con un neutro "Okay". Quando poi gli ho detto che sarei andata al chiringuito dopo, verso le sei, lui mi ha detto che sì, ci vedevamo lì e che tanto anche Luca doveva tornare al campeggio, o no?

Mi è sembrato scocciato. A quel punto mi è venuto un timore, la paura che l'arrivo di Luca potesse compromettere le cose tra me e Daniele e, più in generale, interferire con la mia estate.

La vacanza aveva appena iniziato a girare per il verso giusto e ora, con l'arrivo di Luca, è come se l'anno passato, con la bocciatura e tutto il resto, fosse tornato a farmi visita.

E poi c'è la questione del calendario e del professore di religione.

Il mio professore di religione è uno dei rari esemplari di teologo illuminato ed è convinto che a scuola bisogna studiare *le* religioni, non *la* religione.

Durante una delle prime lezioni, ci ha spiegato che gli uomini stabiliscono il proprio calendario in base a un fatto che considerano unico e prioritario. Così i cattolici contano gli anni a partire dalla nascita di Gesù, mentre i pagani usavano le Olimpiadi. Questo anche perché gli dei pagani non avevano un anno di nascita, né una manifestazione terrena. Alla fine della lezione ha chiesto a ognuno di scrivere un calendario in base a qualche altro parametro importante per la società.

Sono venuti fuori calendari di ogni tipo

Le date migliori scelte per l'anno zero sono state: l'invenzione della pizza margherita, il primo scudetto dell'Inter e la prima puntata del *Grande Fratello*, ma c'era anche l'invenzione di internet, la rivoluzione cubana e la nascita della Repubblica Italiana.

Il senso dell'esercizio era questo: la decisione dell'anno zero viene sempre presa a posteriori, quando la storia ha dimostrato che quel dato evento era importante. E condiziona il modo di vedere gli eventi futuri.

Qualche mese dopo la lezione, feci l'amore per la prima volta con Luca e il giorno successivo mi ricordai di quel discorso e pensai che quell'evento per me rappresentava un po' l'anno zero. Risi di me stessa e di quel pensiero. In realtà non pensavo che mi avrebbe perseguitato per gli anni a venire.

Ho voglia di cambiare il mio calendario, ho voglia di mettere da parte Luca. Ma mi rendo conto che non è affatto semplice e il fatto che Luca sia qui in spiaggia accanto a me certo non facilita le cose.

— Ali, tutto bene?

— Sì, sì, è che ho dormito male, ho fatto un incubo.

— Che cosa?

— Ma, una roba un po' confusa. Ero a scuola in pigiama e dovevo rifare tutto il liceo da capo. Va be', credo sia un classico incubo da bocciata.

Luca mi guarda e fa la faccia seria, ma si vede che gli scappa da ridere.

— Che cosa c'è da ridere?

— Niente, niente Ali, torniamo con la testa in Salento, che è meglio. Ad esempio, i tuoi amici qui sono simpatici, no?

— Sì, è vero, mi trovo bene.

— Anche il Rasta.

— Sì.

— Tu comunque Ali sei strana.

— No, perché?

— Perché è da stamattina che non mi guardi negli occhi.

— Ma no, non è vero.

— È vero.

— È che sono un po' pensierosa.

— Cosa pensi?

— È che non stavo più pensando a Milano e all'anno passato. E ora che sei arrivato tu...

— Mi sono portato entrambe le cose in treno con me, vero?

— No, va be', non voglio dire che è colpa tua, però... mi hai riportata un po' coi piedi per terra.

— Vuoi che me ne vada?

— Ma no, dai, non fare lo scemo. È che, insomma, iniziavo a costruirmi dei nuovi equilibri e tu, insomma, mi fai un po' casino.

— Ti faccio un po' casino?

— Non prenderla male, non ce l'ho con te, è che mi ero abituata ad averti come consulente esterno e averti qui è strano.

La frase del consulente esterno non sembra entusiasmarlo ed effettivamente era un po' troppo cruda. Cerco di aggiustare il tiro.

— Ma sono contenta che sei qui.

— È per Daniele?

— No, cioè, non lo so, forse è anche per lui.

— Lui lo sa che, cioè, siamo stati insieme?

— No, non gliel'ho detto, però alla fine chi se ne frega, non è che gli devo dire tutto.

— Ma lui si è arrabbiato?

— No, però... insomma, se tu sei qui finisce che poi sto meno con lui e poi sei anche nel suo stesso campeggio, accanto alla sua tenda. Lui lo sa che sei un mio amico, però è normale che si sia preso un po' male.

— Mi stai dicendo che ci è rimasto male?

— No, non lo so, questo è quello che penso io, magari è tutto un mio film, però.

— Ieri sera mi sembrava tranquillo, anche con me.

— Ieri sera quando? — chiedo, con un tono da gestapo che non era voluto.

— Ieri sera, quando sono tornato in campeggio. Lui era lì con Martina, Roby e quella tipa, la cugina della pugliese.

— Ah.

— E siamo stati un po' a chiacchierare e lui è stato simpatico con me, non mi sembrava preso male, poi siamo anche rimasti soli e...

— E cosa?

— E niente, siamo rimasti soli, tutto qui, era per dirti che era tranquillo.

— Okay.
— Ma è successo qualcosa con lui?
— No, no, va tutto bene, dai, non pensiamoci più, mi sono fatta il solito pacchetto di paranoie.
— Pacchetto formato famiglia direi.
— Tre per due con venti per cento gratis.
— E con cinquanta punti premio omaggio.
— Va bene, okay — dico ridendo — argomento chiuso.

# SESSANTASETTE

La presenza di Luca determina un decisivo spostamento dell'asse della vacanza verso il chiringuito. Ormai vedo i miei genitori giusto al mattino a colazione, e non sempre, e a cena, quando torno. Loro mi lasciano fare. Noto che non sono contenti, ma credo che la presenza di Luca li tranquillizzi.

A pranzo mangio con Daniele in campeggio, a volte non mangiamo nemmeno e rimaniamo in tenda a fare l'amore. Il pomeriggio arriviamo in spiaggia, ma mai prima delle cinque, e stiamo con gli altri, sul solito scoglio, dove Luca passa gran parte della sua giornata. Torna in campeggio solo la notte per dormire e al mattino, a quanto dice Daniele, non c'è mai. Martina è particolarmente tranquilla, chiacchiera molto con Luca e si diverte con le sue cazzate. Anche Rosa chiacchiera molto con Luca e ho come l'impressione che un po' ci stia provando. Tutti si divertono a sentire le sue storie e le teorie che dispensa dal mattino alla sera. Ogni tanto penso all'anno che mi aspetta, al ritorno a scuola in una classe nuova, a quello che mi diranno i professori, ma cerco sempre di cacciare via il pensiero, anche se comincio a sentire l'avvicinarsi della fine della vacanza.

Mary e sua cugina sono sdraiate a prendere il sole, completamente coperte d'olio. Gli altri chiacchierano di filosofia rasta, l'argomento che Daniele tira fuori ogni volta che può. A un tratto Martina mi si avvicina.

— Andiamo a fare un bagno?

Sto pensando al primo giorno di scuola in una classe nuova, con i nuovi compagni che sicuramente, almeno all'inizio, parleranno di me definendomi "Alice-Alice-chi-quella-bocciata". Per questo la proposta di Martina si mette in coda ai miei pensieri.

— Ali, ci sei?

— Sì, sì, scusa. Devi andare in bagno?

Martina scoppia a ridere.

— Ti ho chiesto se vuoi fare un bagno.

— Ah, okay, sì certo, volentieri.

Martina si tuffa dal bordo dello scoglio, mentre io, prudentemente, mi siedo e mi lascio scivolare in acqua.

Nuotiamo verso il largo, o meglio, seguo Martina che nuota verso il largo. La mia testa è ancora persa nell'anno che verrà. E se andasse male anche quest'anno? Se venissi bocciata di nuovo? Fino a una settimana fa, il pensiero della bocciatura era stato relegato nei Pensieri Apocalittici Prima Di Andare A Dormire e ora invece sembra che voglia farmi compagnia tutto il giorno.

Raggiungiamo un piccolo scoglio, che affiora sulla superficie del mare a un centinaio di metri dalla riva. Martina si mette in piedi sulla roccia, dove è coperta dalle onde. Da lontano probabilmente sembra che cammini sul pelo dell'acqua.

— Dai, sali — dice e allunga una mano.

Io lascio che mi aiuti e mi metto in piedi accanto a lei.

— Mi piace un casino questo scoglio. È come un'isoletta.

— Sì, è bello.

— Ali che c'è? Sembri su un altro pianeta.

— È così. Sono sul pianeta Anno Prossimo.

— Sì, eh?

— Non so che cosa mi è preso. Un po' è la vacanza che finisce e un po'...

Non riesco a terminare la frase, perché correva verso una conclusione che non avevo previsto.

— E un po'?

— Non lo so.

— Alla fine è andata meglio di quanto potessi immaginare, no? Almeno ti fai una vacanza decente. Adesso per giunta è arrivato il famoso Luca. Cioè, non voglio dire che la bocciatura non è più un problema, ma mi sembrava che fino a una settimana fa non ci pensassi proprio.

— Sì, è vero.

— E allora? Cos'è cambiato?

La risposta prende di nuovo forma nella mia testa, ma è più una coincidenza cronologica che una vera spiegazione. Che cos'è successo una settimana fa? È arrivato Luca. Martina sembra leggere i miei pensieri.

— C'entra Luca?

— Sì... sì. Cioè, non è colpa sua, però lui è la mia vita a Milano, se non avessi incontrato voi sarei stata strafelice del suo arrivo, ma così, non so, è come se dovessi continuamente scegliere.

— Ma tu non devi scegliere. Puoi avere sia noi che Luca.

— Non è la stessa cosa. Io non sono la stessa persona con voi e con Luca.

Martina mi guarda con aria perplessa. Ormai siamo completamente asciutte e il sole comincia a farsi sentire. In lontananza, su uno scoglio, scorgo Daniele e Luca che chiacchierano.

— Non è la stessa cosa per noi o per Daniele?

— No, non è per Daniele. È che, cioè, con Luca ho un rapporto tutto particolare. Lui è quello che mi ascolta sempre quando ho le mie menate e adesso...

— E adesso non hai menate.

— Sì, cioè, no, c'è sempre la cosa della bocciatura e poi in 'sti giorni ci penso in continuazione, però ora sto con Daniele. Insomma, non lo aspettavo, ero sicura che non sarebbe mai venuto. Prima di partire gli avevo detto di venirmi a trovare e lui mi aveva risposto che non sarebbe mai venuto. E adesso eccolo qui.

— Io voi due non vi ho tanto capiti.

— Io e Luca?

— Sì, cioè, stavate insieme e adesso siete amici, e lui non sembra né innamorato né niente, cioè, ha anche fatto amicizia con Daniele.

— Sì, è vero, e mi fa anche un po' strano quando li vedo parlare insieme.

— Ali, ma perché è finita tra voi?

— Non lo so, è finita e basta.

— Be', ma ci sarà pure un motivo.

— È stata la persona giusta al momento sbagliato. Ci siamo beccati che era troppo presto. Se ci fossimo incontrati adesso, le cose sarebbero andate in modo diverso. Io ero innamorata e anche lui. Però le cose cambiano e quando è finita, lo sai, non vuoi pensare che eri innamorata sul serio, perché questo significherebbe che hai perso la persona che amavi.

Martina mi guarda in silenzio. Non sono sicura che riesca a capire quello che sto dicendo.

— Con lui era tutto speciale. Ci capivamo su ogni cosa e anche adesso ci capiamo su ogni cosa, ma quando stavamo insieme era diverso, cioè, se stai con una persona e ti capisci, la pensi allo stesso modo, vuoi fare le stesse cose, è bello. Però è anche un casino.

— E con Daniele non vi capite?

— Con Daniele è diverso. Lui non è come me, è diverso ed è tutto più semplice. Non mi devo mettere in gioco, non fino in fondo.

— Tu ci tieni ancora tanto a Luca.

— Sì, ma non come fidanzato, più come compagno di viaggio.

— In che senso?

— Quando ci siamo lasciati, Luca mi ha scritto una lettera. Alla fine c'era scritto così: "Due buoni compagni di viaggio non dovrebbero lasciarsi mai, potranno scegliere imbarchi diversi, saranno sempre due marinai"...

— De Gregori.

— Che cosa?

— È una canzone di De Gregori. Adoro quella canzone.

— Non lo sapevo.

Luca che cita una canzone di De Gregori. Non mi sembra vero.

— Va be', comunque il senso è quello. Io so che avrà sempre un posto nella mia vita, anche se...

Il pensiero che cerco di esprimere si trasforma in un doppio senso tremendamente prevedibile e mi scappa un sorriso.

— Anche se?

— Anche se si imbarca con qualcun'altra.

Martina ride e temo che al povero De Gregori stiano fischiando le orecchie.

— Be', Ali, a posto. Se le cose stanno così, mi imbarco io allora.

— No. Tu no.

La mia reazione dev'essere stata un po' troppo brusca, perché Martina tira indietro la testa e mi guarda perplessa.

— Cioè, tu non puoi. Se si deve imbarcare, deve farlo lontano da me, non possiamo stare sulla stessa barca con lui che sta con te, altrimenti la canzone non funziona.

— Quindi io e te adesso siamo nella stessa barca?

— Be' sì, no?

Martina mi guarda con un sorriso felice.

— Sì, anche secondo me è così. Lascerò stare il tuo compagno di viaggio. Mi interessa di più una buona amica con la quale chiacchierare quando c'è tempesta.

— Wow, qui con le metafore ci diamo dentro…

— Hai iniziato tu.

— È vero.

— E allora, diciamo che se Luca dovesse per caso incontrare qualche sirena, per te non sarebbe un problema?

# SESSANTOTTO

Chiringuito, Puglia, Italia, anno 1 D.P.V.C.L., perché è così che stanno le cose. È evidente che sto ancora contando il mio tempo a partire Dalla Prima Volta che ho fatto l'amore Con Luca. Ho l'impressione che quello che è successo con Daniele non riesca a trasformare quest'estate nell'inizio di una nuova era.

Ci sono tutti, Martina, Roby, Mary, Daniele e Rosa che, a questo punto è evidente, continua a fare la splendida con Luca. Visto come stanno le cose, è del tutto normale che io senta il bisogno di difendere il mio calendario. Ho scoperto da Mary che sua cugina studia filosofia in Statale e Luca odia quelli che studiano filosofia.

— Quindi fai filosofia? — dico, interrompendo platealmente le sue chiacchiere con Luca.

— Sì, sì, glielo stavo raccontando.

— E ti piace?

— Sì, sì, credo che sarò disoccupata a vita, però mi piace. Luca mi raccontava la sua teoria su Ligabue... il più grande filosofo dei nostri tempi.

Tutti si girano verso Luca con aria divertita e lui racconta la sua storiella su Ligabue, provocando le risa di tutta la tavolata.

Uno a zero per la filosofa.

— E tu che cosa fai?
— Io sono al liceo… e mi tocca rimanerci ancora un po'.
— In che senso?
— Mi hanno bocciata.
— Mi dispiace.
Due a zero per la filosofa e fine della partita.
Continuiamo a chiacchierare e a bere birra. Ho detto ai miei che avrei cenato in campeggio con Luca. Daniele è di ottimo umore, chiacchiera, ride ed effettivamente parla senza problemi con Luca. Tutti parlano volentieri con Luca.
Il mio timore ha preso una nuova forma: ho paura che Luca mi metta in secondo piano. Mi immagino i discorsi di Martina e Mary in mia assenza:
— Ci sta troppo dentro l'amico di Alice.
— Sì è vero, è simpatico. Non come Alice.
— Sì, infatti, non frequentiamola più.
— Sono d'accordo. Al diavolo Alice!
Okay, sto esagerando. Forse potrei vedere la cosa in modo più positivo: ho un amico molto simpatico e l'ho portato qui con me. Mio dio, a volte mi faccio tristezza da sola.
Il mio bicchiere di birra nel frattempo si è svuotato. Me lo riempio e bevo una sorsata. A dir la verità la birra non mi è mai piaciuta, anche se amo quel senso di leggero stordimento che mi viene dopo due o tre bicchieri. Così bevo e del resto bevono anche gli altri e dopo un po' comincio a sentirmi più tranquilla, la testa più leggera.
Alle otto la maggior parte dei clienti del chiringuito è andata via. Noi abbiamo ancora i bicchieri pieni e diverse bottiglie vuote sul tavolo. Mi giro verso Daniele e sorrido.
— Come va?
— Bene, tu?
— Bene.
— E allora stiamo tutti bene — dice lui con un accento napoletano.

Rido.

— Il tuo amico Luca?

— Si è inserito, no?

— Direi proprio di sì. Penso che la cugina di Mary ci stia facendo un pensierino...

— Dici che ci prova?

— Fai un po' tu.

Mi giro verso Luca e vedo che Rosa gli parla a meno di una spanna dal viso. Continua a ridere e gli tiene una mano sulla spalla.

— Sì, mi sa che hai ragione.

Daniele mi appoggia una mano sul ginocchio, si avvicina e mi dà un bacio. Io ricambio il suo bacio con più foga, complice l'oscurità.

Mary a un certo punto si avvicina e mi abbraccia all'altezza delle spalle. — Ali — mi sussurra in un orecchio.

— Che c'è?

— Accompagnami a fare la pipì.

— E dove?

— Nei cespugli, tanto non c'è nessuno.

Mi alzo strisciando rumorosamente indietro la sedia e sento improvvisamente la testa pesante. Ho bevuto un po' troppo, e a stomaco vuoto, ma non sto male. Ho solo qualche problema di stabilità. Barcollo per qualche passo fino a quando ritrovo l'equilibrio. E mi accorgo che anch'io devo andare in bagno con urgenza.

— Noi andiamo in bagno — dico ad alta voce alla tavolata, troppo ad alta voce.

Tutti scoppiano a ridere e Roby mi imita, versione ubriacone all'ultimo stadio. Rido anch'io, ma Mary a quel punto mi trascina via per una mano.

Appena superiamo una piccola duna, Mary si accuccia.

— Ali — inizia, mentre facciamo la pipì — ti posso dire una cosa?

— Certo, tutto quello che vuoi, ma se ti sei innamorata di me lascia stare, non sono lesbica.

Sono ubriaca, va bene.

— Se mi fossi innamorata di te, tu mi faresti il favore di ricambiare, carina!

Scoppiamo a ridere e io sento l'alcol correre verso la testa. Lei si alza e si sistema la gonna.

— Allora, è una cosa seria — dice cercando di fare la seria, ma la sua frase non fa altro che provocare l'ennesimo scoppio di risa.

— Dimmi, sono seria adesso.

— Allora, tu ora mi devi dire cosa fare.

— Io ti devo dire cosa fare?

— Sì, perché se vuoi la fermo, perché posso fermarla, ma se te non hai nulla in contrario lascio stare.

— Non capisco.

— Dai Ali! Sto parlando di mia cugina, che fa l'oca con Luca. Io di questo Luca non ci ho capito niente, però mi sembra che avete tutto un vostro rapporto, e poi tu stai con Daniele, giusto?

— Giustissimo.

— Senti, tu dimmi quello che vuoi, se vuoi che la fermo lei si ferma, cioè, me l'ha detto lei.

— Lei ti ha detto di chiedermi 'sta cosa?

— Sì, sì, lo sai che è un po' filosofa, lei fa 'ste cose qui, però oltre che filosofa è anche un po' zoccola, quindi...

Scoppiamo a ridere di nuovo, perché l'ebbrezza ha la meglio su questa storia.

In realtà non mi ero accorta che le cose tra Luca e Rosa fossero andate così avanti. Ripenso alle parole di Martina. Mi sa che Luca ha incontrato una sirena.

— E lasciamoli divertire, allora! — esclamo sollevando il bicchiere di birra che (me ne accorgo solo ora) mi sono portata dietro.

# SESSANTANOVE

— Io ci vivrei su una barca. Ogni giorno in un porto diverso. Quando fa freddo vai a sud, d'estate te ne vai al nord.

Daniele è entusiasta della barca di Mary. Suo padre ci ha invitati per una giornata e lei ha assicurato che il padre è simpaticissimo. Martina non è così convinta dei progetti fricchettoni del suo amico.

— Sì, e di cosa vivi?

— Pesca. Hai tutto il pesce che vuoi.

— E la benzina, gli attracchi ai porti? E poi non puoi mangiare solo pesce.

— Be', ma avrei anche un lavoro fico, che posso fare in barca.

— Tipo?

— Potrei fare documentari, come in *Turisti per caso*. Te ne vai in giro tutto l'anno, racconti quello che fai e ti pagano una fraccata di soldi. Ali ci stai?

Daniele si alza e mi viene incontro.

Mi bacia e mi guarda entusiasta.

— La barca chiaramente avrebbe il collegamento satellitare a internet — aggiunge.

— Allora ci sto, se mi fai usare messenger. Ma subito però, così non devo nemmeno tornare a scuola.

— Certo, tanto a che cazzo ti serve la scuola? Anzi, meglio non finirla, ti renderà un po' più eccentrica.

— Serve qualcuno di eccentrico sulla barca?

— Be', io ho già i dread, Roby ha i tatuaggi...

— E io sono quella con la terza media...

All'improvviso Martina si illumina.

— Potremmo fare un locale itinerante!

— Grande! Allora ci stai?

— Esistono dei locali itineranti?

Io e Daniele ci guardiamo. Nessuno dei due ha mai sentito parlare di locali di questo tipo.

— Andiamo di porto in porto, facciamo un calendario con le date.

— E io metto la musica! — esclama Daniele.

— E io che faccio? — chiedo ridendo.

— Tu fai l'ufficio stampa — continua Daniele — secondo me sei brava in quelle cose.

— Cioè?

— Prendi contatti con i porti, fai uscire gli articoli sui giornali, secondo me tu puoi fare un po' la giornalista del gruppo.

— La giornalista con la terza media.

— È perfetto. Sì, basta, tu sei la giornalista.

Il *Gin Tonic III* (così si chiama la barca del padre di Mary) è davvero grande. Ed è tutto quello che so dire, dal momento che non sono mai stata su una barca, se si esclude una gita in gommone da piccola, per vedere delle grotte o qualcosa del genere. Per me le barche si dividono in "grandi" e "piccole", una divisione sofisticata, me ne rendo conto. Il *Gin Tonic III* è grande e non ha la vela, ha solo il motore.

Dopo un'oretta di viaggio, durante il quale scopro di soffrire il mar di mare, anche se riesco a non vomitare, attracchiamo in una baietta, dove ci sono già un paio di barche "piccole" e a vela.

Durante il tragitto Luca, manco a dirlo, chiacchiera tutto il tempo con il padre di Mary, un simpatico tricheco baffuto che effettivamente sembra completamente a proprio agio anche con gli amici di sua figlia.

— Luca! Ci spalmi l'olio sulla schiena?

Rosa ha fatto la splendida con Luca per tutto il viaggio, ma visto l'esito del nostro precedente confronto (due a zero...) non ho cercato di mettermi in mezzo. E poi, a ben guardare, è stata lei stessa a dire a Mary di chiedermi se ci poteva provare. Certo non mi aspettavo un attacco così frontale.

Luca comincia a spalmare l'olio sulla schiena della cugina di Mary e io continuo a progettare il mio futuro sulla barca-locale itinerante assieme a Daniele, tenendo un occhio sull'evoluzione della situazione Luca-cugina.

— Ho visto il tuo blog — dice Rosa — è troppo fico! Ti ho anche scritto.

— Oggi non l'ho ancora guardato, cos'hai scritto?

— Ho scritto i posti dove si può bigiare, come dite voi milanesi, a Lecce. Comunque hai avuto un'idea geniale!

— Se vuoi ti aggiungo tra gli autori, così puoi scrivere i post anche tu.

— Sì, dai, però mi devi spiegare come si fa, io non ci capisco quasi niente.

— Quando vuoi, è semplicissimo.

— Perché non vieni a casa mia domani, abbiamo il wireless in tutta la casa.

— Sì, volentieri.

Be', sono certa che i miei genitori farebbero fatica a cogliere il senso di questa conversazione, ma si tratta di una versione aggiornata del più classico invito a "vedere la collezione di farfalle".

Daniele e Martina stanno ancora progettando la barca-locale itinerante, mentre io ho fatto qualche culata lungo la panca per raggiungere il gruppetto pugliesi + Luca.

— Anch'io ho un blog — dico — è linkato a quello di Luca.

— Ah sì, non l'ho visto — dice Rosa, con la voce distorta da una pressione della mano di Luca sulla sua schiena. Una via di mezzo tra un sospiro e un mugolio di piacere.

— È vero, Ali, come va il tuo blog? — chiede Luca.

Diciamo la verità, il mio blog non va. L'ho fatto assieme a Luca in un internet point, un giorno che avevamo bigiato, ma credo di averci scritto al massimo tre o quattro volte.

— Da dio, ci ho scritto un sacco di cose, ti ricordi quando lo abbiamo fatto? Che poi è arrivato quell'etiope che ci ha raccontato tutta la sua vita. Ci siamo divertiti di brutto.

— Sì, è vero — dice Luca.

Daniele e Martina hanno smesso di parlare, attratti dalla nostra conversazione.

— Lo abbiamo convinto a raccontarci la sua storia nella web cam — spiega Luca — e l'ho messa sul blog. Lui era entusiasta.

— Non sapevo che avevi un blog — mi dice Daniele.

— Sì, l'ho fatto assieme a Luca — rispondo e poi, rivolta a Luca: — Ma c'è ancora quel video?

— Sì, certo.

— Devi farmelo vedere — dice Daniele.

— È sul suo blog.

— No, dicevo, il tuo blog, mi piacerebbe vederlo, potrei scriverci anch'io.

— Sì, sì, uno di 'sti giorni te lo faccio vedere.

— Allora è andata? — chiede Rosa. — Domani vieni da me e mi fai il mio blog.

— Luca, mi devi sempre spiegare come si mettono i video — intervengo — cioè, riesco a mettere le foto, ma non i video, tipo quelli di YouTube.

La mia richiesta cade nel vuoto.

Rosa si alza in piedi in un moto di entusiasmo.

— Ma tipo che il mio blog lo posso chiamare in qualsiasi modo? Tipo anche Sexy Girl, farlo tutto rosa e metterci i consigli di "Cioè" sullo shopping e i vestiti?

Mary, che fino a quel momento era rimasta fuori dalla conversazione, tira su la testa.

— Non so che diavolo è 'sto blog, ma se lo chiamate Sexy Girl, dovete mettere la mia foto.

— Potete mettere la foto con tutte e due. Dai domani vi faccio una lezione.

— Domani mi fai una lezione! — salta su Rosa. — L'idea è mia.

— Luca, ti ricordi quando abbiamo fatto partire l'inno d'Italia nel laboratorio di informatica?

Un giorno io e Luca ci eravamo connessi al suo blog nell'aula di informatica e lui aveva fatto partire il video con l'inno d'Italia dei mondiali.

La mia domanda è coperta dagli strilli di Rosa.

— Dai, dai, fichissimo! Domani sei prenotato!

— Poi ci linkiamo tutti — interviene Daniele, sovrastando la voce di Rosa.

Secondo me di blog a Daniele non gliene frega niente. Dice così solo per entrare nella conversazione.

— Perché, hai un blog anche tu? — chiedo con tono incredulo.

— No, però a questo punto me lo faccio. Se se lo fanno tutti...

— Sì, va be'... — dico, e mi esce una voce stridula e fastidiosa, come se qualcuno mi avesse tirato un pizzicotto a metà della parola.

— Be', non posso farmelo anch'io? — chiede Daniele, visibilmente offeso.

— Sì, sì, però cosa vuol dire? Non è che se lo fanno tutti te lo devi fare anche tu.

Di nuovo la voce stridula, alla quale si è aggiunta una punta di fastidio.

— Come?

Il suo tono adesso è quasi scocciato e mi sembra una reazione spropositata.

— No, niente, scusa... — taglio corto.

Mentre torno a girarmi verso Luca, incrocio lo sguardo di Martina. C'è una nota di perplessità nei suoi occhi, che potrebbe essere scambiata per un rimprovero.

— Luca, ma se ti scrivo posso diventare anch'io autore sul tuo blog?

Luca però se n'è andato. Mi guardo attorno, ma incrocio solo lo sguardo di Mary.

— Sono andati giù a prendere da bere — dice e piega la testa da un lato.

Martina a quel punto si alza in piedi sospirando.

— Andiamo a fare un bagno?

— Sì — dice secco Daniele.

— Io vengo — dice Mary.

— Sì, ma gli altri? — chiedo io, come se ci potessero essere degli "altri" oltre a Luca e a Rosa.

— Sopravvivranno — ribatte Martina, subito prima di tuffarsi.

# SETTANTA

Martina tira fuori una sigaretta da una scatoletta di plastica agganciata al costume e la accende.

— Hai il portasigarette da mare? — chiedo, ma lei non risponde.

La mia voce dev'essere stata attaccata da un virus, che le impedisce di essere udita dagli esseri umani. Abbiamo raggiunto la spiaggia a nuoto e ci siamo sdraiati al sole. Mary dopo qualche bracciata ha detto che ritornava sulla barca. Così adesso siamo soli, io, Daniele e Martina. Daniele è immerso in uno strano mutismo.

— Ce lo vedrei bene Luca con te — dice a un tratto, senza distogliere lo sguardo dal mare.

— Chi, con me? — chiede Martina e soffia una nuvola di fumo.

— No, no, con Alice.

— Ma che dici? Perché? — chiedo.

— Solo un'idea, ve la intendete bene.

Le parole di Daniele creano un attimo di gelo.

— Poi anche con questa cosa dei blog...

— Ma figurati.

Non capisco che razza di scena sta facendo Daniele e non capisco dove vuole andare a parare. Anche se immagino che si sia offeso per come gli ho risposto quando eravamo sulla barca. Daniele del resto non sa che io e Luca siamo stati insieme e forse, se lo avesse saputo, non avrebbe reagito in quel modo.

— Io e Luca siamo amici, siamo…

Vorrei dire qualcos'altro, ma non trovo le parole per placare il fastidio nella voce di Daniele. Così cerco lo sguardo di Martina. Lei mi guarda, per un attimo, ma quanto basta perché io mi accorga del rimprovero nei suoi occhi. Quindi si alza.

— Io torno dalle sirenette.

Il giorno dopo, Daniele viene a prendermi in motorino di buon'ora e ce ne andiamo in giro. Inseguiamo di nuovo le strade sterrate in mezzo alle vigne e agli ulivi e io rimango abbracciata a lui alla ricerca di quella sensazione di sicurezza e di pace che avevo provato la prima volta. Arriviamo di nuovo nella spiaggetta, ma ci sono un paio di famiglie con bambini accampate nella pineta. Rimaniamo comunque a fare il bagno e torniamo nella grotta dove, proprio come la prima volta, Daniele mi bacia.

Rientrati in campeggio, Daniele vuole fare l'amore. Mi lascio trasportare, anche se sono un po' confusa. Mi sembra di aver vissuto una copia in tono minore della nostra gita precedente in motorino. Come un lungo déjà vu durato tutto il giorno. Solo che adesso il déjà vu è finito e io sono stanca e pensierosa.

— Cosa c'è che non va? — mi chiede mentre siamo ancora nudi in tenda.

— Niente.

— C'è qualcosa che non va, tra noi, e non capisco…

— Perché non c'è niente da capire… cioè, non capisco io, qual è il problema?

La sua espressione è combattuta, deve aver pensato parecchio a questa cosa che vuole dirmi e temo che non sia nemmeno nel suo carattere fare questo tipo di discorsi, parlare dei Problemi.

— Il problema è che ho come l'impressione che sia cambiato qualcosa. Cioè, oggi siamo stati bene, il giro in motorino, la grotta, poi abbiamo fatto l'amore, anche se… insomma, c'è qualcosa di diverso. E poi, anche quando siamo con gli altri, tu sei diversa, cambi.

— Be', è normale… — provo a ribattere, ma mi rendo conto che si tratta di una risposta automatica e che in realtà non so che cosa dire.

— Ali, odio fare questi discorsi, cioè, non è nel mio carattere, non voglio fare piazzate o che altro, cioè ci sei, ma sei distante, me ne sono accorto, e poi quando ci sono gli altri a volte sembra che mi eviti… mi sembra quasi di innervosirti.

— Perché dovrei innervosirmi? E poi non è vero che ti evito. È che quando siamo con altre persone non mi sembra carino passare tutto il tempo a baciarci.

— Non mi sembra che stiamo tutto il tempo a baciarci. Non è che dobbiamo stare appiccicati tutto il tempo, però boh…

Daniele lascia in sospeso la frase e rimane a guardarmi con aria interrogativa, in attesa di una risposta che neutralizzi le sue paure.

— Daniele, dai, che cosa vuoi che dica? Io sto bene, mi sembra che stiamo bene.

A quel punto mi avvicino e lo bacio. Lui non reagisce subito. Rimane fermo. Poi mi mette una mano intorno al fianco e mi bacia anche lui.

— Scusa — dice.

— Non ti devi scusare. Cioè, se senti che qualcosa non va…

— No, no, aspetta. Non ne voglio più parlare, è una cazzata, tu vuoi uscire ancora con me, giusto?

— Sì, ma ti stai citando? — chiedo, ripensando alla prima volta in cui mi aveva rivolto la stessa domanda.

— Be', io me la vivo così, se tu vuoi ancora uscire con me, tutto il resto non conta.

— Io voglio ancora uscire con te — dico con fare teatrale — stiamo bene insieme, secondo me l'amministratore di condominio sarebbe fiero di noi.

— Mi prendi per il culo? — dice lui ridendo.

Il sorriso in mezzo alla chioma di dread spazza via ogni tensione. Anche se quando si arriva a parlare di "qualcosa che non va" dopo due settimane di rapporto, è chiaro che qualcosa che non va ci dev'essere per forza.

Per alcuni giorni ci vediamo solo in mezzo agli altri. Non rimaniamo soli in campeggio, non andiamo a fare giri in motorino ed evitiamo confronti diretti. Non siamo incazzati, o almeno, io non sono incazzata. Il discorso di Daniele mi ha costretto a riflettere su un po' di cose, ma non ho intenzione di stare a impazzirci. In fondo lui vuole ancora uscire con me e io con lui e a quanto pare questo dovrebbe essere sufficiente.

# SETTANTUNO

Nuovo post:

Carissimi,

sebbene avessi deciso di concedere a questo blog una settimana di vacanza, mi trovo costretto a pubblicare un nuovo post per comunicare la nascita del blog di una recente affiliata alla nostra comunità di studenti-poco-convinti-occasionalmente-disciplinati-tendenzialmente-motivati-all'esilio. Il blog è amministrato da due shampiste salentine d'eccezione, una delle quali si trasferirà l'anno prossimo a Milano, mentre l'altra, al momento qui accanto a me, ci vive già. Negozi, locali, ristoranti, feste, con recensioni, commenti, foto e video. Il tutto passato al vaglio delle due shampiste. Andatevelo a vedere.

Io mi fermerò ancora qualche giorno qui in Salento, anche se temo che sia arrivato ormai il momento di tornare. Prossima meta: New Delhi, India. Obiettivo del viaggio: capire perché gli indiani dicono di essere vegetariani e il loro piatto forte è il pollo.

— So fare solo questo ma lo faccio benissimo, quindi lasciatemi in pace!

Mary sta montando la panna con il frullino elettrico. Addosso ha un grembiule che si è portata da casa, con disegnata sopra una donna nuda. Dice che senza non ha l'ispirazione e ci vuole anche la musica, altrimenti non è la stessa cosa. Quindi è un'ora che ascoltiamo la pizzica salentina. Lei tiene il ritmo con la testa e intanto cucina.

— E poi ci vuole il caffè fatto bene, non quella porcheria che bevete voi al Nord.

A quanto pare il tiramisù di Mary è l'unica cosa che la riconcilia con le sue origini e che le fa preferire la sua Lecce a Milano.

Siamo tutti a casa di Martina, tutti tranne Roby, che è rimasto a lavorare al chiringuito. Ci raggiungerà più tardi per l'aperitivo. Luca, Martina e Rosa stanno facendo il bagno in piscina, mentre io e Daniele siamo in cucina con Mary.

— Prendimi il mascarpone tu, invece di stare con le mani in mano, e tu passami le uova.

Mary sbuffa e continua a sbattere la panna. Quando è bella densa e compatta, Mary ci caccia dalla cucina dicendo che il resto della preparazione è un segreto.

Sono le cinque e fa ancora molto caldo. Così andiamo anche noi a fare il bagno. Rosa sta facendo la verticale in mezzo alla piscina. Ognuno ha i suoi giochi, penso. Quello di Martina era "il cadavere nella piscina". La cugina di Mary preferisce una più innocua verticale.

— Come vanno i preparativi? — chiede Luca quando ci vede arrivare.

— Mary ci ha cacciati perché non dobbiamo scoprire il suo segreto.

— Ah, quindi ha una ricetta segreta…

— Sembra di sì.

— È l'unica cosa che sa fare — interviene Martina — se le chiedi di preparare due uova non è capace.

— Stasera allora cucini tu? — chiede Luca a Daniele.

— Sì, sì, faccio tutto io.

A quanto pare Daniele, al contrario di Martina, è un

ottimo cuoco. È stata sua l'idea della cena, che all'inizio dovevamo fare in campeggio. Poi la madre di Martina è partita con il fidanzato e allora lei ha proposto di farla a casa sua. Ci tuffiamo anche noi e rimaniamo a prendere il sole sui lettini e a leggere le riviste di Mary. Che pacchia, penso. Non è un pensiero molto profondo, me ne rendo conto, ma è l'unica cosa che mi viene in mente. Una casa strafica, con piscina e giardino, cena fuori e domani c'è chi mette tutto in ordine. È una pacchia, punto.

Alle sette e mezzo arriva Roby, con un vassoio carico di mojito. Viene accolto da un coro di ovazioni. Il chiringuito non dista molto da casa di Martina, ma comunque non è una strada facile da percorrere con otto mojito in mano.

Martina accende la musica in salotto e sposta le casse verso la finestra. Ognuno prende un bicchiere e diamo ufficialmente inizio alla serata.

Dopo il primo mojito a stomaco vuoto, siamo già tutti abbastanza allegri. Roby, per ragioni oscure, si lancia in una discussione con Luca sull'esistenza degli alieni, sembra qualcosa di cui hanno già parlato, perché a un certo punto ripetono in coro la frase di Morgan dei Bluvertigo: "È praticamente ovvio che esistono altre forme di vita".

Martina si offre di andare a preparare gin tonic per tutti e così rimaniamo sole io, Rosa e Mary, che ha ceduto il posto in cucina a Daniele. Mi sono offerta di fargli compagnia, ma ha detto che non c'è problema, di stare pure con gli altri, che vuole fare tutto da solo. Secondo me però la risposta giusta sarebbe stata: "Ma certo, prendi due bicchieri e stappa una bottiglia, che ci facciamo l'aperitivo cucinando insieme".

— Allora, la vacanza è quasi finita — dice Mary, che ogni tanto mi sembra Nonna Papera.

— Eh, sì — rispondo con un sospiro.

— Facciamo i propositi per l'anno nuovo! — esclama

a un tratto Rosa, come presa da una folgorazione divina.

Mary naturalmente è entusiasta dell'idea. Si batte le mani sulle ginocchia e saltella sul posto, il che rappresenta più o meno la massima manifestazione di entusiasmo, sua e delle Winx.

— Comincio io: iscrivermi in una palestra fichissima a Milano.

— E basta? — chiedo. Non voglio sembrare una piccola snob intellettuale, ma la "palestra fichissima" come unico proposito mi mette decisamente in imbarazzo morale. Non che io abbia intenzione di salvare il mondo, però...

— No, ora tocca a voi, uno a testa.

— Trovarmi un fidanzato entro la fine di settembre — dice Rosa, che a mio avviso è sulla buona strada per realizzare il proposito prima della fine della vacanza.

— Non farmi bocciare... — dico io alzando le spalle — questo dev'essere il primo, per forza.

Nel frattempo arriva Martina con i gin tonic e viene subito costretta a unirsi al gioco dei propositi.

— Allora... — dice con aria pensosa — andarmene di casa, direi.

— Eh, ma che pesantezza! — sbotta Mary. — Con voi due non è divertente.

Sta parlando di me e Martina, chiaramente.

Il nostro proposito, rispetto alla sua palestra fichissima a Milano, è effettivamente meno divertente.

— Un altro giro allora! — esclama, ma poi non le viene in mente niente.

— Perdere tre chili — dice Rosa.

— No! Quello era mio! Me l'hai fregato, anch'io voglio perdere tre chili!

Ogni tanto mi chiedo quanto Mary scherzi e quanto sia un po' sciroccata.

— Trovarmi un uomo che non vuole solo venire a letto

con me, anzi no, trovare il grande amore — dice Martina. Mary la guarda con disapprovazione.

— Lo avessi io un uomo che vuole solo venire a letto con me!

Scoppiamo a ridere e questa volta sono certa che Mary sta scherzando. Dalla sua posa, dalla battuta divertente ma un po' prevedibile, dal fatto che non mi sembra certo la ragazza che ha problemi a portarsi a letto un tipo.

— Alice, tocca a te.

— Allora vi copio — dico, mantenendo il tono scherzoso che ha preso la conversazione — trovare il grande amore anch'io, ma entro la metà di settembre.

In quel momento Daniele compare sulla porta del salotto con una teglia fumante.

— Io ci sono! — urla e poi rientra in casa.

Mary e Rosa scoppiano a ridere, perché la comparsa a effetto di Daniele ha reso la mia battuta particolarmente riuscita.

Martina ridacchia anche lei, ma senza entusiasmo.

Temo che si sia resa conto che la mia non era affatto una battuta, ma una gaffe tremenda.

Finalmente abbiamo modo di conoscere il menu dello chef rasta. Non si tratta di un vero e proprio menù, ma di una specie di buffet. Martina ha tirato fuori tre bottiglie, che a giudicare dall'aspetto devono essere costate un occhio della testa.

Il tavolo è coperto di piatti e ciotole piene di roba.

— Insalata di finocchi, arance e noci — spiega Daniele indicando un piatto — grano con avocado, carote e gamberetti, cous cous con verdure al curry…

Daniele ci illustra a uno a uno i piatti che ha preparato e devo ammettere che sono sinceramente colpita. Non mi aspettavo che sapesse cucinare. Mi sembrava più il tipo che si fa preparare tutto dalla mamma, una specie di rasta mammone, anche se questo, me ne rendo conto, non è proprio un bel pensiero da dedicargli. Ma era l'idea che mi ero fatta.

Cominciamo a mangiare quando il sole ormai è calato all'orizzonte.

La conversazione sugli alieni riprende e questa volta veniamo coinvolti tutti. Daniele è seduto accanto a me e adesso sono fiera delle sue doti da chef, anche perché continuano a fargli i complimenti.

Secondo Daniele, però, quelle sugli alieni sono tutte cazzate.

— Tutti i filmati, i video, quelle robe lì, sono effetti ottici e montaggi.

— Ma io non parlo di quei video — dice Roby — secondo me esistono al di là di tutte quelle prove. Cioè, è probabile, è praticamente ovvio, Morgan ha ragione. Ci saranno, magari sono già qui, o magari hanno una forma di esistenza che per noi è incomprensibile, così non li vediamo ma loro vivono già sulla Terra.

— Io a tutte quelle cazzate sui complotti non ci credo — insiste Daniele. Sembra che non abbia ascoltato una parola.

— Ma sì, nemmeno io, te l'ho detto, non parlo di quelle cose, parlo in generale.

— Be', in generale puoi dire tutto, allora siamo tutti alieni.

Roby non risponde, ma la sua espressione manifesta abbastanza chiaramente il suo disappunto. Io guardo Daniele e noto la sua espressione scettica. Sono un po' irritata dal suo comportamento. Non era questione di credere o non credere agli alieni, si trattava di stare un po' al gioco e rispettare le regole di una conversazione, per altro iniziata da qualcun altro.

— C'è un romanzo che racconta una storia del genere

— interviene Luca — è la storia di una civiltà sempre più complessa, tipo la nostra, però è raccontata in una prospettiva che fino alla fine non capisci, cioè, a un certo punto capisci che i computer sono gli alieni, ovvero forme di vita che erano già presenti sulla Terra in forme elementari e che si sono evolute con tempi diversi da noi, interagendo con noi.

La cugina di Mary annuisce in direzione di Luca e adesso è lei quella più fiera della tavolata. Tre a zero per lei, o quattro a uno, ho perso il conto dei punti.

Daniele, per qualche motivo misterioso, non vuole sentire ragioni.

Per lui gli alieni non esistono. Computer, marziani, E.T., tutte cazzate. Non ne vuole nemmeno parlare.

Sembra una di quelle situazioni in cui poi si scopre che proprio quello che non voleva parlare in realtà sapeva qualcosa.

Che Daniele sia un alieno?

Bene, il pensiero del rasta-alieno mi conferma ciò che pensavo già da qualche minuto: sono ubriaca, sono già ubriaca e siamo a metà della cena.

Nell'ultima settimana, questa è la terza volta che mi ubriaco, senza conseguenze, per carità, a parte il testone formato mongolfiera del giorno dopo. Però non è il massimo. Anche se mi diverto e poi, non posso negarlo, quando ho bevuto un po' sono anche più rilassata con Daniele. Non è che mi devo alcolizzare altrimenti lo odio, però se sono immersa nel flusso della serata e mi bevo un paio di cocktail, mi sento più vicina a lui, non penso ai problemi. Cioè, è più facile stare nel presente se sei un po' ubriaco, so che questa riflessione non è proprio il massimo, ma è vero.

Però forse è il caso di rallentare stasera.

Finiamo di mangiare e ci alziamo da tavola. Io non

ho toccato il bicchiere fino alla fine della cena e sto un po' meglio, anche se sento la testa pesante. Gli altri sono tutti un po' ubriachi e non ci vuole molto perché Mary e Rosa comincino a ballare sul bordo della piscina. Roby viene tirato in mezzo quasi subito, mentre impiegano un po' di più a convincere Luca. Martina nel frattempo ha preparato i cuba libre e così il mio buon proposito (per la serata) di non bere più va a farsi fottere.

Bevo, beviamo tutti, e mi ritrovo a ballare anch'io tra Roby e Mary. Roby fa il cretino, si inginocchia davanti a Mary e lei fa finta di frustarlo. Tutti ridono e così comincio a sciogliermi anch'io. Daniele saltella poco convinto, anche perché non stiamo ascoltando la sua musica, ma un remix zarrissimo di almeno cinque anni fa. Non ci penso, mi sento leggera, continuo a ridere e vengo tirata in mezzo in qualche balletto stile porno soft. Mi ritrovo accanto a Luca, che ha perso a sua volta ogni freno inibitore. Si è tolto la maglietta e la sta agitando a mo' di rodeo. Quando mi vede ha quasi un attimo di imbarazzo, ma dura un istante, perché viene travolto da Roby con le mani sulla testa, versione toro alla carica.

Incomincio a percepire i suoni e le immagini fusi in un'unica sensazione. Il mio corpo si muove da solo e sento il pensiero ritrarsi in una zona remota del cervello e correre libero su altre strade. Così mi attraversa la testa l'immagine della scuola, di Chiara e delle mie amiche in Sardegna, di Luca seduto al computer nella sua camera mentre scrive che si è appena sposato a Las Vegas, di mia madre che beve un limoncello con me al bar del campeggio e penso che questa volta non le parlerò, non le racconterò le mie serate, e penso che forse Luca non mi scriverà più le sue cazzate su messenger, e sento ogni cosa lontana mentre un vuoto immenso mi scava dentro. Uno strano formicolio mi sale dai piedi fino al collo e incomincio a sentire la testa girare. Smetto di ballare, ma questo non fa che peggiorare le cose, perché adesso tutto mi gira intorno, tutto continua a girare. Vedo Daniele. Sta parlando con Martina. Sono seduti al tavolo dove io avevo parlato con entrambi. Mi sento di nuovo tagliata fuori, di nuovo la ragazza che si fa i cazzi suoi e che non piace a nessuno. All'improvviso provo una specie di vertigine, tutto si muove attorno a me e mi sembra di fare un'interminabile capriola all'indietro anche se sono ferma. Scuoto la testa per cacciare questa sensazione, ma non smette. Intravedo Martina, che si avvicina e dice qualcosa come: — Stai male? — e poi: — Vieni dentro con me. — Poi il buio.

# SETTANTADUE

Quando mi sveglio penso di essere morta. Tutto intorno a me è bianco e io sono sdraiata su un grande letto a baldacchino coperto da veli. Due occhietti gialli mi fissano da sopra la mia pancia e per un attimo credo di essere in tenda con Daniele, come la prima volta che abbiamo fatto l'amore, quando il furetto è venuto a svegliarmi. La luce entra nella stanza da un grande finestra e finisce dritta ai piedi del letto. Un paio di flash back della sera precedente (Roby in versione toro che prende la rincorsa e si butta in piscina, io che ballo con Luca) cominciano a illustrarmi il possibile svolgimento dei fatti e decido di uscire dalla stanza (che a questo punto non è l'anticamera dell'Inferno) e andare a controllare.

Lo spettacolo che mi si presenta in salotto e poi fuori in piscina mi chiarisce ogni cosa. O meglio, il fatto di scoprire che ho dormito a casa di Martina è più che mai illuminante. Mi ricordo che ho iniziato a bere (troppo, evidentemente) e che a un tratto mi girava la testa. Non ricordo di aver vomitato o di aver mangiato topi morti in putrefazione, eppure il sapore che ho in bocca rimanda inequivocabilmente a una di queste due possibilità.

Su un divano ci sono Roby e Martina mezzi abbracciati, su un altro c'è Mary, da sola, Daniele dorme su un lettino della piscina. Ci sono bottiglie dappertutto, piatti sporchi, pentole e una tremenda puzza di fumo, nonostante la finestra del salotto sia aperta. Ho come l'impressione che se l'amministratore di condominio di Daniele dovesse tornare in questo momento, non sarebbe troppo contento.

Non vedo Luca e nemmeno Rosa, e la mia fantasia galoppa libera sulla strada spianata da questa coincidenza. Ormai ho già deciso che:

1. Luca e Rosa sono rimasti svegli a chiacchierare;

2. quando tutti sono andati a dormire si sono baciati e poi hanno fatto il bagno nudi (o viceversa, dipende);

3. quindi sono andati in paese a fare colazione e Rosa ha chiesto a Luca: — Ma le succede spesso?

— Cosa? — chiede Luca.

— La tua amica ha qualche problema con l'alcol o...

Esco di casa e cammino intorno alla piscina, mentre altre immagini della sera precedente si accendono come lampadine difettose nel mio cervello: io che bacio Daniele, Mary che ride, Luca che parla e c'è pure Martina silenziosa che mi guarda, si direbbe quasi con un'espressione di rimprovero. E a quel punto lo vedo. Luca è sdraiato su un lettino, ha una coperta addosso ed è da solo. Poi sento dei passi alle mie spalle e per un attimo penso che l'amministratore di condominio sia arrivato davvero. Finché non compare il faccione siliconato della madre di Martina e quello abbronzato del suo fidanzato.

E io non sono più Alice. Sono Martina, anche se non so dire esattamente com'è successo.

Arrivo in campeggio che è ancora presto e, a quanto pare, nessuno si è ancora alzato. Possibile che non si siano accorti della mia assenza? Mi infilo dritta nella tenda e mi sdraio. La tempie mi pulsano, mi sento ancora mezza stordita. Non credo che riuscirò a dormire e quindi aspetto, rimango in ascolto. Dopo qualche minuto, sento dei rumori provenienti dalla roulotte, quindi dei passi e la porta che si apre. Ora devo studiare un'uscita strategica. Se davvero non si sono accorti della mia assenza, vale la pena di perfezionare la farsa e simulare un risveglio come si deve. Così mi sfilo i vestiti che puzzano di fumo e alcol, e mi infilo la tuta con cui dormo. Per quanto riguarda l'aspetto credo di essere abbastanza convincente, ma per sicurezza mi guardo nello specchietto da trucco, scoprendo tra l'altro che in una notte devo aver perso tutta l'abbronzatura della vacanza.

Arrivo davanti alla roulotte e mi siedo al tavolo stiracchiandomi.

Mio padre esce poco dopo.

— Buongiorno — dico e la voce, questo non l'avevo previsto, è quella di un travestito.

— Buongiorno, sei mattiniera oggi.

— Volevo andare al mare presto... — rispondo senza pensare.

— Vieni con noi allora? — chiede lui con una cortesia inaspettata.

In quel momento arriva mia madre e nemmeno mi saluta. Mi rivolge solo uno sguardo severo.

Sa già tutto. È chiaro.

Ecco, ancora una volta l'ho delusa. Mi aveva dato fiducia e io ne ho approfittato. Del resto lo sapevo. Sapevo che quella frase, "Mi fido di te", mi si sarebbe rivoltata contro. Se scegli di essere amica dei tuoi genitori, poi devi esserlo sempre. E io forse non ero ancora pronta. O forse la vita non è come un telefilm americano, dove madri e figlie si confidano sempre tutto e risolvono ogni conflitto con una chiacchierata.

— Buongiorno — dico.

— Ah, ciao — risponde lei a fatica.

— Stavo dicendo ad Alice di venire con noi al mare.

— Sì, se vuole, se non è stanca — risponde fredda mia madre.

— Ma sì, è già in piedi, sarà il primo giorno che si sveglia così presto.

— Già, chissà come mai. E con l'aria così riposata, poi...

Fede esce dalla roulotte in quel momento, vede che aria tira e fila in bagno.

Mio padre si guarda attorno spaesato. Non capisce che cosa stia succedendo.

— Quindi? — chiede.

— Quindi andiamo al mare tutti insieme — rispondo prontamente, per evitare l'ennesima frecciatina di mia madre.

Fede torna dal bagno e si mette a sedere. Ha la stessa aria sconvolta di sempre, ma sembra anche stranamente giù di corda.

Mio padre si piazza proprio dietro di lui e mi guarda con aria ammiccante. Al di là delle scarse doti da mimo di mio padre, devo dire che la situazione è fin troppo evidente. Tra mio fratello e Clara è finita. Ora capisco anche il tono particolarmente gentile di mio padre (dal momento che l'astio di mia madre aveva una spiegazione chiara). Per qualche ragione che non ho ancora capito, mio padre si era preso bene con 'sta cosa del figlio fidanzato e vederlo ora in questo stato deve averlo reso, speriamo per un po' di tempo, più morbido. Forse anche lui si rende conto che la mia presenza potrebbe essere d'aiuto, ma non oso sbilanciarmi su ipotesi che si addicono più a mia madre, o meglio, a mia madre prima che scoprisse (non so come e non so quando) che non sono tornata a dormire, che ho mentito spudoratamente a mio padre e che ora sto recitando la parte della brava figliola mentre lei (probabilmente pentendosi) aveva deciso di coprirmi.

# SETTANTATRE

"Ciao Alice, spero che tu oggi stia meglio, baci, Daniele."

Non rispondo al messaggino da commercialista di Daniele, ma mando un messaggino a Martina, per dirle che sto bene e per scusarmi per l'eventuale casino (il ricordo della serata è ancora confuso) che ho combinato.

Ho bisogno di una pausa. Ho bisogno di fermarmi, di fermare per qualche giorno la testa, di starmene per un po' in un mondo senza Danieli, Luchi e Martine che mi mandano in sbattimento. Ho voglia di regredire a uno stato infantile, ritornare indietro alla mia vita prima dell'amore. Tipo quando avevo dieci anni. A otto anni hai già gli amici, ti diverti, ti piacciono delle cose e non te ne piacciono delle altre, però il tuo cuore è in pace e anche tutto il resto del corpo. Il virus arriva dopo. Vista da fuori tutta la faccenda dell'amore e del sesso deve sembrare ben ridicola. Ad ogni modo, per qualche giorno ho voglia di starne fuori. Mio fratello invece probabilmente ha deciso di starne fuori per sempre.

— Fede, come stai?

Nessuna reazione.

— Fede, sei triste?

— Non sono triste.

— Peccato, io sono tristissima. Potevamo andare a ubriacarci insieme.

— Io non posso bere.

Bene, non c'è verso di scherzare.

— Ma mi vuoi dire cos'è successo?

— È stronza.

— Ma cos'ha fatto?

— Niente.

— Ed è stronza.

— Sì.

— Allora vendicati, no?

Okay, non è un buon consiglio da sorella maggiore, ma ho bisogno di richiamare la sua attenzione. E ho anche un mezzo piano in mente.

— Sempre che ci sia qualche buon motivo per vendicarsi — aggiungo.

— C'è, c'è!

— Allora, in questi casi, considerando che Clara è ancora poco esperta, puoi ricorrere al vecchio trucco del messaggio sbagliato.

— Com'è?

— Scrivi un messaggio che mandi a lei facendo finta che non era per lei e in cui parli di lei.

— Non ho capito.

Temo che l'adolescenza per lo scugnizzo napoletano sia come la kryptonite per Superman.

— Tipo che scrivi: "Ciao Alessandra, non vedo l'ora di tornare a Milano per rivederti, ti amo, Fede". E lo mandi a Clara.

Fede sta meditando sulla mia proposta di vendetta. Mi guarda con curiosità.

— Sorella, ma sei veramente stronza — dice, sinceramente stupito.

— Non ti piace?

— No, mi piace, mi piace, però…

— Altrimenti c'è il messaggio surreale, ma questo lo puoi usare solo se si è comportata veramente male.

— Perché?

— Perché è un modo per farla impazzire un po'. Tipo, le scrivi: Ciao Chiara, alla fine il gelato è finito, mi passi a prendere in… a dopo, Fede.

— E cosa vuol dire?

— Niente e lei non capirà, però se gliene mandi uno al giorno la fai uscire di testa.

Questa volta mio fratello mi guarda quasi preoccupato e almeno per un attimo sono certa di aver spazzato via la sua tristezza.

— Ali, ma è successo qualcosa?

— No, perché?

— Perché sei venuta al mare con noi invece di andare coi tuoi amici.

Alice resisti! Non sfogarti col tuo fratello minore! Non farlo!

— Va be', sono in vacanza anche con voi.

— Sì, *bum*.

— E che cavolo è *bum*?

— È che l'hai sparata, non è vero?

— Neanche tu mi hai raccontato cos'è successo con Clara.

— Non posso raccontarlo a te.

— E a chi lo puoi raccontare?

— A Luca.

— Cosa c'entra Luca?

— Lo inviti al mare con noi?

# SETTANTAQUATTRO

Ciao Luca, che ci fai su messenger?

Ali! Ciao. Ma dove sei finita? Sono tre giorni che non ti fai vedere.

Sono in ritiro. Tu come stai?

Io bene, e tu?

Così così.

Perché non vieni al chiringuito domani?

Magari vengo. Come stanno gli altri?

Ma, bene. Mary e Roby il solito. Daniele è un po giù, ma è successo qualcosa?

No, no.

Avete litigato?

No, mi sto solo prendendo qualche giorno di pausa. Ma tu dove sei?

Sono a casa di Rosa.

Ah, ma allora ti disturbo.

Ma no, figurati. Stiamo facendo il blog.

Fede si è lasciato con Clara.

Come si è lasciato con Clara, cos'è successo?

Non lo so, non me lo vuole dire. Ha detto che lo dice solo a un uomo.

E a chi?

Vuole parlare con te, mi ha chiesto se vieni al mare con noi uno di questi giorni.

Va bene, volentieri. Però domani non posso.

Dopodomani?

Andata

Quando esco dalla Sala Cazzeggio è ormai buio. Le giornate hanno cominciato ad accorciarsi, segno che la vacanza sta finendo. Non ho voglia di tornare subito alla roulotte, anche perché l'atmosfera è ancora bella tesa. Mia madre è incazzata nera e mio fratello è depresso. Solo mio padre è tranquillo.

Così decido di andare al bar. Non voglio bere niente. Me ne starò semplicemente seduta a un tavolo ad aspettare l'ora di cena.

— Alice, ciao!

— Ah... ciao.

L'Animatore. Con un grosso zaino sulle spalle.

— Parti?

— Sì, me ne vado.

Ha una voce strana. Seria, troppo seria.

— E dove vai?

— A Compostela, vado a fare il cammino dei pellegrini.

— Non lo sapevo, non me lo avevi detto.

— Be', tu mi eviti come la morte, o sbaglio?

Sì, c'è decisamente qualcosa di strano in lui. E questo eccesso di franchezza ne è la chiara dimostrazione.

— Ma no, non è vero. È che sono stata poco in campeggio.

— Sì, certo. Comunque è così. Ho messo un po' di soldi da parte, dovrebbero bastarmi.

— Be', in bocca al lupo allora.

— Ho capito che non posso andare avanti così. Qualcosa deve cambiare.

O cielo, qui ci scappa la Confessione dell'Animatore. In qualsiasi altro momento lo avrei evitato, per usare le sue parole, "come la morte", ma in fondo sono qui ad aspettare che arrivi l'ora di cena e quindi non mi sento tanto di poter fare la figa.

— Facciamo un brindisi alla tua partenza.

Le parole mi escono da sole di bocca e non so chi di noi due sia più stupito. Ad ogni modo, Gianmaria accetta l'offerta e si siede.

— Si può partire sia dalla Francia che dal Nord della Spagna e si cammina fino a Santiago de Compostela. Lungo la strada ci sono delle specie di piccole pensioni per i pellegrini, a volte sono solo delle camerate coi letti. Si paga poco o niente. C'è un sacco di gente che fa il cammino.

— Non sapevo che fossi così credente.

— Non lo sono, non bisogna essere credenti per forza. Cioè, un po' credo in Dio, ma non è quello il punto. Il punto è fare, il resto vien da sé.

— Il resto... la fede?

— No, o forse sì. Quello che deve succedere succede. Alice, io avevo bisogno di un progetto, di una strada da prendere, una qualsiasi. E l'ho trovata. È il cammino di Santiago, per il momento. Da qualche parte bisogna pur cominciare, no?

Non riesco a riconoscere nella persona che ho davanti il tizio che poco tempo fa mi ha proposto di fare dei filmini pornografici insieme. Nemmeno quello che strilla come una bambina quando vede un furetto. Ho davanti un uomo deciso, serio, determinato, pronto ad affrontare il proprio destino e a scoprire che cosa gli riserva. Non è Gianmaria l'Animatore.

— E dopo cosa farai?

— Mah, dipende. Pensavo di cercare lavoro a Capo Verde, insomma, nei posti dove la stagione turistica è più lunga. Un po' di esperienza da animatore ce l'ho. Altrimenti posso fare il cameriere.

— E casa tua, non ci torni?

— Perché dovrei tornarci? Non c'è niente.

Mi scappa un sorriso. Anzi, una mezza risata. Mi vien

da ridere perché penso che io di un uomo così potrei anche innamorarmi.

— Che c'è?

— Sei cambiato. Mi fai ridere. L'anno scorso non eri così.

— Anche quest'anno non ero così.

# SETTANTACINQUE

— Ali!

Mio fratello mi viene incontro correndo.

Ho appena salutato Gianmaria e il mio cervello sta ancora cercando di mettere in ordine i pensieri su di lui. Partire, cambiare. Se anche uno come lui può decidere di dare una svolta alla propria vita, forse c'è davvero una possibilità per tutti.

— Ali, c'è il Rasta. È venuto a trovarti.

— Chi, Daniele?

— È alla roulotte, sta parlando con papà.

— E di che parlano?

— Ma di niente! È arrivato lì e ti cercava. E papà gli ha detto di fermarsi a cena.

— E la mamma?

— Mi ha detto di venirti a chiamare.

Quando arrivo alla roulotte, Daniele è seduto al tavolo davanti a mio padre. Entrambi hanno un bicchiere di vino in mano e chiacchierano tranquillamente, come due amici.

Sono ormai quattro giorni che non ci vediamo.

— E allora?

— Allora cosa?

— Non ti sei fatta più vedere.

La cena è trascorsa serenamente, una piccola farsa dove ognuno ha fatto il possibile: mia madre ha cercato di mettere da parte la sua arrabbiatura con me per fare un po' di conversazione e credo che Daniele in fondo le stia simpatico. Mio padre ha chiacchierato amabilmente e potrei quasi giurare che fosse contento di fare amicizia con quello che potrebbe essere il fidanzato di sua figlia, specie ora che il figlio maschio ha ricevuto la prima tranvata della sua vita. Giusto Fede è rimasto immerso nel suo mutismo. Lui voleva vedere Luca, non Daniele. E io sono stata al gioco, anche se avrei preferito parlare a quattrocchi con Daniele, prima di trovarmi a tavola con lui e la mia famiglia.

— Avevo bisogno di stare un po' da sola.

— Sì, l'avevo capito. Però avresti anche potuto dirmelo.

— Sì, hai ragione, scusa.

— Ali, così non funziona.

— Lo so.

— Sei cambiata, e sei cambiata da un po'.

— Anche tu.

— No, io non sono cambiato. Io sono sempre lo stesso, se siamo in questa situazione non è per me, e lo sai.

— E in che situazione siamo?

— Sei fredda, e non solo ora. Lo sei da un po'. Ci ho pensato, secondo me sei cambiata da quando è arrivato Luca.

— Cosa c'entra Luca?

— Secondo te cosa c'entra? Sono quattro giorni che non ti fai sentire, dimmelo tu che *cosa* c'entra.

— C'entra che la vacanza sta finendo e che io devo tornare a Milano, devo ripetere l'anno e non ho voglia di tornare, non ho voglia di ricominciare. Non sono felice, e non so *tu* che cosa c'entri. Ti ho tirato in mezzo in queste menate e mi dispiace, però devi cercare di capire.

— Ma cosa devo capire? Io ci sono sempre stato. Non

ti ho ascoltato? Sono stato egoista? Se mi volevi parlare io c'ero, ti avrei ascoltato. Il problema non è questo. Non ti hanno bocciato una settimana fa. Anche la prima settimana che siamo stati insieme eri stata bocciata, eppure tutto andava bene. Cos'è cambiato? Cos'è successo?

— Non è successo niente.

— Ma ci dev'essere qualcosa.

— Non c'è niente.

— Allora me ne posso anche andare. Ero venuto qui per parlarti, per cercare di capire, in un modo o nell'altro. Ti ho mandato dei messaggi nei giorni scorsi, ma non ho insistito. Volevi stare da sola e mi sono messo da parte. Ora però non ha senso andare avanti così.

— Vuoi che la finiamo qui?

— Ali, ma vaffanculo, cazzo! Che cosa ti ho fatto di male? Cosa ho fatto per meritare questo trattamento? Io ci sono stato, sempre, ho fatto finta di niente quando ti mettevi in mezzo tra Luca e Rosa perché, te lo dico io perché, eri gelosa. Non mi sono offeso quando mi sono visto messo da parte e le mille volte che eri nervosa con me, e ora mi dici se la finiamo qui?

— Cosa dovrei dire? Cosa vuoi che ti dica?!

— Che cazzo vuoi da me? Che cazzo vuoi da Luca?! Questo mi devi dire!

— Io e Luca stavamo insieme.

— Come?

— È così, io e Luca siamo stati insieme.

— E perché non me l'hai detto?

— Perché avrei dovuto dirtelo?

— Perché ero il tuo fidanzato, cazzo, ed ero in vacanza con te, e se arriva un tuo ex che monta la tenda davanti alla mia tu me lo dici!

— Daniele, non voglio più parlare, non ho niente da dire, lasciami sola, vattene!

— No, non me ne vado! Perché ti sei comportata così? Non eri felice con me? Abbiamo passato dei giorni bellissimi insieme. Non è che ho pensato che per questo saremmo stati insieme anche a Milano o che, però speravo di poter conservare almeno un bel ricordo, invece per una cazzo di storia mi devo far venire il sangue marcio.

— Perché?

— Perché? Tu non mi stai nemmeno ascoltando. Sai solo pensare a te stessa. Sei come Martina, uguale, le persone vanno bene fin quando ti servono.

— Cosa c'entra Martina?

— Anche lei c'entra, è come te. Un'egoista, tutto qui.

— Okay, va bene, pensala come ti pare.

— Ero venuto per parlarti, per ascoltarti, ma evidentemente ti ho sopravvalutato. Vaffanculo Alice.

# SETTANTASEI

Non mi viene nemmeno da piangere. Questa spiaggia mi ha vista piangere troppe volte.

Rimango seduta su una barca rovesciata vicino al mare e guardo le stelle. Ma nessun pensiero si accende nella testa, nessuna emozione, neanche la paura. Sento solo un vuoto.

In lontananza vedo un falò che brucia sulla spiaggia e ripenso al primo incontro con Martina e alle sue parole, quando aveva visto un gruppetto di ragazzi attorno a un fuoco.

"Ecco, guarda quelli lì, ci sono due abbracciati, due che si baciano, gli altri cantano, e se cerchi un po' attorno troverai anche due che si sono imboscati da qualche parte. Sembra tutto bello visto da fuori, ma non è reale, è solo facciata."

È così? È vero? È sempre una finzione? Il giorno prima sei contenta e stai facendo l'amore col tuo ragazzo, il giorno dopo le cose si complicano e vi state già mandando affanculo. E allora cosa c'era di vero? Nulla. Non c'è nessun collegamento tra due persone che fanno l'amore e due che si mandano affanculo. È una finzione, ha ragione Martina. E l'ho provata lo stesso. Mi ci sono tuffata dentro, coi nuovi amici, la vacanza figa, il ragazzo rasta, ma adesso mi rendo conto che non c'era nulla di vero.

Una mano si appoggia sulla mia spalla e io caccio un urlo.

— Alice, Alice, sono io, scusami, ti ho spaventata.

— Nonna, ciao.

— Come stai?

— Bene. No, sto male. Ma tu come mai sei qui?

— Volevo stare un po' con la mia nipotina. Che cos'è successo?

— Ho litigato col mio ragazzo.

— Perché?

— Non lo so, forse mi sono comportata da stupida. Ho combinato un casino.

— Be', diglielo, digli che ti dispiace.

— Non è così facile.

— Le cose importanti non sono mai facili, Alice. Forse devi mettere un po' d'ordine in quella testolina, chiarisciti le idee e se pensi di aver sbagliato diglielo, ne sarà contento.

— Non lo so, ci siamo detti delle cose brutte.

Non posso dire a mia nonna che ci siamo mandati affanculo.

— E allora? Sai quante cose si dicono quando si è arrabbiati. È normale, non le pensiamo davvero. Io e tuo nonno, quando litighiamo, anzi, quando litigavamo, adesso siamo troppo vecchi per litigare seriamente, ce ne dicevamo di tutti i colori. Eppure, siamo ancora qui, e ci amiamo ancora. Litigare è normale.

— E se poi la storia non va avanti?

— Se deve finire finirà. Preoccupati di una cosa alla volta, no?

Cavolo! Mia nonna ha ragione. E anche se non ha ragione, anche se le sue conclusioni esistenziali sono eccessivamente ottimistiche per i miei gusti, le sue parole mi fanno bene. Perché nessuno mi aveva detto di parlare con la nonna?

— Sai, io tengo sempre dei versi di una poesia nella borsetta. Una poesia che avevo letto un giorno, tanti anni fa, me l'aveva regalata tuo nonno. È di una scrittrice brasiliana, Martha Medeiros, si intitola *Lentamente muore*, ma non è una poesia triste, anche se il titolo lo fa pensare.

— Ce l'hai qui con te?

— Tieni, te la regalo, a me non serve più, ormai la so a memoria. Leggila stasera, prima di andare a dormire.

*Muore lentamente chi evita una passione,*
*chi preferisce il nero su bianco*
*e i puntini sulle "i"*
*piuttosto che un insieme di emozioni,*
*proprio quelle che fanno brillare gli occhi,*
*quelle che fanno*
*di uno sbadiglio un sorriso,*
*quelle che fanno battere il cuore*
*davanti all'errore e ai sentimenti.*
*Lentamente muore*
*chi non capovolge il tavolo,*
*chi non rischia la certezza*
*per l'incertezza per inseguire un sogno,*
*chi non si permette almeno una volta nella vita*
*di fuggire ai consigli sensati.*
*Lentamente muore chi non viaggia,*
*chi non legge, chi non ascolta musica,*
*chi non trova grazia in se stesso.*

# SETTANTASETTE

— Quindi non vi vedete più?

— No.

— Ma cos'è successo?

— È stronza.

— Ma cos'ha fatto?

— Ha baciato un tipo.

Io e Luca rimaniamo qualche secondo in silenzio, spiazzati dalla candida confessione di mio fratello. Fede a quel punto cerca lo sguardo di Luca e poi entrambi mi guardano. Benissimo, è arrivato il momento di lasciarli soli. Erano le condizioni dettate da mio fratello.

Mentre Luca e mio fratello confabulano tra loro, io vado a farmi un bagno.

Li osservo dalla spiaggia. In realtà adesso è Luca a parlare, sembra che stia facendo un lungo discorso a mio fratello, che si limita ad annuire con l'aria seria. Non voglio che si accorgano che li sto spiando, così entro in acqua.

Fede a un certo punto ridacchia. Poi ride ancora e chiede qualcosa a Luca. Luca dice solo qualche parola e Fede questa volta non ride ma, si direbbe, annuisce come chi si è convinto di qualcosa.

Quindi si alzano e vengono a fare il bagno.

— Come hai fatto? — chiedo a Luca, quando rimaniamo soli in acqua.
— Gli ho raccontato un po' di cose.
— Quali cose?
— Cose di uomini, non si possono spiegare…
— Stai scherzando, vero?
— No, no, sono serio, non ti posso rivelare i nostri trucchi, se no non funzionano più.
— Be', ma a me puoi dirli e poi si tratta pur sempre di mio fratello.
— Sì, ma si tratta anche di me.
— E da quando non puoi dirmi una cosa che tratta di te?
— Brava.
— Cosa?
— Ti ho educato fin troppo bene nelle arti della retorica, la tua domanda a effetto mi ha fregato.
— E quindi?
— Quindi ti rispondo: gli ho raccontato di te.
— Di me?!
— Sì, e si è tirato su.
— In che modo?
— Questo è un segreto.
In quel momento mia madre ci chiama dalla spiaggia per dirci che è ora di mangiare. Luca coglie l'occasione al volo per uscire dall'acqua e si incammina verso l'ombrellone senza aspettarmi.
Mia madre non mi rivolge la parola, ma con Luca è gentile.
— Allora, ti è piaciuto il Salento? — gli chiede.
— Sì, si sta bene, ormai ero entrato nel ritmo della vacanza, sarà un trauma ritornare a casa.
— Quando torni?
— Non ho ancora deciso, ma è questione di giorni.

Mia madre deve ricominciare a lavorare e finché non ricomincia la scuola, serve qualcuno che badi a mia sorella, ovvero io.

Mia madre annuisce con aria contrita.

— Insomma, sono gli ultimi giorni, festeggerò la partenza domani.

Festeggerò la partenza domani? Mi sono persa qualcosa.

— Fai una festa d'addio? — chiede mia madre incuriosita.

— No, non io, io non amo le feste, però c'è il diciottesimo di un'altra ragazza e io farò il festeggiato imbucato.

Mia madre ridacchia, poi mi guarda. Io non so come rispondere al suo sguardo, anche perché non so di che festa stiano parlando.

Chiaramente si dà per scontato che io sia informata, dal momento che l'amica di Luca sono io. Lui invece non mi aveva detto niente, né della festa, né della sua imminente partenza. Non posso replicare in questo momento, quindi continuo a mangiare in silenzio. Fede sembra molto sollevato dopo la conversazione con Luca.

La sera ceniamo in campeggio, con la famiglia al completo e con Luca. Mio fratello ha nuovamente reclamato la sua presenza e lui ha acconsentito.

Mia madre è silenziosa ma il resto della famiglia non sospetta che ci sia qualcosa che non va fra noi due. La novità della presenza di Luca ha spostato l'attenzione su di lui e, indirettamente, su Fede che gli si è seduto accanto.

Quando i miei nonni se ne sono andati, Luca mi chiede se ho voglia di bermi una birra con lui.

Da quando è arrivato in Puglia, non è mai capitato che ci trovassimo da soli, io e lui, a bere qualcosa. Mi torna in mente quella sera a Milano, davanti alla scuola, quando lui aveva portato due birre e ce le eravamo bevute lì, in strada. Mi viene in mente che quella sera c'era anche Mar tina, una Martina che allora non conoscevo affatto e che, per quel che ne sapevo, non corrispondeva alla persona che poi avrei scoperto.

Così andiamo al bar del campeggio. Luca chiede due birre, ma dice di non aprirle.

— Non ce le beviamo mica qui.

— E dove vuoi berle?

— Davanti al mare.

— Non sapevo nulla della festa di Mary — dico, non appena siamo in spiaggia.

— Come no? Non te l'ha detto Daniele.

— No.

— Ma è successo qualcosa?

— Un mezzo litigio, è dall'altro ieri che non ci sentiamo.

— Mi dispiace... ieri l'ho visto un po' nervoso.

— Era incazzato?

— Ecco sì, più che nervoso era incazzato. Si è fumato una razione doppia di canne e poi è scomparso non si sa dove.

— Come non si sa dove?

— Io ero lì con Martina e Roby e lui ha detto che andava a farsi un giro. Poi non è tornato a dormire, stamattina non c'era.

— Ah.

— Comunque, la festa è a casa di Mary, è una cosa in grande, arriveranno un sacco di suoi amici da Lecce a quanto pare, un diciottesimo in grande stile.

— E tu quand'è che hai deciso di partire?

— Io parto tra qualche giorno, non so di preciso. Al di là di mia madre, ho pensato che comunque era ora di levare le tende.

— Ma rimani per la festa?

— Per forza, la festa è domani sera.

Camminiamo nella penombra a pochi passi dal mare. A un certo punto riconosco il posto dove io e Martina ci siamo incontrate di notte, all'inizio della vacanza, e propongo a Luca di fermarci lì, su quello stesso scoglio.

— È qui che ho beccato Martina la prima volta, a parte al chiringuito — dico quando ci sediamo — l'ho incontrata qui, stava piangendo e anch'io, così abbiamo cominciato a parlare.

— È veramente piena di paranoie, è simpatica, è anche intelligente, ma si perde via.

— Le ho raccontato dell'incantesimo di Harry Potter contro le paranoie, ridiculus, era entusiasta.

— Ah, ecco perché in questi ultimi giorni l'ho vista meglio, ora si spiega tutto.

Luca stappa le due birre con l'accendino e me ne porge una. Cerca di essere simpatico, fa del suo meglio per mantenere la conversazione su toni scherzosi. Ma il tono della mia voce non deve essergli particolarmente d'aiuto.

— Cin cin — dice — come ai vecchi tempi.

— Cin cin — ripeto meccanicamente, prima che la malinconia mi investa come un tir dopo quelle quattro parole: come ai vecchi tempi.

Sento gli occhi lucidi e il magone, e mi sento lontana. Ripenso al sogno con tutti i miei amici e i parenti che mi passano accanto senza accorgersi di me. E mi sento come in quel sogno, le cose, le persone mi scivolano addosso e io le perdo. Mi scappa un singhiozzo, che cerco di mascherare in un colpo di tosse.

— Ali, tutto a posto?

— Sì, no.

— Qual è la risposta giusta?

— Secondo te?

— La terza è quella giusta.

E in quel momento scoppio a piangere, a dimostrazione che molto probabilmente né io né Martina abbiamo alcun problema ed è tutta colpa di questo fottuto scoglio. Mi mancano le cazzate di Luca (perché questa della terza risposta so già che è una delle sue teorie), mi mancano le cazzate che erano tutte per me. E mi manca Milano, la mia vita e tutto quello che sono, comprese le menate. Perché qui sto bene, o meglio, sono stata bene, ma comincio a perdermi, c'è troppa poca me dentro le cose e invece ho bisogno che le cose parlino di me e delle mie menate.

E quindi piango.

Luca mi appoggia una mano sulla schiena.

— Ehi, che c'è?

— Sono stanca.

— Vuoi spiegarmi?

— No — dico, asciugandomi le lacrime — voglio sapere qual è la terza risposta.

— È quella giusta, quasi sempre, anche se non sempre Vuoi sul serio che te lo spiego adesso?

— Sì.

— Allora va bene, l'hai voluto tu: noi ragioniamo praticamente sempre in termini di scelte tra due possibilità: sì e no, destra e sinistra. Anche quando ci sono più cose in ballo, se ci fai caso, la scelta rimbalza sempre tra due cose. Se ti chiedi se sei felice, la prima risposta automatica che ti viene è un sì o un no, perché la forma della domanda richiama quella risposta. Oppure devi decidere un Paese dove trasferirti. Ne prenderai in considerazione un bel po', ma cercherai di arrivare il prima possibile alla scelta tra due opzioni. È il cervello che funziona così, gli fa casino tenere in ballo troppe possibilità. Dimmi se ti sto annoiando, se vuoi mi fermo.

— No, no, vai avanti.

— Allora, io ti chiedo se è tutto a posto, la risposta non

può essere sì, perché hai singhiozzato facendo finta di tossire... e non può essere no.

— Perché?

— Perché ti abituano a pensare che è tutto a posto quando sei felice, quando c'hai il sorriso, quando ti stai divertendo, e tutto il resto è una deviazione, se piangi è una deviazione, se sei triste, se ami qualcuno e non sei ricambiato... Eppure non può essere così...

— E com'è secondo te?

— Non lo so. Nemmeno io...

Le parole sfumano nel silenzio e all'improvviso rimaniamo così, l'uno accanto all'altra, col rumore delle onde in sottofondo sempre più forte.

No, non era la sua solita teoria.

O forse all'inizio lo era, ma il discorso ha preso un'altra piega e io comincio a chiedermi se ho capito il senso di queste parole. Se c'è un senso. Perché è tutto vero quello che ha detto, o meglio, sono d'accordo, mi piace il suo modo di pensare, ma allo stesso tempo è tutto sbagliato. Parole, sempre parole, spiegazioni e giustificazioni, e funzionano da dio per mille cose, ma evidentemente non per tutto, o comunque non ora.

— Ali, senti, lo so che la mia visita qui è stata strana.

— Sì, lo è stata.

— Però sono contento di essere venuto, anche se poi alla fine non è che siamo stati poi tanto insieme.

— Sì, è vero.

— Tu fidanzata col rasta.

— Tu alle prese con la filosofa.

Luca abbassa la testa e sorride.

— Va be', non ti chiedo niente. Ma guarda che quando torniamo a Milano rivoglio il mio life coach e il ruolo è tuo.

— Ci sarò...

# SETTANTOTTO

*Lentamente muore*
*chi abbandona un progetto prima di iniziarlo,*
*chi non fa domande*
*sugli argomenti che non conosce,*
*chi non risponde*
*quando gli chiedono qualcosa che conosce.*

Dormo come un sasso, come non dormivo dall'inizio della vacanza, e quando mi sveglio mi sento bene, incredibilmente bene. Eppure non è cambiato nulla. Non ho parlato con mia madre, non ho sentito Daniele, ma mi sento più forte e lucida.

Tempo fa ho visto un servizio al telegiornale, dove spiegavano che per alcuni pazienti con problemi psicologici gravi, un rimedio possibile è la cura del sonno. Cioè, ti tengono addormentato per un sacco di tempo, non mi ricordo quanto, ma tanto, in modo che il cervello si riposi. È come resettare tutto e ricominciare da capo. Ecco, mi sento un po' così questa mattina, mi sembra di aver dormito una settimana e sono pronta a ricominciare da capo, sento le energie per affrontare questa giornata.

Forse il sonno è sottovalutato, forse a volte basterebbe farsi una dormita clamorosa.

Il tavolo davanti alla roulotte è coperto di fogli. Mio nonno e mio fratello sono seduti l'uno accanto all'altro. Quando Fede mi vede, mi guarda con la faccia tutta corrucciata e gli occhi socchiusi.

— Fede, stai bene?

Non mi risponde. Si gira verso mio nonno.

— Devi socchiuderli, non devi chiuderli, devi far toccare le ciglia tra loro.

— Ma vedo tutto sfocato.

— È così che devi vedere.

Mi verso il caffè avanzato nella caffettiera e vado a sedermi al tavolo. Mio fratello continua a guardarsi intorno con gli occhi socchiusi.

— Che fate?

— Il nonno mi insegna a guardare.

— Be', alla tua età direi che è arrivato il momento.

— Ma no, non a guardare e basta, a guardare per disegnare.

Mio fratello ha ancora qualche difficoltà a riconoscere l'ironia di primo mattino.

— E che differenza c'è?

— Per disegnare le cose devi guardarle con gli occhi chiusi, così le vedi male, ma è meglio.

Guardo mio nonno con aria interrogativa.

— È più o meno così — spiega mio nonno — prova anche tu.

Mio nonno socchiude gli occhi e io lo imito.

— Ora guardati intorno.

Comincio a guardarmi intorno così come ha detto e vedo la roulotte tutta appannata e tremolante. Le chiazze di luce che filtrano dai rami risaltano sullo sfondo. I contorni sono molto più marcati, ma parecchi particolari si perdono.

In quel momento arriva mio padre e ci guarda.

— Ma siete pazzi?

— Papà, prova anche tu! Devi guardare le cose con gli occhi socchiusi.

Anche mio padre si mette a guardarsi intorno socchiudendo gli occhi.

La scena è sempre più ridicola.

Mio padre abbandona quasi subito, mentre io comincio a prenderci gusto.

— Ma a cosa serve?

— Vedi — risponde mio nonno, rimettendosi gli occhiali.

— Cosa?

— Vedi, ho detto. È l'unico modo per vedere chiaramente. Quando c'è qualcosa lontano, tu per vedere meglio cosa fai? Socchiudi gli occhi. E così metti a fuoco. Invece per vedere bene le cose da vicino devi fare il contrario, devi sfocare, magari perdi qualche particolare, ma in realtà vedi molto meglio quello che c'è da vedere.

In quel momento arriva mia madre con una grossa pentola in mano.

— Alice, puoi venire un attimo con me?

Bene, è arrivato il momento.

Non andiamo nemmeno lontano. Giriamo intorno alla roulotte e ci allontaniamo di una decina di metri. Probabilmente vuole solo uccidermi scaraventandomi la pentola addosso.

— Sai perché sono arrabbiata?

— Sì, lo so.

— E cos'hai da dire?

— Non lo so, ho sbagliato.

— Io non ho detto niente a tuo padre, ma non l'ho fatto per te, l'ho fatto per noi, perché ne sarebbe venuto fuori un pienone e io voglio finire questa vacanza serena.

— Hai ragione, non posso dire altro.

— È dall'inizio della vacanza che sto dalla tua parte, che ti difendo, anche se hai detto che avresti studiato e non hai fatto nulla, ti ho dato fiducia, quando abbiamo parlato e hai raccontato dei tuoi amici, ho pensato che era una buona cosa, ho deciso di darti pieno appoggio. E ho sbagliato.

— Mamma, non hai sbagliato, ho fatto una cazzata, è vero, avrei dovuto avvertirti, ma...

— Ma?

— È un momento, adesso... cosa devo fare? Non sono tornata a dormire, è vero, perché ho bevuto troppo e mi sono addormentata, e lo so, è sbagliato, ma è andata così, non possiamo andare avanti?

Solo dopo aver parlato mi rendo conto che una piena confessione forse non era necessaria.

— Hai bevuto troppo e ti sei addormentata? — chiede mia madre, con la faccia di chi non crede alle proprie orecchie.

— Sì.

— E io cosa devo pensare?

— Devi pensare che ho sbagliato e che ho tradito la tua fiducia. Ho fatto un errore e mi dispiace. E capisco che tu adesso sia arrabbiata. Ho fatto un errore.

L'espressione di mia madre cambia sensibilmente, dalla rabbia, alla tristezza, arrivando fino a un mezzo sorriso malinconico.

— La nonna ti ha fatto leggere la sua poesia. Me l'ha detto.

— Me l'ha regalata.

— Lentamente muore chi non si permette di sbagliare.

— Più o meno.

— Pace?

# SETTANTANOVE

Luca!

Eccomi.

Sei ancora a casa di Rosa?

Sono al computer del campeggio. Mica ce l'avete solo voi.

Che fai?

Leggevo il giornale.

Buone notizie?

Dipende dai punti di vista. È caduto il governo.

Stai scherzando?

No, no, sono serio.

E adesso?

Adesso faranno un governo provvisorio, poi rifaranno le elezioni e vincerà la destra.

Leggi il futuro?

No, leggo i giornali.

E dicono che andrà così?

Sì, perché è così, in Italia c'è la più grande percentuale di elettori oscillanti, quelli che cambiano voto a ogni elezione.

E tu cosa voteresti?

Io non voterò, mi sono appena fatto un blog per raccogliere un po' di gente che vuole scappare all'estero. Vattelo a vedere, iomiesilio.blogspot.it

(faccina che ride) Allora per stasera?

Ci vediamo lì?
Non so...
Io, Martina e Roby ci troviamo al chiringuito alle sette e mezzo, poi andiamo insieme, ho sentito che Daniele va lì un po' prima perché deve mettere i dischi, tu non vai con lui?
No, ci becchiamo dopo.
Vieni con noi allora.

La casa di Mary è una supervilla con giardino e vista mare. Dal cancello, una strada coperta di ghiaia e disseminata di candele conduce fino alla casa. Tutto è stato organizzato alla perfezione. Ci sono i tavoli fuori pieni di vivande, due tendoni bianchi nel caso in cui piova e uno stuolo di camerieri che fanno avanti e indietro con i bicchieri.

— Giusto una festicciola tra amici — dice Roby, agguantando tre bicchieri di prosecco dal vassoio di un cameriere.

È già pieno di gente, i più sono vestiti bene, con giacca e cravatta o con l'abito lungo. Io e Martina apprendiamo solo in questo momento che il nostro abbigliamento forse è un po' inadeguato.

Siamo tutte e due in jeans, io coi sandali e una camicia carina. Martina, scarpe col tacco, un top intrecciato sulla schiena e una vistosa scollatura.

Io sono truccata, Martina no. Ma lei ha le tette e quindi non ha bisogno di truccarsi.

Anche Luca è in jeans, ma ha la camicia bianca e una giacca nera, senza cravatta naturalmente. Non l'ho mai visto vestito così bene.

— Marti, Ali!

Mary ci corre incontro esultante, con le braccia alzate sopra la testa.

— Vi piace?

Indossa un abito lungo di raso rosso cangiante. La scollatura davanti è praticamente sotto le tette, mentre dietro la schiena è completamente nuda fino al sedere. Ha una collana di perle bianche che finisce proprio sopra il sedere con una specie di medaglione che sberluccica.

— Hai messo la prima cosa che hai trovato… — dice Roby alzando il bicchiere come per brindare.

— Una cosa comoda, per ballare!

— Sì, o quello o un accappatoio.

— Scemo! Allora, abbiamo preso un catering della madonna, c'è di tutto ed è tutto finger food e alcol a non finire, quindi scatenatevi!

Questo è esattamente il genere di entusiasmo che mi getta nel più cupo sconforto. Come quelli che dicono "dai che ci divertiamo un casino" o simili frasi di incitamento. Ma Mary è così e quindi sono disposta a perdonarla. Roby invece non resiste.

— Dai! Sì! Che ficata! — urla in falsetto, ma Mary è già andata via trascinata da qualcuno e ora sta facendo la stessa scenetta con un gruppetto di ragazze che sembrano appena uscite da un parrucchiere ubriaco, entrato in coma negli anni Ottanta e risvegliatosi solo stamattina.

I tavoli sono effettivamente pieni di ogni sorta di cibo e, Mary aveva detto bene, è tutto finger food, ovvero: mini porzioni in mini bicchierini monodose col cucchiaino. Io e Martina agguantiamo un paio di bicchierini verdi con qualche pallino rosso sopra. Roby ne ha già mangiati quattro ed è rimasto coi bicchieri vuoti in mano.

— Buoni — dice Luca.

— Cosa sono? — chiede Martina con aria schifata.

— Quella verde non lo so, ma le palline rosse sono uova di salmone.

— Ma è caviale?

— No, quelle sono uova di storione, comunque sono

buone, cioè, stiamo commettendo un genocidio, e avremo la morte di decine di piccoli pesci sulla coscienza, però son buone.

Martina appoggia il bicchiere sul tavolo e punta un più modesto vassoio di pizzette, mentre io azzardo e li provo. Di tavolo in tavolo assaggiamo un po' di tutto, continuando a bere il prosecco che Roby recupera dai vassoi non appena abbiamo il bicchiere vuoto. C'è veramente di tutto, ma dopo un'ora l'impressione è quella di non aver mangiato un bel niente, mentre il prosecco comincia a farsi sentire. Il finger food dev'essere stato inventato da un gruppo di cuochi ubriaconi e malintenzionati.

A un certo punto compare anche Rosa, che ci viene incontro sorridente e si butta innanzitutto tra le braccia di Luca, scoccandogli due sonori baci sulle guance.

È la prima ragazza vestita bene che vedo, e bene non vuol dire elegante. Ha un vestito nero a mezza coscia e una cintura, niente di assurdo, quanto meno evita il modello ricca prostituta che qui va per la maggiore.

— Siete riusciti a mangiare qualcosa?

— Sì, ma stavamo andando a farci due spaghetti — risponde Roby — vieni anche tu?

Lei capisce lo scherzo e sorride (Mary si sarebbe indignata).

— Avete visto Daniele? — chiede, ma guarda solo me.

— No, non l'ho ancora visto, perché?

— No, niente, è che deve mettere la musica e Mary mi ha chiesto di chiamarlo.

Per un istante ho come l'impressione che lei stia cercando il mio sguardo, non capisco perché.

— Mi accompagni a prendere da bere? — chiede a Luca e scompaiono nella folla, ma prima di andare via mi guarda di nuovo e io, non sapendo cosa fare, le sorrido.

In quel momento arriva Daniele.

— Ciao.

— Ciao.

— Ma tu non dovresti essere a mettere la musica? — chiede Roby.

— Sì, sì, infatti, se mi becca Mary mi ammazza, prendo qualcosa da mangiare e scatto, tu mi dai il cambio poi?

— Sì, com'eravamo d'accordo, alle dieci e mezzo suono io.

— Okay, allora scappo, ci becchiamo più tardi.

— Aspetta, vengo con te — dice Roby — così vedo un po' com'è l'impianto.

Rimaniamo sole, io e Martina.

— Ma avete litigato? — mi chiede subito Martina, a cui non è sfuggita la freddezza del nostro saluto.

— Sì, boh, di brutto, ma che ne so…

Non ho voglia di parlarne e non ho voglia di pensarci, anche se non riesco a farne a meno.

— Ali?

— Che c'è?

Martina tira su dal tavolo due cocktail mezzi iniziati e me ne piazza uno in mano.

— Affanculo Daniele? — dice ridendo e alzando il bicchiere.

— Affanculo Daniele.

Bevo un sorso del cuba annacquato che mi ha messo in mano e lei si scola il suo cocktail.

— Ora ci andiamo a prendere da bere e andiamo a ballare.

La festa ha inizio.

Dopo pochi minuti siamo sotto uno dei tendoni, in mezzo a un mucchio di gente che balla. Non conosciamo quasi nessuno, ogni tanto qualcuno si ferma e saluta Martina, probabilmente clienti del chiringuito, ma per lo più rimaniamo sole. Balliamo, col bicchiere sempre pieno in mano. Il dj mette su uno dopo l'altro i successi dell'estate e la gente balla contenta. Daniele suona sotto l'altro tendone, sull'altro lato della casa. Così si è creata una divisione antropologica in base ai gusti musicali.

Ballo. Mi diverto. Non mi importa di Daniele. Voglio solo stare a una festa e divertirmi.

Martina ogni tanto incrocia il mio sguardo e mi sorride, ma per il resto sembra persa in un mondo tutto suo. Com'è prevedibile, dopo un po' siamo accerchiate dai soliti tipi che ballano a un metro di distanza, sperando che tu cada nelle loro braccia. Ripenso alla serata in cui Martina si era ubriacata, alla situazione, identica a questa, che si era conclusa con la mini rissa. E non riesco a non pensare a me e Daniele che ci baciamo all'alba a casa di Martina. È un ricordo bello. Mi tornano in mente i pomeriggi in tenda a fare l'amore, i giri in motorino e il primo giorno che l'ho visto al campeggio, quando mi ha chiesto se avevo dello scotch e ci siamo ritrovati a mangiare davanti alla mia roulotte. Mi sembra che sia successo un anno fa. Poi penso al nostro ultimo incontro, che si è concluso con il litigio. E mi ricordo quello che mi ha detto mia nonna. È normale litigare e dirsi anche delle cose tremende, poi però si può fare pace. È così che va la vita, a quanto sembra.

Voglio parlare con Daniele. Ora.

Mi incammino verso l'altro tendone. Anche lì c'è un sacco di gente che balla, ma anche molta seduta nel prato a bere e a fumare. Mi faccio largo tra i corpi sudati e raggiungo la consolle, ma lì c'è solo Roby.

— Dov'è Daniele?

— Gli ho dato il cambio! — urla.

— E dov'è andato?

La mia espressione non dev'essere delle migliori, perché Roby corruga leggermente la fronte, prima di rispondermi che non ne ha idea.

In quel momento qualcuno mi appoggia la mano sulla spalla. Mi giro pensando che sia Daniele e invece è Rosa, da sola. Ha una strana espressione, sembra preoccupata.

— Vieni un attimo — mi urla nell'orecchio.

La seguo.

Appena siamo fuori dal tendone si ferma.

— Alice, ti devo dire una cosa.

Okay, mi vuole dire di Luca.

— Non mi devi dire niente — la precedo — non c'è problema, Luca non è di mia proprietà.

La mia frase voleva essere quasi simpatica e il mio sforzo l'ho fatto, date le circostanze, ma la sua espressione mi fa capire che sono fuori strada.

— Non è questo.

— E allora qual è il problema?

— Senti, forse non sono fatti miei, ma voglio dirtelo lo stesso, alla festa c'è anche la ex di Daniele, è qui da qualche giorno. Oggi pomeriggio era qui, durante i preparativi, e ha fatto la splendida tutto il tempo con lui.

— Ah.

Ecco con chi era Daniele quando non è tornato a dormire in campeggio. Il Daniele che era venuto per parlarmi, per risolvere le cose "in un modo o nell'altro", non ci ha impiegato molto a sostituirmi. Il mio primo istinto riconciliatorio si trova improvvisamente a combattere col desiderio di spaccargli la faccia. Le parole di mia nonna perdono completamente di significato, di fronte all'eventualità che Daniele sia con un'altra ragazza.

Voglio vedere in faccia Daniele, vedere cos'ha da dire.

— Dov'è?

— Non lo so, prima era in casa, ma adesso non lo so.

Cammino verso casa senza guardare in faccia nessuno, urto un paio di persone facendo rovesciare i loro bicchieri.

Queste mi urlano qualcosa dietro ma io non mi fermo. Entro in casa.

Perché Martina non mi ha detto niente? Possibile che nessuno sapesse niente?

Anche in casa la musica è alta. Attraverso un ampio salone pieno di gente sui divani, che sono stati spinti contro le pareti. Arrivo in una cucina dove c'è un po' di gente seduta al tavolo davanti al frigo aperto. Ma Daniele non c'è. Il senso di dignità in quel momento mi abbandona e chiedo ai tizi seduti se hanno visto un tipo rasta, quello che metteva la musica. Mi guardano come se fossi una pazza, magari sono amici della ex, magari sanno perfettamente dov'è Daniele.

Torno nel salone e prendo le scale che portano al piano di sopra. Arrivo in un lungo corridoio pieno di porte, dove ci sono un paio di coppie che si baciano contro le pareti. Lo percorro intenzionata ad aprire a una a una le porte. Ma sono fortunata. Lo becco al primo colpo. È sdraiato sul letto e tra lui e il materasso c'è una ragazza.

— Sei uno stronzo, lo sai?

— Alice.

— Non parlare! Vaffanculo tu e il tuo amministratore di condominio del cazzo!

Un minuto dopo sono piegata sulla tazza del water. Sono ubriaca, ho la nausea. Mi caccio due dita in gola e vomito, per Daniele, per questa serata, per tutto. E continuo a cacciarmi le dita in gola finché non c'è più niente. Poi mi tiro su, mi guardo allo specchio. Mi sciacquo la bocca con un po' di dentifricio e mi lavo la faccia e le mani col sapone. Quindi esco, ora so con chi devo parlare, so chi mi può ascoltare e forse avrei dovuto capirlo già da un po'.

Torno nel corridoio, scendo nel salone.

Ma quando sto per uscire mi accorgo del mare.

Attraverso una portafinestra aperta vedo una striscia di mare illuminata dalla luna. C'è un grande terrazzo e sembra che non ci sia quasi nessuno. Forse è meglio se rimango sola. Esco dalla portafinestra e vengo investita da un vento tiepido e umido. L'odore del mare mi entra nelle narici e inspiro con forza. Vicino alla ringhiera che dà sul mare intravedo il profilo di Luca, i capelli arruffati, il colletto bianco che spunta mezzo storto dalla giacca.

Ora ho bisogno di lui, penso, delle sue parole.

Mi avvicino lentamente, ma in quel momento mi accorgo che non è solo. C'è qualcuno, proprio accanto a lui. Luca si gira e mi dà le spalle, mentre vedo due mani che si allungano sulla sua schiena. La testa di Luca si piega leggermente di lato e l'abbraccio si stringe. Okay, penso, almeno lui si sta godendo la serata. E ripenso alla cugina di Mary, sorrido al pensiero che abbia voluto da me il permesso per provarci con Luca. E poi è stata lei a dirmi della ex di Daniele. E penso che con una persona così farei volentieri amicizia. Anche perché adesso è solo di quella che ho voglia. Così mi volto, decisa ad andarmene a casa, a piedi o in qualunque modo. E in quel momento la vedo. La cugina di Mary è lì in piedi, accanto alla porta finestra, davanti a me.

— Alice, l'hai trovato? — chiede non appena mi vede, ma io non sto ascoltando.

Mi giro. Qualcun altro ha sentito la parola "Alice".

# OTTANTA

Comincio a correre, ma a correre davvero, come una centometrista. Spingo i piedi con tutte le mie forze e mi sembra quasi di volare, sul prato davanti a casa di Mary, oltre il cancello, dritta verso il mare. È lì che voglio arrivare, al più presto. Una voce alle mie spalle continua a urlare il mio nome, ma non credo di volerla ascoltare. Mi fermo, abbasso la testa e piango quelle che, spero, saranno le ultime lacrime della vacanza.

— Ali, lascia che ti spieghi — dice la voce — non è come pensi.

— Cos'è che penso? — chiedo. Se c'è qualcuno che sa quello che penso, è sicuramente arrivato il momento di approfittarne.

— Tu pensi che ti ho tradita, ma non è così.

— Io non penso nulla e tu sei libero di fare tutto quello che vuoi e soprattutto con chi vuoi, e sono contenta per te, a Milano ti varrà molti punti.

— Ali, non andrà avanti a Milano, questa cosa finisce qui, era il momento…

— Prima sono andata a cercare Daniele, l'ho trovato in una camera con la sua ex… ero un po' sconvolta, si capisce, allora ho pensato, andiamo da Luca, brutta idea… e poi gliel'avevo detto a Martina, che non mi importava se ti facevi qualcuna, ma non lei, lei no. Credevo fosse un'amica. Credevo di potermi fidare. E credevo di potermi fidare anche di te.

— Cosa vuol dire? Cosa c'entro io? Io non ho tradito la tua fiducia!

Luca mi guarda con la faccia seria, gli occhi immobili.

— Ali, cazzo, secondo te perché sono qui a rincorrerti? Perché sono venuto qui a trovarti? Io vengo sperando di passare la mia vacanza con te e invece tu stai col Rasta, e io incasso, sto al mio posto, mi organizzo, poi quando c'è bisogno ritorni e io sono sempre lì, ci sono, poi ora dici che ho tradito la tua fiducia, sì, okay, forse potevo baciarmi con Mary, sua cugina, Roby o chiunque altro, e invece non è andata così, punto, e invece sono ancora qui a rincorrerti. Sono proprio un coglione.

Si gira e se ne va.

— Aspetta, Luca.

Mille pensieri si agitano nella mia testa e faccio fatica a parlare. Luca si gira, fa un passo verso di me, poi si ferma.

— Ali, io sono innamorato. Di te.

Questa volta se ne va davvero e io rimango sola, con i miei pensieri, le mie risposte e le mie domande. Non ho la forza di corrergli dietro, di dirgli di fermarsi, di spiegarmi. E poi non c'è nulla da spiegare, Luca è stato terribilmente chiaro, come lo è stato fin dall'inizio, venendo qui. Mi attraversa la testa come un lampo la sua frase prima che io partissi: "Ali, io non verrò mai".

Cammino, visto che non so che altro fare, e dopo pochi passi sono sulla spiaggia. Mi tolgo i sandali e vado verso il mare. Mi fermo solo quando la prima onda mi bagna le caviglie.

Mi siedo, e all'improvviso sono diventata il gabbiano morto, qualcosa si è spezzato in me e non so quanto tempo dovrò stare a rantolare sulla sabbia prima di essere portata via dalle correnti.

— Alice, non ti trovavo più, ascoltami.

Non alzo lo sguardo da terra. Non voglio sapere nient'altro.

Mi giro verso il mare.

— Mi dispiace.

— Ho già parlato con Luca, mi ha già spiegato, ora vai, per favore, lasciami sola.

— Io non volevo che succedesse, ma è stata colpa mia, ero ubriaca, c'ho provato io.

— Ah sì? Eri ubriaca, e adesso invece? Comunque non me ne faccio niente delle spiegazioni, siamo state amiche per un po', in qualche modo, e adesso la vacanza è finita e tutto è tornato alla normalità, tu ci hai guadagnato un tipo, io ho perso un amico. Bevi, fai quello che vuoi, ma non coinvolgermi, per favore.

— Ali, ti prego, non fare così.

— Ma dimmi secondo te come mi devo sentire, Daniele si sta facendo la sua ex in camera, tu ti fai Luca in terrazza e io...

— Cazzo Ali...

— Cosa?

— Tu proprio non ti rendi conto di niente.

Le sue parole mi spiazzano.

Il suo tono è cambiato e la sua espressione non è più dispiaciuta.

— Tu hai messo fine al rapporto con Daniele già da un po' ed era chiaro a tutti tranne che a te. Quando è arrivato Luca sei cambiata, hai continuato a stare con Daniele, ma non era la stessa cosa, si vedeva. Però volevi averlo e volevi che anche Luca stesse ai tuoi piedi, pronto per ogni evenienza. E Daniele a un certo punto si è stufato, mentre Luca...

— Mentre Luca cosa? Mentre Luca si è limonato te per farmi la sua vendettina privata?

— No, non è così, e lo sai, visto che era qui a parlarti, so già che lo sai, perché prima di dirlo a te l'ha detto a me.

— Che cosa ti ha detto?

— Che ti ama. In tutti questi giorni io e Luca abbiamo parlato mille volte di te, lui ci tiene tantissimo a te. Pensa che tu sia intelligente, pensa che tu sia simpatica, brillante. E gli piace il tuo modo di vedere le cose, di fregartene delle convenzioni, delle regole, di quello che pensano gli altri. E gli piace il tuo modo di avvicinarti alle persone, di lasciarti conquistare dal loro fascino per conoscerle, per scoprirle, ognuna per quello che è, mentre tu rimani sempre lontana, in qualche modo irraggiungibile...

— Ma perché, perché hai dovuto fartelo?

— Luca mi stava dicendo tutte queste cose e poi mi ha detto che ti amava e io ti ho invidiato, ho invidiato tutto l'amore che lui provava per te, tutto quello che io non ho mai avuto, una persona che mi vuole bene, che mi ama, e allora l'ho fatto, l'ho baciato, per avere un po' di quell'amore anche se non era mio.

— Ma tu puoi avere tutti i tipi che vuoi, perché dovevi proprio farti il mio?

— Il mio?! Luca?! Cazzo Ali, non sono tue le persone, e io ho sbagliato, è vero, ma l'ho baciato e basta, se tu lo vuoi veramente devi andare lì e dirglielo, e lo sai che lui aspetta solo questo! E poi tu, proprio tu mi vieni a dire che posso avere tutti i tipi che voglio, fai finta di non conoscermi, fai finta di non aver mai parlato con me, perché?

— Perché sono stufa di cercare di capire gli altri e le ragioni degli altri, sono stufa di dover correre dietro alle persone che non riescono a fare quello che vogliono fare, perché neanch'io ce la faccio, anch'io devo combattere e non so nemmeno per che cosa, per dimostrare a me stessa che non faccio schifo, che l'anno prossimo non verrò bocciata, che le mie giornate avranno più senso. Che è quello che ho sentito qui, anche se per poco. E mi sento una sfigata, che è corsa dietro a un rasta perché suonava bene, che si è fatta amica la figa della scuola, che è andata alle feste e si è ubriacata e suona tutto benissimo, ma io non ci sono più qui in mezzo, io non sono questa cosa.

— Perché? Cosa vuoi dire?

— Io sono timida, sono sfigata, non ho tette, vado male a scuola, sono anche povera, non ho le ville come voi.

— E sei anche stupida.

— Sì, sono anche stupida.

Sorride.

E accenno un sorriso anch'io. Un sorriso di rassegnazione.

— Chiama Luca e digli di tornare.

— No, no, non posso ora, non ce la faccio.

— Lui è innamorato di te.

— Me l'ha detto, tu però te lo sei fatto…

— Dai Ali…

— Senti, sono troppo stanca per essere arrabbiata, è solo questo che mi trattiene dal prenderti a schiaffi.

— Okay, è giusto.

— Te le ha dette lui quelle cose, di me?

— Sì, non me le sono inventate io.

— Io mi sento solo uno schifo.

— E credo che anche questo gli piacerebbe.

— Cosa?

— Il fatto che sei umana e adesso ti senti da schifo, è normale no? Lui pensa che tu sia speciale. E lui riesce a vedere qualcosa che brilla in te, qualcosa che gli manca e di cui ha bisogno, si sente completo, si diverte, si sente sicuro.

Luca?

— Sì, solo che non ha il coraggio di dirtelo, di dirti

quanto gli piaci, quanto in realtà si senta più piccolo di te e, nonostante quello che sembra, pensa di avere molto da imparare da te.

— Stiamo parlando della stessa persona?

— Aspetta, ascoltami — mi ferma Martina con un sorriso enigmatico — questo è quello che pensa Luca, ma è quello che penso anch'io.

— Tu?

Martina accenna un sorriso e abbassa la testa. Rimaniamo così, in silenzio, perché io non so cosa dire e forse invece dovrei dire qualcosa. Dopo un po' lei torna a guardarmi, con gli occhi lucidi, in attesa di una mia reazione. Ma dev'esserci stato una specie di cortocircuito nel mio cervello, perché non so più cosa dire, né tanto meno cosa pensare. Così rido, perché mi viene da ridere.

— Ridi? — chiede lei.

— Scusa, non è per te.

— Ah.

— Pensi davvero quello che hai detto?

— Sì, se no non te l'avrei detto.

— Ma non è possibile, io, cioè mi vedi, non sono niente, sono un'altra persona, sono... non lo so, te l'ho già detto, sono sfigata, e adesso mi sento più sfigata che mai, con Daniele che si fa la sua ex in casa, con Luca in fuga e... come faccio a piacerti?

— Mi piaci e basta. Mi piaci così.

Le sue parole scaldano qualcosa nel mio cuore. "Così" la parola mi rimbalza in testa, una parola sentita migliaia di volte e che ora si riempie di nuovi significati. Così va bene, così è giusto, mi vengono in mente solo frasi in cui "così" è legato a un contenuto positivo. Ma "Mi piaci così" è la migliore. Guardo Martina davanti a me, abbiamo litigato, lei si è fatta Luca e ora è qua a dirmi che le piaccio così, ed è bello, è una bella frase da sentirsi dire ogni tanto, chiunque te la dica. Non sono più arrabbiata, non ce l'ho più con lei per quello che è successo. Domani penserò a ogni cosa, ora voglio stare qui, dentro questo momento.

Prendo una mano di Martina e la stringo. Il mio sguardo è perso nel buio, verso il mare.

La sua testa all'improvviso corre a coprirmi l'orizzonte e le sue labbra toccano le mie.

Rimango solo un istante con le labbra appoggiate sulle sue. Poi mi allontano. Rimaniamo una accanto all'altra, lo sguardo fisso verso il mare. Penso a quello che è successo e al perché e mi viene in mente l'ultima teoria di Luca, quella sulla scelta: il cervello per risparmiare energie sceglie sempre fra due possibilità, sì e no, bene e male, mentre nella maggior parte dei casi la scelta giusta è un'altra ed è già stata scartata. Non so quanto mi convinca questa teoria ora che me la ripeto in testa, non mi sembra tanto universale, ma di certo so che questa notte, per me, vale, e che la terza scelta è quella giusta.

Mi giro verso Martina, le prendo la testa con entrambe le mani e la bacio, questa volta con forza. Spingo le labbra contro le sue. Lei prima rimane immobile, poi sorride, ed è una sensazione strana quella delle sue labbra, di due labbra femminili, che si allargano lungo il mio viso. Sento una vampata di calore salirmi dallo stomaco verso il viso, mi sembra di andare a fuoco, sento le guance bollenti come se avessi la febbre. Ora è lei a stringermi tra le braccia, le sue mani scivolano lungo i miei fianchi e mi tirano verso di lei. Siamo ancora sedute una accanto all'altra e così praticamente perdo l'equilibrio e mi ritrovo appoggiata a lei. Sento il suo seno contro il mio, la pelle liscia delle sue guance sulle mie. E mentre lei socchiude la bocca io la sto già baciando con più foga, la mia lingua scivola tra le sue labbra a cercare la sua.

— Mi fa strano — dico sottovoce.
— Anche a me, il mio primo bacio.
— È vero, il primo bacio.
Penso che potrò finalmente sostituire l'anno zero del mio calendario con questo momento e la bacio ancora, in bocca, sulle guance, ed è un bacio goffo, come quello di un ragazzino che non sa bene come fare o è troppo emozionato, ma Martina è come me, in questo momento. Martina si appoggia con un gomito sulla spiaggia e mi porta con sé nel suo abbraccio. Finché siamo entrambe sdraiate sulla sabbia umida della notte, una accanto all'altra, mano nella mano, gli occhi al cielo.
— Sto bollendo — dico e mi tocco le guance.
— Facciamo il bagno?
— Adesso?
— Sì.
Mi viene da ridere, è una risata di felicità e di emozione, mi alzo in piedi e mi metto a correre verso il mare. Ci togliamo i vestiti e ci tuffiamo.
L'acqua è tiepida, faccio poche bracciate e immergo la testa, poi mi giro. Martina sta nuotando a rana a qualche metro da me. Con poche bracciate la raggiungo e mi metto a nuotare accanto a lei. A un tratto si ferma e si alza in piedi. L'acqua le arriva appena sopra la vita. Non so cosa sto facendo, non so perché, ma mi avvicino e la abbraccio e sento il suo corpo aderire contro il mio.
La luce della luna si riflette sulla nostra pelle bagnata e nel suo abbraccio ritrovo ogni centimetro del mio corpo, tutte le parti di me che avevo perso, che non trovavo più.

# OTTANTUNO

Il motorino corre veloce sulla strada, ma questa volta so perfettamente dove sto andando e so anche che devo fare in fretta. Il vento mi scompiglia i capelli e il sole bollente mi picchia in testa. Due braccia mi stringono forte in vita. So dove devo arrivare e questa volta è una bella sensazione.

Ogni tanto penso che bisognerebbe lasciar andare tutto come deve andare, lasciar succedere le cose, seguire l'onda del proprio destino e stare a vedere dove ti porta. Quando penso queste cose generalmente non sono felice, altrimenti non ci penserei, lo farei e basta, sarei immersa nella mia vita senza accorgermene. Altre volte penso che bisogna combattere e cercare di raggiungere quello che si vuole con tutte le proprie forze. Ma quando mi guardo indietro, non so mai ricostruire come sono andate realmente le cose, quali sono state le cause, quali le ragioni che mi hanno spinto a comportarmi in un certo modo. E allora torno a fare programmi per il futuro e sono sempre due le voci che mi si agitano nel cervello: una che dice di lasciar andare, l'altra che dice di prendere. E io alla fine non faccio nessuna delle due cose, continuo a oscillare tra una e l'altra.

Ma adesso ho capito che è così che funziona, è così che

farò per sempre, perché se non avessi fatto così in passato non mi sarebbe capitato tutto quello che mi è capitato.

Quando sono arrivata in campeggio Luca non c'era già più, alla reception mi hanno detto che aveva pagato quella mattina e che se n'era andato. Sono uscita dal campeggio e ho incontrato Daniele, era sul motorino. Lui si è fermato titubante, forse temendo che io gli facessi una piazzata, ma avevo tutt'altro per la testa.

— Mi presti il motorino?

— Come?

— Prestami il motorino, solo per stamattina, me lo potresti pure fare un favore dopo quello che hai combinato.

— Ali, guarda che…

— No, no, fermo, non mi interessa, se mi puoi prestare il motorino bene, se no ti saluto.

Ed è per questo che adesso sto correndo in mezzo agli ulivi e ai vigneti carichi d'uva. Destinazione: Lecce. Martina è venuta con me perché conosce la strada, e non solo per quello. Appena arrivo in stazione, sento l'annuncio che dice che il treno per Roma è in partenza. È il suo. Corro al binario e il treno è ancora lì.

Luca è in piedi sugli scalini e si guarda attorno.

— Luca! — urlo.

Lui mi sente e mi guarda mentre gli corro incontro.

— Non partire.

— Perché?

— Perché non voglio, scendi e basta, dai. Ho bisogno di te.

— E la storia di Martina?

— Martina è qui fuori, ci sta aspettando.

— Come?

— È così, stanotte l'ho baciata anch'io, così siamo pari.

— Ma sei seria?

— Serissima, abbiamo fatto anche il bagno nude.

— Non è vero.
— È vero, è vero.
— E quindi? Cos'è, vi siete messe insieme?
— E già, esagera! Non sarei venuta a chiamarti.
— E perché sei venuta a chiamarmi?
— Perché voglio stare con te, anche se non so ancora bene come...
— Non mi piace molto come prospettiva.
— Be', tu dammi una possibilità.
— E Martina?
— Vivrà con noi, penserà alla casa e si occuperà dei nostri figli.
— Okay...
— Martina non lo so, adesso non ha importanza, tu scendi dal treno intanto!
— Non so se voglio scendere. Ma Daniele l'hai lasciato?
— No, è anche lui qui fuori, lui farà le pulizie e porterà a spasso il cane... certo che l'ho lasciato!
— Ah, okay.
— Allora?
— Guarda che io i dread non me li faccio e questa è l'ultima estate che mi vedi ballare, mi sono già umiliato abbastanza.
— Qualcos'altro?
— La birra scura non mi piace.
— Neanche a me. Vuoi che decidiamo il nome da dare ai nostri figli?
— No, quelli li decido io. Però, Ali, tu mi conosci, io sono, insomma lo sai, non sono sempre facile...
— No, ma va...
— Ecco, lo so che lo sai, quindi...
— Luca, non ci dobbiamo sposare, devi solo scendere da 'sto cazzo di treno. Non mi importa che musica ascolti, come ti vesti, se balli alle feste, mi piaci tu e basta, mi piaci così.

# RINGRAZIAMENTI

Grazie a Fiammetta Giorgi per aver creduto in questo libro. A Marta Treves, che ha permesso che un'idea diventasse un libro. Ad Alessandra Gnecchi, alla quale devo il mio esordio in Mondadori.

A Silvia, la mia ragazza, per la felicità e l'amore che mi ha regalato negli ultimi due anni (e per aver inventato la Mary del libro). A Mario, Miriam ed Emanuela, la mia famiglia, per il sostegno e l'incoraggiamento. A mia nonna per i racconti sulla guerra.

A tutta la redazione della Mondadori Ragazzi. In particolare a Silvia e a Teresa (insieme e grazie a loro nacque la scheda di lettura del libro, ancor prima del libro stesso) Ad Alessandro, impareggiabile caporedattore. A Nando e a Eleonora per la copertina.

Un grazie speciale agli amici e ai molti lettori della prima stesura del libro che hanno partecipato ai brain storming sul mio terrazzo: Giulia e Mario, Giulia e Gabrio, Emilio e Laurel, Ema, Felipe, Pietro, Andrea, Guido, Barbara, Ludovica, Veronica, Melania, Cristina, Nina, Vero, Margherita.